오모리 후지노
OMORI FUJINO

일러스트 하이무라 키요타카
KIYOTAKA HAIMURA

캐릭터 원안 야스다 스즈히토
SUZUHITO YASUDA

김민재 옮김

베이트는 울었다.

달빛을 받으며, 외톨이 늑대로 전락한 채,

밤하늘을 향해 그렇게 울부짖었다.

던전에서
만남을 추구 하면
안 되는 걸까 외전

소드
오라토리아 8
Sword Oratoria

© Kiyotaka Haimura

CONTENTS

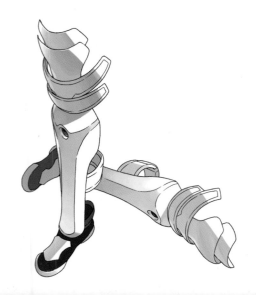

던전에서
추구
만남을 하면
안 되는 걸까
외전

소드
오라토리아 8
Sword Oratoria

오모리 후지노 지음 | **하이무라 키요타카** 일러스트
야스다 스즈히토 캐릭터 원안 | **김민재** 옮김

S-NOVEL

커버 그림, 본문 일러스트 | **하이무라 키요타카**

강자의 비웃음

Гэта казка іншага сям'і.

Насмешка моцнага чалавека

헤아릴 수 없는 숫자의 석재로 구축된 공간. 결코 햇빛이 들지 않는 지하 깊은 곳.

　냉기가 떠도는 석실에 비명이 울려 퍼졌다.

　"힐러 얼른 와줘!! 아이템이든 뭐든 좋으니까 어서!!"

　【로키 파밀리아】 단원의 노성이 오간다. 그 속에서, 부상을 입은 캣 피플 아나키티가 목이 터져나 몇 번이나 소리를 질러댔다.

　인조미궁 크노소스.

　【로키 파밀리아】를 함정에 빠뜨려 가둬놓았던 혼돈의 지하미궁.

　그 내부에서 한번 궁지에 몰렸던 【로키 파밀리아】 본대는 미궁에 침입했던 리베리아 일행의 힘을 빌려, 아이즈와 베이트를 중심으로 파티를 재편하고, 남은 동료들을 구출하고자 다시 미궁으로 되돌아갔다.

　그리고 『절규』를 들은 아이즈 일행이 향한 일대에는 피로 물든 참상이 펼쳐졌다.

　"아아아, 아아아아아아아아아아아아!!"

　"이건, 이건 현실이 아닐 거야!! 제발 그만! 제발……!"

　"아아, 젠장, 로이드! 빌어먹을!"

　한솥밥을 먹던 동료가, 친구가, 피웅덩이 속으로 가라앉는다.

　절명(絕命)이라는 두 글자와 함께.

돌벽, 돌바닥 곳곳에는 그들의 몸에서 튄 선혈의 자국이 있었다. 미궁의 석실은 이미 붉은 방이라고 부르기에 충분했으며, 이곳에서 벌어진 유린이 어느 정도였는지를 말해 주었다. 몸을 베인 자, 꿰뚫린 자, 모든 이들이 입은 공통된 검상. 그것은 이 참극이 몬스터의 소행이 아님을 말해 주었다.

벽 한쪽에는 피로 『꼴좋다, 용사!』라고 코이네 공통어로 휘갈겨 쓴 필적.

바닥에는 피를 뒤집어쓴 트릭스터의 엠블럼이 붉은 눈물을 흘리고 있었다.

"이쪽은 아직 숨을 쉬고 있어!"

동료의 말에, 도착한 힐러가 달려갔다.

회복마법의 빛을 내리치듯 퍼부었지만,

"틀렸어…… 통하질 않아."

"아아아아아아아……!"

깊이 도려져나간 상처는 아물지 않았다. 포션을 부어도 마찬가지. 갑옷 안에서 넘쳐난 피는 그칠 줄 몰랐다. 절망에 잠긴 단원들의 눈앞에서 또 한 사람, 낯익은 동료가 숨을 거두었다.

"『커스 웨폰』…… 단장님을 베었던 검하고 똑같아……!"

꽉 쥔 라울의 주먹에서 붉은 반점이 뚝뚝 떨어졌다.

『불치(不治)의 저주』. 커스가 담긴 무기에 베인 자는 치유의 가호를 받을 수 없다. 죽음에 매료되는 주문인 것이다.

단원들의 희망을 박살내듯, 쓰러진 이들은 모두 저주의 무구에 깊은 치명상을 입은 상태였다.

"저주 해제 아이템은 없어?!"

"누가, 누가 좀 가져오지 말임다!!"

아나키티와 라울은 자신의 목에서 솟아나는 절규가 모두 허사라는 것을 이미 알고 있었다.

생존자를 찾아 뛰어다니는 아이즈도 마찬가지.

파벌 내에서도 고참이 되어버린 아이즈나 라울 일행이 몇 번이나 보았던 동료의 죽음.

그녀들이 가장 싫어하는 죽음의 향을 씻어낼 수가 없었다. 이 석실은 틀림없는 모험자들의 『묘지』였다.

"…………."

그런 가운데.

혼란에 빠진 단원들 속에서 단 한 사람, 베이트만이 말없이 그 광경을 바라보며, 조용히 서 있었다.

시시하다는 듯, 감정을 죽인 채, 호박색 두 눈을 냉랭하게 뜨고.

"아! 리네!!"

"……아, 아이, 즈…… 씨……."

석실 가장 깊은 곳에서 발견한 한 소녀에게 아이즈가 달려갔다.

리네 아르셰라 불리는 아직 어린 힐러의 몸에는 다른 동료들과 마찬가지로 수많은 피의 사선이 그어져 있었다. 아이즈가 어깨를 잡고 바닥에서 안아 일으켰지만 몸에서는 지금도 힘이 빠져나가려 했다.

그녀의 배에 꽂힌 것은, 동료의 피를 머금은 저주의 단검.

마치 【로키 파밀리아】에게 보여주며 비웃고자 하는 묘비처럼 박혀 있었다.

분노를 드러낸 아이즈는 지금도 리네를 욕보이는 저주의 칼날을 뽑아 바닥에 내팽개쳤다.

――안 돼. 이미 늦었어.

많은 동료의 죽음을 지켜보았던 【검희】의 눈이, 소녀는 이미 손을 쓸 수 없다는 사실을 속삭여주었다.

비통함에 일그러진 아이즈의 얼굴을 바로 앞에서 지켜보던 리네는 의아하다는 표정을 지으며 살짝 웃음을 지었다.

"베이트, 씨……."

눈앞에 다가와 선 웨어울프의 그림자가 그녀들을 덮었다.

올려다보는 아이즈, 가느다란 시선을 기울이는 빈사상태의 리네를 호박색 눈이 내려다본다.

그리고 웨어울프 청년은, 비웃음을 지었다.

"꼬락서니가 이게 뭐냐. 그래서 내가 뭐랬어. 잔챙이들은 거치적거리기만 한댔지?"

피의 묘지에 어울리지 않을 정도로 밝은 조롱과 냉소에 아이즈는 아연실색했다.

베이트는 멈추지 않았다. 이를 드러내고 입술 끝을 치켜 올리며 말을 이었다.

"너도 다른 놈들도 다 개죽음이야. 자신이 얼마나 어수룩하고 약한지, 더 이상 잊어버리지 않게 죽을 만큼 저주해. 죽을 만큼 부끄러워해. 꼴사납게 뒈져버린 이다음까지도. 알았냐?"

오열하던 단원들의 눈이, 동료의 시신을 끌어안았던 모험자들의 시선이 모두 청년의 등에 쏟아졌다.

울부짖는 약자의 눈빛을 받으며 강자는 말했다.

"그럼 잘 가라. 두 번 다시 내 앞에 나타나지 마. 두 번 다시 둥지에서 기어나오지 마."

베이트의 조소가 석실에 강하게 울려 퍼졌다.

라울도, 아나키티도 그를 원수처럼 노려보았다.

수많은 단원들도 눈물을 흘리며 미간을 분노로 일그러뜨렸다.

가장 가까이 있던 아이즈 또한, 버들잎처럼 모양 좋은 눈썹을 곤두세우며 일어나려다가── 움직임을 멈추고 말았다.

자신이 뱉은 모멸과 함께 일그러뜨린 호박색 눈을 보고, 그가 마지막으로 중얼거린 말을 듣고는, 따귀를 후려칠 수가 없었던 것이다.

"…………아."

그리고, 눈을 크게 뜬 리네는.

마지막으로, 웃음으로도 보이지 않는 희미한 미소를 지으며, 손에서 힘을 잃어버렸다.

가늘게 닫힌 눈에서는 피가 섞인 한 줄기 눈물이 흘러 떨어져, 뺨을 타고 흘러내렸다.

마치 사랑에 보답 받은 소녀 같은, 평온한 표정을 남기고.

몬스터의 포효가 들려왔다.

피에 젖은 석벽이 산 자와 죽은 자를 비웃는다.

일행은 몸을 떨며 강자의 조소를 노려보았다.

아이즈만이, 비웃음을 지운 채 소녀를 내려다보는 청년의 얼굴을 알고 있었다.

그것이 나흘 전에 일어난 일이었다.

1장

론리 울프

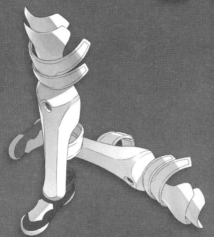

Гэта казка іншага сям'і.

самотны воўк

"전사자가 나온 건…… 레피야가 입단한 이후로는 처음이군."

리베리아의 무거운 목소리가 넓은 실내에 메아리쳤다.

장소는 단장 집무실. 그녀 이외의 사람은 방의 주인인 핀과 가레스였다.

아침. 이른 시간대. 그들은 오늘까지도 바쁜 상황의 추이를 받아들여 일찍 모여 있었다. 죽은 동료들의 매장 등 해야 할 일은 얼마든지 있었다.

벽에 기대 서 있던 리베리아에게서 흘러나온 목소리를 핀과 가레스가 무거운 표정으로 들었다.

"우리의 잘못이야, 리베리아. 분단된 데다 리네 소대를 지키지 못했으니…… 면목이 없어."

"참으로 자신이 한심하구먼. 우리도 자만에 빠졌다는 뜻일세."

"관두어라, 핀, 가레스. 책망하는 게 아니니. 그저…… 늘 이럴 때만은 익숙해지지 않는다는 이야기일 뿐. 얼굴과 이름을 마음에 새긴 동료를 잃는다는 것이……."

적의 아지트에 침입했던 부하가 죽어 탄식하는 핀과 가레스에게 리베리아는 고개를 가로저었다. 대신 비취색 시선을 바닥으로 향하며 답답한 심정을 내비쳤다.

길쭉한 대형 괘종시계가 자아내는 초침 소리가 조용해진 방을 두드렸다.

마치 조용히 기도를 올리듯, 세 사람이 눈을 감고 있던 시간은 짧았다.

"패배는 깔끔하게 인정하자. 문제는 앞으로 어떻게 되갚아줄지야."

집무용 책상에 두 팔꿈치를 짚으며 핀이 말했다.

그 목소리는 여느 때와 달리 강한 어조를 띠었다. 가늘게 뜬 그의 푸른 눈은 자책과 후회 이상으로 설욕전의 갈망으로 불타고 있었다. 그것은 잃어버린 동료에게 보답하기 위한 맹세처럼 여겨질 정도였다.

죽은 이의 넋을 위로할 시간은 끝났다.

지금은 1초라도 멈춰설 수 없는 조직의 수뇌진은 정보를 확인하기 시작했다.

"정말로 새삼스럽네만, 이블스의 잔당을 마음속 어디선가 얕잡아보고 있었던 것을 부정할 수 없네."

"바레타의 말로는, 그곳의 정식 명칭은『크노소스』……."

"도시 아래에 존재하는 또 다른 던전이라니…… 나도 살짝 들어가 봤지만, 그것은 방치해도 될 만한 존재가 아니었다."

가레스, 핀, 리베리아는 차례대로 발언하며 적의 아지트를 의제에 올렸다.

인조미궁 크노소스.

미궁거리, 즉 '다이달로스 거리'의 지하에 존재하며 이블스의 잔당이 근거지로 삼고 있는, 넓이도 깊이도 헤아릴 수 없는 인공의 미궁이다. 핀의 견해에 따르면 폭은 오라리오 거의 전역, 깊이는 최소 『중층』까지 이를 것이라는, 신인 로키조차 신음소리를 냈을 만큼 상식의 범주를 벗어난 것이었다.

"그 복잡기괴한 미궁에다 오리할콘 문, 커스 웨폰, 괴인, 『데미 스피리트』…… 덤으로 바레타까지 살아 있었다니, 이게 무슨 일인고."

"6년 전 『제27계층의 악몽』 당시, 시체가 발견됐다고 들었을 때는 너무 허무하다는 생각에 믿을 수 없었다만……."

15년 전부터 이어졌던 오라리오의 『암흑기』. 도시의 질서를 어지럽히는 사신의 사도들과 싸움을 되풀이했던 가레스와 리베리아는 숙적이라고도 할 수 있는 여자의 얼굴을 떠올렸다.

두 사람 모두 낯을 찡그리고, 가레스가 말을 이었다.

"아무튼 적의 전력은 물론이고 놈들에게는 압도적인 지리적 이점이 있네. 결코 미궁 밖에서 덤벼들진 않을 게야. 아니, 그럴 이유가 없지."

"그래. 아이즈의 말이 맞다면 이미 일곱 개의 『보옥 태아』…… 『데미 스피리트』가 지상으로 이동했어. 놈들은 이미 『대기』 태세야. 치고 나올 필요도 없이, 그저 때가 오기만을 기다리면 될 뿐."

가레스의 말에 고개를 끄덕이며 리베리아는 아이즈에게서 들은 이야기를 돌이켜보았다.

크노소스에서 분단된 후, 폐기된 방에서 발견한 대형 플라스크.

내용물은 이미 누군가가 꺼내간 후였으며, 플라스크에는 분명 『정령』의 잔재가 있었다고 아이즈는 말했다. 『보옥 태아』는 그 미궁 어딘가에서 숨을 죽인 채 무시무시한 힘을 가진 『데미 스피리트』로 우화하려는 중일 것이다. 가레스와 티오나 일행이 간신히 격파한 파워 불의 여체형 몬스터처럼.

『오라리오를 멸망시킨다』.

괴인을 비롯한 지하세력, 그리고 이블스의 잔당이 내건 최종목표.

모든 『데미 스피리트』가 성숙한 날이, 핀을 비롯한 【로키 파밀리아】의 패배이자 오라리오의 종말이다.

"어쨌거나 가급적 신속하게 대책을 마련할 필요가 있어. 크노소스의 공략을 위해서 말이야."

"그렇지. 이러쿵저러쿵 떠들고만 있어봤자 뭐가 되겠나."

비관 따위 이미 진저리가 난 제1급 모험자들의 목소리에서 그늘이라곤 찾아볼 수 없었다. 핀이 중심이 되어 건설적인 의견을 나누기 시작했다.

파룸 두령은 가레스와 리베리아에게 각각 지시를 내린 후 "그럼 본론으로 넘어가서" 하고 말을 꺼냈다.

"【프레이야 파밀리아】에게 소멸당한 【이슈타르 파밀리아】 건은…… 어떻게 됐어?"

"어떻고 자시고, 어디서부터 손을 대야 좋을지도 모르겠네. 일단 단원들이 어디로 흩어졌는지는 대충 파악해두었네만…….”

“이블스의 잔당과 이어진 것으로 보이는 이슈타르 본인이 천계로 송환됐으니. 우리가 원하는 『그것』의 정보도 그 여신이 쥐고 있었을 가능성이 높거늘…….”

그들이 언급한 것은 바로 사흘 전, 하룻밤 사이에 【프레이야 파밀리아】의 손에 사라진 【이슈타르 파밀리아】에 대한 이야기였다. 이렇게 이른 아침부터 모인 것도, 그 대사건 때문에 혼란에 빠졌던 정보의 정리를 간신히 마쳤기 때문이었다.

“애초에 【프레이야 파밀리아】가 왜 그 시기에 이슈타르 파벌로 쳐들어갔는지 이유도 알 수 없잖아. 우리한테는 타이밍이 안 좋아도 이만저만 안 좋았던 게 아니야.”

“신 프레이야의 남자를 이슈타르가 건드리는 바람에……라는 소문이 돌긴 했네.”

“아무렴 그렇게 어이없는 이유일까봐…….”

지난 며칠 동안 정보를 수집하던 가레스의 말에, 리베리아는 이마에 손을 짚으며 머리가 아프다는 듯한 몸짓을 보였다. 그들을 내버려둔 채 핀이 음음 생각을 굴리고 있으려니, 두통에서 회복된 리베리아가 입을 열었다.

“핀, 그리고 또 한 가지 보고할 것이 있다. 이쪽은 크노소스와는 전혀 상관이 없다만…….”

“그 얼굴을 보니 별로 좋은 정보는 아닌가보네. 뭔데?”

신도 질투한다는 하이엘프의 아름다운 얼굴로 기품 있게 눈살을 찡그리던 리베리아는 채근하는 핀에게 말했다.

"단원들…… 아니, 베이트 이야기다."

그 이름을 들은 순간 핀과 가레스도 무슨 말인지 알겠다는 표정을 지었다.

"지금 단원들 사이에서 그놈은——."

리베리아가 말을 이으려던 때.

다른 방향에서 들려온 커다란 소란이 집무실까지 전해졌다.

"……보아하니 한 발 늦은 모양이구먼."

"나 원, 난감하네."

가레스는 말이 떨어지기 무섭게 문으로 다가갔다. 핀 또한 쓴웃음이 섞인 한숨을 쉬며 뒤를 따랐다.

리베리아는 두통이 재발한 것처럼 이마를 꾹 누르며 빠른 걸음으로 복도를 향해 나갔다.

"어떻게 그럴 수가 있는 겁까, 베이트 씨는!!"

아침, 대식당에 라울의 고함이 울려 퍼졌다.

【로키 파밀리아】의 홈, 『황혼관』.

단원들이 모인 저택의 대식당은 지금 발칵 뒤집어졌다.

한 단원에 대한 불만이 폭발했기 때문이었다.

"리네가, 다른 단원들이 개죽음이었다니…… 왜 거기서 그딴 소릴 하시는 겁까?! 죽어버린 【파밀리아】 동료들한 테…… 어떻게 그딴 소릴 할 수 있습까!!"

"그 사람 성격이야 알지만…… 아무리 그래도 그건 아니 잖아."

평소에는 우유부단하며, 풍파가 일어나지 않도록 주위를 제지하는 역할이던 라울이 목소리를 높여 외치고 있다. 그와 함께 앉은 간부 후보 아나키티도 혐오를 감추려 하지 않았다. 죽은 소녀와 행동을 함께 하는 일이 많았던 그녀가 자신의 양팔에 손톱을 꽉 세우고 있는 모습을 보면 감정을 억누르는 것이 분명했다.

그들은 크노소스에서 있었던 일을 두고 말하는 것이었다.

동료가 죽을 때까지도 거만한 태도를 보인 베이트에 대해.

웨어울프 청년의 한결같은 초실력주의는 【로키 파밀리아】 사람이라면 누구나 다 알지만, 항상 모험자들을 멸시하고 매도하는 그의 언동은 평소부터 단원들을 겁먹게 만들고, 때로는 반감을 샀다. 그것이 『동료의 죽음에 대한 모멸』이라는 결정적인 계기를 거쳐 마침내 폭발해버린 것이다.

그치지 않는 규탄의 폭풍을 본 레피야는 식당으로 들어가지도 못한 채 문 옆에 뻣뻣이 서 있었다.

"왜?"

"아이즈 씨! 그, 그게요…….."

소란을 듣고 달려온 아이즈에게 레피야가 황급히 설명했다. 아이즈는 다 듣지 않고도 상황을 알아차린 다음 실내로 시선을 돌렸다.

얼굴을 시뻘겋게 물들이며 눈꼬리에는 눈물까지 머금은 라울 외에도, 당시 석실에 함께 있었던 단원들은 목소리를 한데 모아 베이트를 비난했다. 라울과 같은 제2군인 엘프 아리시아, 시앙스로프 크루스, 휴먼 나르비도 규탄까지는 하지 않았지만 입을 꾹 다물고 있었다.

희생자들이 숨을 거두는 자리에 있지는 않았던 티오나와 티오네도 전해 들어 내용을 알았는지, 으스스한 느낌이 들어버릴 만큼 싸늘한 표정으로 벽에 기대 서 있었다.

전에 본 적이 없을 정도로 격앙된 단원들은 아이즈도 압도당할 정도였다.

베이트를 옹호할 사람은 아무도 없었다.

그리고 그것은 당연한 귀결이었다.

그의 모멸은 너무나도 도를 넘어섰으니까.

"……레피야는, 어떻게, 생각해?"

"저, 저는…… 베이트 씨한테 꾸지람……이라기보단, 질타 같은 격려를 받고, 아이즈 씨를 도와드렸던 적이 있어요……."

제24계층의 팬트리에서 있었던 일을 말하는 것이다. 피르비스와 베이트까지 3인 1조로 아이즈를 지원하러 갔을 때를 돌이켜보며 레피야가 설명했다.

"그때부터, 베이트 씨는 그냥 무섭기만 한 사람은 아닌 가보다, 하고 생각하게 됐지만요…… 그래도 라울 씨랑 다른 분들 말씀을 들어보면…… 역시, 잘 모르겠어요."

하지만 패기 없는 말은 금방 꺼져버릴 것만 같았다.

흔들리는 그녀의 마음이 티오나 다른 선배들에게 기울어져가는 것이 아이즈에게도 느껴졌다. 레피야의 목소리에는 분명한 낙담과 실망이 섞여 있었다.

"……아이즈 씨는요?"

"난……."

고개를 숙인 레피야의 물음에, 아이즈는 당장은 대답할 수 없었다.

뇌리를 스치는 것은 죽어가는 소녀의 눈앞에서 보인 청년의 눈빛. 당시의 광경과, 이를 본 자신의 감정을 【파밀리아】 동료들에게 말로 표현하지 못하는 자신의 입이 가장 답답하고 속상해 견딜 수가 없었다.

"리네가, 죽은 동료들이 눈을 못 감을 거지 말임다!"

아이즈가 입을 열었다 닫았다 하고, 라울이 한층 커다란 목소리로 외쳤을 때였다.

대식당으로, 그 회색 털결이 당당히 들어온 것은.

"아침 댓바람부터 뭐 이리 시끄러워."

베이트였다.

그가 모습을 나타낸 순간, 대식당이 정적에 잠겼다.

모든 단원들의 시선이 그에게 향했다.

"베이트, 씨……."

입구 부근에서 아연실색한 아이즈와 레피야의 눈앞을 가로질러, 베이트는 너무나도 스스럼없이 대식당 안으로 나아갔다. 평소와 조금도 다를 바 없는 께느른한 태도로, 언짢은 듯 한쪽 귀를 늘어뜨린 채.

그런 그를 보고 단원들의 반응은 제각각이었다. 기세를 잃은 채 겁을 먹는 사람, 미간에 주름을 짓는 사람, 적의와도 같은 분노를 감추지 않는 사람. 공통된 것은 베이트에 대한 비난이 소용돌이쳤다는 점.

하지만 사면초가 속인데도 베이트는 여전히 베이트였다.

"꽤액꽤액 시끄럽게. 하고 싶은 말이 있으면 대놓고 말해. 떼거지로 몰려다니지 않으면 아무 것도 못하냐, 너희는?"

단원들의 눈썹이 곤두섰다. 라울이 몸을 앞으로 내밀려 했다. 그들의 반응을 보고 베이트는 지루하기 짝이 없다는 양 그대로 식사 자리로 가려 했다.

하지만 그런 베이트의 걸음을 갈색 다리가 옆에서 차단했다.

"티, 티오나 씨, 티오네 씨……."

떨리는 레피야의 시선 너머, 아마조네스 자매가 베이트 앞을 가로막고 섰다.

티오네는 얼어붙을 정도로 싸늘한 두 눈을 가늘게 뜨고,

티오나는 웃음을 지우지 않은 채 청년을 바라본다.

"뭐 볼일이라도 있냐, 아마조네스들?"

"…………."

티오네가 한 마디도 말하려 하지 않는 가운데, 티오나가 입을 열었다.

"있지, 베이트는 아무 생각도 안 들어?"

"…………."

"리네랑 동료들이 죽었는걸? 이젠 만날 수 없는걸?"

잠자코 지켜보던 단원들의 시선 너머에서, 조용한 티오나의 목소리만이 울렸다.

잠시 후, 물었다.

"리네는 베이트를 좋아한다고 했는걸? ……정말로 아무 생각도 안 들어?"

티오나의 그 물음과 티오네의 말없는 눈빛은 최후통고나 마찬가지였다.

실내에서 한순간 소리가 사라졌다.

잠시 침묵을 거친 베이트는── 비웃음을 지었다.

"거 어떡하나. 난 약해빠진 여자가── 제일 싫은데."

직후.

쌍둥이 자매의 몸이 흔들렸다.

평소와 전혀 다를 바 없는 비웃음을 짓는 베이트에게, 티오나와 티오네가 표정을 지우고 움직였다. 청년을 향해 날아드는 왼쪽 주먹과 오른발 상단차기.

소녀 단원들에게서 조그만 비명이 터지려는 가운데, 두 사람의 철퇴는—— 굵은 손과 장창에 가로막혔다.

"그만두게."

"가레스……!"

"아무리 그래도 이 이상은 농담으로 넘어갈 수가 없잖아."

"단장님……!"

티오나의 팔을 붙잡고, 티오네의 발차기를 창대로 막은 것은 식당에 달려온 가레스와 핀이었다.

그리고 베이트의 앞에 선 것은 아이즈.

두 사람에게 카운터를 날리려던 그의 거동을 한쪽 팔만을 뻗어 견제했다.

제1급 모험자들이 벌인 찰나의 제지극에, 굳어버렸던 다른 단원들과 마찬가지로 굳어버렸던 레피아는 숨을 꼴깍 삼켰다.

"단장님, 말리지 마세요!! 이 개자식을……!"

"파벌 간부로서 절도를 지켜. 늘 말했을 텐데, 티오네."

감정을 터뜨렸던 티오네는 핀의 흔들림 없는 눈빛에 입술을 깨물었다. 대신 분노한 눈으로 베이트를 노려다보았다.

아이즈에게 견제당한 베이트 또한 쳇, 하고 혀를 차면서 자세를 풀었다.

"하아~ 아침 댓바람부터 먼 소란이고…… 진짜 혈기왕성하데이, 니들."

"로, 로키……."

레피야의 앞을 지나 로키가 들어섰다.

일촉즉발의 상황을 면한 대식당의 광경을 바라보며, 주황색 눈을 스윽 가늘게 떴다.

"베이트, 니도 좀 심했다 아이가. 나가갖고 머리 식히고 온나."

"……쳇."

반박을 용납하지 않는 주신의 명령에, 베이트는 혀를 차며 따랐다.

팔을 내린 아이즈에게 등을 돌린 채 식당 문으로 향한다.

그런 가운데 제1급 모험자들 중에서 유일하게 방관하던 리베리아가 그의 앞에 섰다.

"뭔데, 할망구. 너도 나한테 볼 일 있냐?"

"말을 골라서 해라. 베이트."

베이트의 불만을 반쯤 가로막으며 하이엘프 왕녀가 타일렀다.

"너의 마음이 거짓되지 않은 것이라 하여도, 고락을 함께 한 동료의 넋을 위로하지 않을 이유는 되지 않는다."

그 말을 들은 베이트는 금세 코웃음을 쳤다.

"헹, 넋을 위로해서 뭔가가 달라지면 얼마든지 울고불고 해줄게. 근데 그렇지 않잖아?"

"…………."

"약하니까 그 자식들은 뒈져버렸지. 내 말이 틀렸어? 아니잖아. 난 절대 취소하지 않을 거야."

그리고 마지막으로, 모여든 단원들을 둘러보며 내뱉었다

"너희도 언제까지고 내 발목이나 잡고 있다간 가만 안 둔다."

그런 말을 남기고, 리베리아의 옆을 지나쳐 대식당을 떠나갔다.

티오나가 두 주먹을 질끈 쥐고, 티오네가 "개자식!!" 하고 분노한 표정으로 의자를 걷어차 박살내버렸다. 즉시 날아든 창대가 그녀의 뒷머리를 직격하는 가운데 로키와 핀, 가레스와 리베리아가 동시에 탄식했다.

"이거 난리가 나겠는데. 파벌 내부에서 분열이 일어날지도 몰라."

"새삼스러운 소리네만…… 정말 저놈은 난감하구먼."

"늦든 이르든 이렇게 될 줄은 알았지만……."

창대에 맞은 머리를 움켜쥐고 쪼그려 앉은 티오네 옆에서 핀, 가레스의 곁에 리베리아가 다가왔다. 한쪽 눈을 감은 채 그녀가 식당을 둘러보니, 다른 단원들은 분노로 어깨를 부들부들 떨고 있었다. 라울의 테이블에 있던 단원들도 베이트가 떠나간 방향을 노려보았다.

"아나, 이 얘기는 쫌 고마 해라. 내 배고파 디지겠데이. 레피야, 내 접시는 곱빼기로 쌓아도."

"어, 네에……."

그리고 로키의 늘어지는 목소리가 험악한 분위기를 순식간에 갈라놓았다.

밥 묵자, 밥~. 주신의 얼빠진 지시에 단원들은 마지못해 따랐다.

"…………."

식판을 내리치는 듯한 배식 소리를 등으로 들으며, 아이즈는 혼자 청년이 떠나간 복도를 바라보았다.

꽃

인조미궁 크노소스 사건의 뒤처리, 나아가 【프레이야 파밀리아】에게 궤멸당한 【이슈타르 파밀리아】의 정보수집에 내몰려, 저녁은 단원들끼리 각자 먹으라는 지시가 내려졌다.

창문 너머에서 서쪽 햇살에 휩싸인 도시의 광경에는 눈길조차 주지 않고, 베이트는 복도를 나아갔다.

"……쯧."

베이트가 나타나면 단원들은 금세 자리를 떠났다. 말을 거는 것은 고사하고 눈길조차 마주치려 하지 않는다. 복도에서도, 응접실에서도 말없는 거절과 함께 멀어져갔다.

베이트가 곧잘 데리고 다니던 라울과 크루스 또한, 복도에서 마주치더라도 무표정하게 옆을 지나갈 뿐이었다.

"아…… 베, 베이트 씨."

다음으로 맞닥뜨린 것은 레피아였다.

그녀는 베이트를 올려다보며 무언가 말하려 했지만,

"저쪽으로 가자, 레피아."

"티, 티오나 씨, 티오네 씨……."

티오나와 티오네에게 팔을 붙들려 눈앞에서 끌려가고 말았다.

얼굴을 마주하면 쓴소리부터 퍼부어대던 아마조네스들이 베이트를 쳐다보려고도 하지 않았다.

사람은 분노가 허용범위를 넘어서면 상대를 없는 것으로 취급한다. 완벽히 무시해 존재를 부정하려 한다. 지금의 베이트가 딱 그런 취급이었다.

소위 바늘방석 같은 상태다. 이 정도로 주눅이 들 만큼 베이트가 섬세한 사람은 아니지만, 당당하게 밥을 먹을 수 있을 만큼 둔감하지도 않았다.

단원들 앞에서 언동을 굽히지 않았던 베이트가 화근을 남긴 것이다. 본인도 그렇다는 자각은 있었다.

"——베이트. 이래서는 우리도 일일이 감싸줄 수가 없어."

지금으로부터 15분쯤 전.

사무를 다 본 핀에게 불려나간 베이트는 그런 말을 들었다.

"나나 리베리아, 가레스가 뭐라고 해봤자 지금 라울 같은 친구들에게는 들리지 않을 거야. 내부 싸움은 바라지 않지만, 뭐라고 설득해도 역효과야."

둘뿐인 집무실에서 핀은 의자에 앉아 어깨를 으쓱했다.

"너를 감싸준다 한들, 그 다음에는 우리에게 반감이 오겠지. 애석하게도 지금만은 나도 미움 받는 역할을 자청할 수는 없어."

수뇌진에게 불만이 돌아오게 할 수는 없다고, 숫제 시원시원할 정도로 대놓고 말하는 핀의 그 자세에 베이트도 화를 내지는 않았다. 그는 그저 미움 받는 역할을 맡기 싫어서가 아니라, 모든 상황을 객관적으로 본 상태에서 말한 것이었다. 조직의 우두머리인 핀과 수뇌진에게 불만이 모이면 그것은 【파밀리아】의 사기에 크게 영향을 미친다. 괴인이 이끄는 지하조직과 이블스의 잔당을 상대하기 위해 지금은 모두가 발걸음을 맞춰나가야 하는 시기다. 내부 분열을 벌일 때가 아니다.

그 사실도 이해하기 때문에 베이트는 핀의 말에 끼어들거나 하지 않았다.

"휴가를 줄게. 분위기가 잠잠해질 때까지 홈에는 돌아오지 마. 쓸데없는 참견일지도 모르지만 휴가비도 지급할 테니 숙소를 잡도록 해."

두 사람 사이의 책상에 놓인 금화 자루를, 베이트는 일 없다면서 밀어냈다.

던전에 가면 돈은 손쉽게 벌 수 있다. 베이트는 자기 일은 자기가 알아서 하겠다고 말하며 호의를 내쳐버렸다. 핀이 우려했던 대로였다.

방을 나갈 때, 이쪽을 연민하듯 쳐다보는 핀의 눈빛만이 기억에 남았다.

지금 『황혼관』에 베이트가 있을 곳은 없었다.

"……쯧."

다시 한 번 혀를 차고, 베이트는 저택 정문 현관으로 향했다.

그 누구의 배웅도 받지 못한 채, 꼭두서니색으로 물든 하늘 아래에서 베이트는 홈을 떠났다.

오라리오 제5번가에 존재하는 주점, 『불꽃벌』.

도시 남부의 번화가에 있는 수많은 주점 중 한 곳이며, 베이트의 단골 가게였다. 대로에서 벗어난 뒷골목 한 모퉁이, 벽에 드리워진 새빨간 벌의 간판이 이정표다.

루비를 졸인 것처럼 새빨간 벌꿀주는 이 주점의 명물이며, 목과 배를 태우는 듯 강렬한 맛에 포로가 된 단골도 많다. 해가 다 저문 밤을 맞아 『불꽃벌』은 오늘도 성황이었다.

평소 같으면 라울이나 크루스도 있었겠지만, 당연히 지금의 베이트에게는 함께 술로 밤을 지새울 일행 따위 없었다.

오늘 밤은 혼자 고독하게 술로 목을 축이……게 될 줄 알았더니.

"······야. 넌 왜 여기 있는데, 아이즈."

"······그냥?"

2인석 테이블의 맞은편, 고개를 갸웃하는 금발금안의 소녀를 보며 베이트는 자기도 모르게 입을 이상한 방향으로 일그러뜨렸다.

주점 내에서도 한복판, 취객들의 소란에 휩싸인 그 테이블만이 사이에 흐르는 미묘한 분위기 때문에 주위에서 동떨어져보였다.

"너, 날 따라온 거야?"

"······네."

"왜 그랬는데?"

"······쓸쓸해, 보여서?"

"쓸쓸하긴 누가 쓸쓸해!"

말 한 마디 한 마디에 간격을 두는 아이즈와 대화를 나누다 결국 베이트는 자신도 모르게 마시던 잔을 테이블에 내리쳤다. 그런 청년의 모습에 아이즈는 다시 한 번 고개를 갸웃거렸다.

주위 사람들은 베이트의 처지나 심경 따위 전혀 알지 못한 채 활달하게 떠들어댔다.

오늘 주점의 손님은 드워프 모험자들에 휴먼, 수인, 그중에서도 아마조네스가 많은 것 같았다. 급사를 맡은 파룸 소녀가 쫄랑쫄랑 뛰어다니며 술과 요리를 열심히 날랐다.

그 중에는 연회는 내팽개친 채 베이트와 아이즈에게 시

선을 보내는 사람도 있었다. 아니, 오히려 그 쪽이 많았다. 【로키 파밀리아】의 【바나르간드】와 【검희】, 미궁도시 어디에서도 주목을 모으는 것이 제1급 모험자라는 존재다. 특히 절세미소녀인 아이즈를 빤히 바라보는 괘씸한 시선이 끊이질 않았다. 그러나 베이트가 한번 노려보면 주위의 데미휴먼들은 황급히 고개를 돌리고 두 번 다시 이쪽을 쳐다보지 않았다.

같은 테이블에 앉은 것까지는 좋았지만, 전혀 대화가 이어지질 않았다.

주문도 하지 않은 채, 깔끔한 자세로 앉아 빤히 이쪽을 바라보는 소녀에게 베이트는 저택에 있을 때보다도 훨씬 가시방석 같은 기분을 느꼈다.

급사의 실수로 아이즈 앞에 놓인 잔을 빼앗아 들이켰다. 아이즈가 "앗" 하는 사이에 다 비워버렸다.

"……그래서? 이런 데는 왜 온 거야? 뭐 하는지 보고 오라고 핀이 시켰냐?"

"핀……? 아니, 핀하곤 상관, 없어요…….."

"그럼 왜?"

"내가 그냥…… 베이트 씨가, 신경이 쓰여서."

"――쿠훅?!"

술을 마시다 갑자기 사레들려버린 베이트를 보며 아이즈는 깜짝 놀랐다.

처음에는 갈팡질팡하다가,

"망할, 천연산 얼빵이였지. 젠장……."

혼자 수긍하고 혼자 원한을 부풀리는 웨어울프에게 곤혹스러워한다.

'베이트 씨하고는, 이제까지, 별로 얘기해본 적이 없어…….'

둘밖에 없기 때문에 베이트가 술을 들이켜는 속도가 빨라지고 있다는 사실도 깨닫지 못한 채, 아이즈는 이렇게 전투 이외의 상황에서 그와 단 둘이 행동을 함께 한 적은 처음이라고 생각했다.

베이트는 티오나, 티오네처럼 다른 파벌에서 컨버전한 소위 '편입파'였다. 6년쯤 전이었던가. 티오나와 티오네가 이적하기도 전이었다. 처음 만난 당초, 베이트는 아이즈도 깔보았지만 던전에서 그녀가 싸우는 모습을 본 후로는 그런 태도가 사라졌다. 오히려 한 수 높게 쳐주는 것처럼 느껴지기도 했다.

예전 소속은【비다르 파밀리아】.

컨버전한 이유는, 불화 때문이었던 것 같다고 핀에게 들은 적이 있다.【비다르 파밀리아】는 그대로 미궁도시를 나갔다고 한다. 티오나 티오네보다도 오래 알고 지냈지만 아이즈는 사실 베이트 본인에 대해서는 아무 것도 알지 못했다.

'……내가, 베이트 씨에 대해 생각하는 거라면.'

아이즈가 평소 베이트에게 품은 감정은 '지나친 것 아닐까' 하는 의문이었다.

그가 강하다는 점은 의심하지 않는다. 노골적으로 말하자면 그의 『힘』에 대한 자세는 자신과 가까운 면모마저 있다고 생각한다. 천진난만하게 싸우는 것을 좋아하는 티오나하고는 또 다른 투쟁심이다.

생각을 거듭하던 아이즈는 큰맘먹고 물어보았다.

"왜, 베이트 씨는…… 그렇게 남을 깔보나요?"

"아앙?"

술을 마시고만 있던 베이트는 이미 살짝 발그레해진 얼굴을 들었다.

먼저 말을 꺼낸 아이즈를 신기하다는 듯 바라본 후, 웃음을 일그러뜨렸다.

"잔챙이는 잔챙이잖아. 나보다 약하고 한심하기까지 한 놈들을 깔보는 게 뭐 잘못이야."

지론을 펼치는 베이트에게 아이즈는 입을 다물었다.

안 되겠다. 이래서는 평소의 리베리아나 티오나하고 똑같이 평행선을 그릴 뿐이다.

그렇게 느낀 아이즈는 질문의 내용을 바꿔보았다.

"베이트 씨는…… 왜 강해지려고 해요?"

"…………."

그것은 베이트가 자신과 비슷하다고 느끼는 아이즈이기에 나온 질문이었다.

자신과 비슷하다면, 힘에 대한 집착, 어쩌면 강해지고자 하는 동기를 알면 그의 근간을 볼 수 있지 않을까, 그렇게 해석한 것이다.

　몇 초 침묵한 베이트는 입가를 틀어 올리며 웃었다.

　"헹, 웬일이냐? 네가 남한테 관심을 다 보이고."

　"…………."

　"자기에 대해선 한 마디도 안 하고, 날이면 날마다 몬스터만 때려잡던 옛날 너한테서는 상상이 안 되는데."

　"우."

　얼굴을 찡그린 아이즈가 반사적으로 입을 열려는 찰나, 베이트가 말을 겹쳤다.

　"그럼 물어보겠는데, 넌 내가 똑같이 물어보면 대답할 수 있나?"

　"!"

　아이즈는 대답하지 못했다. 대신 금색 눈을 내리깔 수밖에 없었다.

　베이트는 그런 아이즈를 비난하려고는 하지 않았다. 그저 내뱉듯 말을 이었다.

　"실망시키지 마, 아이즈. 알 필요 없잖아, 남 일 따위. 아무려면 어때, 남이야 뭘 어쩌든."

　새빨간 벌꿀주를 들이켠 베이트는 그대로 손에 든 잔을 바닥에 내팽개쳤다.

　"아이즈, 넌 강해. 그거면 돼."

　"…………."

　"계속 강하기만 하면, 우린 그거면 된다고."

술기운이 올라, 베이트는 아이즈의 눈을 똑바로 바라보고 타이르듯 말했다.

"그래, 강한 놈은 뭘 해도 용납돼. 뭘 빼앗아도 돼."

그러나 진지한 표정은 갑자기 경박한 미소로 바뀌었다.

"예를 들면—— 주위에 있는 이 잔챙이 자식들을 술자리에서 화젯거리로 삼아도 말이지!"

떠들썩하던 주위의 소음을 집어삼킬 정도의 고함이 베이트의 입에서 터졌다.

놀란 아이즈를 내버려둔 채 회색털의 웨어울프는 의자 등받이에 팔을 척 걸치며 주위로 시선을 돌렸다.

"현재에 만족해 헤실거리고 앉아있는 쓰레기들! 늬들의 그 바보 같은 낯짝이 지겨워서 술맛 떨어진다! 매일매일 자기보다 약한 몬스터나 해치우면서 신나가지곤! 너절한 돈으로 너절한 술이나 마시면서 대체 뭐가 그렇게 재밌냐?!"

베이트의 조롱이 울려 퍼짐에 따라 주점에서는 말소리가 사라지고, 금세 험악한 분위기가 감돌았다. 적의 섞인 시선이 베이트에게 쇄도했다.

"베이트 씨."

"왜 말리는데, 아이즈! 내가 뭐 틀린 말 한 거 아니잖아! 할 줄 아는 거라곤 끼리끼리 뭉치는 것뿐이고, 말만 번드르르하지 대들 기개도 없는 주제에!"

많은 이들의 눈초리를 받았지만, 베이트가 호전적으로

웃으며 쳐다보자 모험자들은 그 안광 앞에 금세 위축되었다.

눈을 돌리고, 혹은 내리깔아, 공교롭게도 그의 매도를 긍정하고 말았다.

"봐, 이 꼬락서니. ……짖지도 못할 거면 모험자 노릇 때려치워, 구제할 길 없는 겁쟁이들아!!"

무구를 몸에 걸친 모험자들은 얼굴을 시뻘겋게 물들이며 분노로 주먹을 떨었지만 받아칠 수는 없었다. 치욕을 당하고도 아무도 베이트에게 대들지 못한다. 제1급 모험자라는, 진정한 『괴물』의 칭호에 두려움을 느낀 것이다.

감정이 희박한 아이즈조차 혐오를 내비치며 베이트를 말리려 했지만,

"──거 마음에 안 드는데."

한 발 먼저, 그에게 정면으로 대드는 자들이 있었다.

가게 구석에 자리를 잡고 있던 아마조네스의 무리. 그 중에서 매끄러운 흑색 장발을 출렁이는 한 여걸이 일어났다.

"아이샤 벨카……."

"【안티아네이라】다."

술렁임이 부풀어올라 그녀가 누구인지를 말해주었다.

베이트와 아이즈는 그 여걸── 아이샤와 그녀의 일행이 며칠 전까지만 해도 【이슈타르 파밀리아】 소속이었던 『바벨라』임을 알아보았다. 대부분이 Lv.3, 제2급 모험자로

구성된 강자들이다.

보아하니 주신 이슈타르가 송환된 후, 저마다 다른 파벌로 이적했던 옛 동료들끼리 모여 술을 마시는 모양이었다. 그때 베이트가 찬물을 끼얹은 셈이다.

"한데 묶어서 겁쟁이 취급하지 마시지. 네 지저분한 목소리를 듣고도 잠자코 있을 만큼 우린 겁쟁이가 아니거든. ……제1급인지 뭔지 모르겠다만 그만 기어올라라."

마지막의 목소리는 중저음의 살기를 띠고 있었다.

마음대로 떠들어댄 베이트에게 아이샤는 노기를 감추려고도 하지 않았다. 그녀의 등 뒤에서 일어나는 아마조네스들도 마찬가지였다. 노출도가 높은 의상에서 갈색 피부를 드러낸 채, 눈꼬리를 틀어올리며, 대놓고 말하자면 『언제든지 덤벼』하는 분위기를 발산하고 있었다.

"헹—— 잔챙이들이."

하나씩 둘씩 일어나는 아마조네스들을 쳐다보던 베이트의 입이 흉흉하게 찢어졌다.

"어디서 시건방지게 구냐, 창부들!! 걷어차 죽여줄까?!"

그도 또한 의자를 박차며 일어났다.

"베이트 씨, 잠까——."

"그래 좋다, 네놈이야말로 작살을 내주지!"

아이즈의 목소리는 아마조네스들의 포효 속에 묻혀버렸다.

갑자기 싸움을 부추기는 손님들의 성원이 터져나오고,

눈 깜짝할 사이에 베이트와 『바벨라』들의 큰 싸움이 발발했다.

튀어오르는 접시, 의자, 테이블, 핏줄기.

이제는 익숙하다는 듯 카운터 안에서 묵묵히 접시를 닦는 드워프 주인 앞에서 노성과 비명이 오간다.

아연실색한 아이즈를 내버려둔 채 난투가 펼쳐졌다.

구름에 숨은 달조각이 어렴풋이 빛나는 가운데.

열에 들떴던 한밤의 장막은 금세 정적을 되찾았다.

창백해진 모험자들 앞에서, 바닥에는 여러 명의 몸이 켜켜이 쌓여 있었다.

"헹. 입만 살아갖고는."

"크윽……!"

열 명도 넘던 바벨라를 찰과상 하나 입지 않고 쓰러뜨린 베이트는 남은 아이샤의 목을 움켜쥐고 있었다.

똑바로 내민 오른손이 마지막까지 저항을 멈추지 않던 여걸의 목을 조른다.

"【바나르간드】……!"

승부가 난 지금도 여전히 아이샤의 눈에서는 투쟁심이 사라지질 않았다. 이 정도로 고통을 주는데도 아직 송곳니를 거두려 하지 않는 여걸에게 베이트는 한껏 입술을 틀어올렸다.

그대로 숨통을 끊으려 했을 때,

© Kiyotaka Haimura

"그만."

"…………."

발검한 아이즈의 《데스퍼러트》가 베이트의 목덜미를 노리고 있었다.

웃음을 거둔 베이트가 쳐다보니, 【검희】의 두 눈은 얼어붙은 빛을 뿜어냈다.

이제 싸움은 끝났다. 아마조네스들이 쓰러진 이상 불똥이 튈 리도 없을 터. 난폭한 정당방위를 저지를 필요는 없다. 침묵으로 그렇게 말하고 있었다.

노기가 빠져나간 베이트는 코웃음을 치고는 아이샤를 놓아주었다. 바닥에 쓰러진 아이샤에게서 몇 번이나 기침을 하는 소리가 울렸다.

"어떻게…… 사람을 그렇게, 상처 입힐 수가 있어요?"

주먹으로도, 말로도.

그런 말이 숨어있는 아이즈의 물음에 베이트는 대답하지 않았다.

상처를 붙든 채로 아마조네스들이 맏누이인 아이샤에게 달려오는 가운데, 아이즈는 그의 눈을 바라보며 또박또박 말했다.

"난, 베이트 씨의 그런 점이…… 싫어요."

"……헹, 그러냐."

소녀의 단언에 웨어울프 청년은 코웃음을 쳐주었다.

"기분 잡쳤네."

그렇게 말하며 아이즈의 앞을 떠나간다. 카운터 너머의 드워프 점주에게 전재산이 든 금화 자루를 던져주고, 발을 문 쪽으로 돌린다. 바닥에 주저앉은 채 노려보는 아마조네스들의 시선도 아랑곳 않고.

밖으로 나가기 직전, 주점 안에서 베이트에게 모여든 시선은, 오늘 아침 【로키 파밀리아】 단원들과 마찬가지로 혐오를 띠고 있었다.

곁눈질로 이를 본 베이트는 메마른 나무문 소리를 내며 주점을 나갔다.

"…………."

눈썹을 서글프게 늘어뜨린 아이즈는 입을 꾹 다문 채 서 있었다.

그녀도 이제는 쫓아가려 하지 않았다.

⚑

번화가는 인파로 북적거렸다.

찬연히 빛나는 카지노나 시어터 등, 반짝이는 마석등의 불빛을 피하듯 베이트는 태연히 뒷골목을 지나갔다. 이제는 인공의 조명을 대신해 푸르스름한 달빛이 주위를 비추었다.

그리고 아무도 없는 모퉁이를 돈 순간── 베이트는 그 자리에 쪼그려 앉았다.

마치 개구리처럼.

"또 저질렀다……."

조금 전까지 보였던 밉살맞은 조소는 어디로 갔는지, 고개를 축 늘어뜨리며 초췌한 목소리를 움푹 꺼진 보도블록으로 떨어뜨렸다.

'술만 퍼마시면 늘 이렇게 된다니까…… 혀가 잘 돌아가서 평소의 버릇이 폭주해버리고…….'

술기운이 깬 베이트는 이미 맨 정신이었다. 아니, 정확하게는 아이즈가 진지한 얼굴로 내뱉은『싫어해요』한 마디가 술기운 따위 날려버렸다. 마치 그녀의 마법처럼.

베이트는 자신의 언동에 후회하는 것이 아니다. 새삼스레 그럴 리가 있겠는가. 그러나 타인의 시선 따위는 모기만큼도 여기지 않더라도, 아이즈의 시선은 견디기 힘들었다. 잘 모르겠지만 정말 힘들었다. 지난번에는 토마토 모험자……가 아니라『토끼 자식』의 화제로『풍요의 여주인』에서 사고를 쳤는데, 이번 소동이 결정타가 됐을지도 모른다.

아무리 베이트라 해도 자기혐오의 소용돌이에 빠질 수밖에 없었다. 같은 잘못을 되풀이하는 자신이야말로 구제할 길 없는 모험자라고. 이것만은 자업자득이라 허리에서 돋아난 늑대 꼬리도 생기를 잃은 것처럼 추욱 늘어졌다.

【바나르간드】를 아는 사람이 이 자리에 있었다면 눈을 의심했을 만큼 요란하게 낙심하며 온몸으로 탄식했다.

"빌어처먹을⋯⋯."

보도블록 속으로 파고들 정도로 베이트가 실의에 빠져 들던, 그때.

"찾았다아—!! 베이트 로가아!"

속이 뒤집힐 정도로 밝은 목소리가 베이트의 등을 후려 쳤다.

"⋯⋯아앙?"

고개만 돌려보니, 등 뒤에 있던 것은 한 아마조네스, 그 것도 아직 어린 소녀였다.

성숙한 몸과는 거리가 먼, 가녀린 갈색 몸. 가슴도 ——티 오나보다는 낮지만—— 아직 덜 부풀었다. 의상은 짧은 조 끼와, 마찬가지로 아슬아슬하게 짧은 허리천 등 다른 아마조 네스와 비교하면 피복면적이 넓기는 하지만 역시 극심한 노 출도를 자랑했다. 배꼽도 다 보였다. 길게 길러 한데 묶은 까 만 머리카락이 그나마 어른스러움을 띠었다.

베이트의 이름을 부르며 손가락을 들이댄 소녀는 뺨을 붉히더니 금색 귀걸이를 찰랑거리며, 강아지처럼 통통 뛰 어 다가왔다.

"겨우 만났다아—! 아이 참, 얼마나 보고 싶었다고—!"

"뭔데 넌⋯⋯."

자리에서 일어난 베이트의 몇 걸음 앞에서 사뿐! 두 발로 착지한 아마조네스 소녀.

앞으로 한 걸음만 파고들었다면 오른발의 《프로스빌트》로 날려버렸을 참이었겠지만, 그런 사실은 꿈에도 모른 채 소녀는 얼굴에 머금었던 미소에 충격을 내비쳤다.

"뭐~?! 잊어버렸어?! 난 계속 베이트 로가를 기억하고 있었는데!"

"너 같은 아마조네스 몰라. 그리고 아까부터 왜 친한 척 사람 이름을 막 부르고 앉았어!"

"너무해~!! 나한테 그렇게 심한 짓을 해놓고는!"

남의 이야기를 전혀 듣지 않는 소녀에게 베이트는 노골적으로 불쾌한 감정을 드러냈다.

그리고 말 한 마디 한 마디가 시끄러웠다. 티오나와는 또 다른 방향으로 짜증이 났다. 로키가 흔히 말하는 『텐션이 높다』는 게 이런 걸까.

아니, 이건 흥분한 것 아닐지.

날 만나서?

그리고 이때, 베이트의 한쪽 눈썹이 치켜 올라갔다.

그녀의 용모는 떠오르지 않았지만, 캥캥 째지는 목소리가 기억을 자극했다.

"너, 혹시 멜렌에서 한번 싸웠던【이슈타르 파밀리아】의……?"

"응, 맞아맞아! 기억났어?!"

눈을 초롱초롱 빛낸 소녀는 연신 고개를 끄덕였다.

【칼리 파밀리아】의 의식에 티오나와 티오네, 아이즈가 말려들어 도시 밖에 존재하는 『항구도시 멜렌』으로 지원을 나갔을 때였다.

칼리 일파와 결탁했던 【이슈타르 파밀리아】를 상대하며 베이트는 『수화』해 두꺼비 여자를 막아냈다. 그때 베이트의 등 뒤에서, 무모하게도 시미터로 베려 했던 아마조네스 소녀가 있었다. 당시는 변장을 해 용모는 알아볼 수 없었지만, 그녀의 배에 무거운 주먹을 꽂아주었던 기억은 났다.

분명 그때 불렸던 소녀의 이름은…….

"레나! 난 레나 탈리! 이젠 잊어버리면 안 돼, 베이트 로가."

베이트의 기억을 보완해준 소녀 ── 레나는 자기소개와 함께 만면의 웃음을 지었다.

"아, 맞다! 베이트 로가, 아까 아이샤랑 싸웠다며?! 우와~ 난 왜 지각했담?! 완전히 늦어버렸잖아~! 아까워~!"

보아하니 레나는 아이샤 일행과 마찬가지로 『불꽃벌』에서 모일 예정이었던 모양이다. 말 그대로 주점에 지각한 후, 나가떨어진 동료들에게 사정을 듣고 황급히 베이트를 따라왔다……는 것 아닐까.

두 손으로 머리를 감싸 쥐었다가 소리를 질렀다가 바쁜 그녀의 모습을 보고 베이트도 거기까지는 이해했다.

'근데 모르겠다고…… 뭔데, 이 꼬맹이.'

여전히 강아지처럼 깔깔 웃는 레나를 보며 눈살을 찡그리고 말았다.

베이트는 자신이 『미움 받는 존재』라는 자각이 있었으며, 익숙하기도 했다. 사람의 악의와 해의를 비웃음으로 받아넘기고 두 배로 갚아주는 일도 일상다반사였다.

하지만 이 소녀는 달랐다. 명백히 베이트에게 『호의』를 품은 것이다.

【로키 파밀리아】내에서도 두려움을 사, 수많은 단원들이 거리를 둔 외톨이 늑대. 그것이 베이트다.

"저기저기, 베이트 로가. 같이 술 마시지 않을래? 아이샤가 있던 술집에 돌아가기 싫으면 둘이서만 다른 데로 가도 되고!"

……아니 그보다, 가깝다. 너무 가깝다.

뭐지 이놈.

"야, 떨어져! 너 진짜 뭔데?!"

"레나라고 했잖아~ 베이트 로가!"

"누가 그딴 걸 물어봤어! 그보다 이름 부르지 말라고 했지?!"

은근슬쩍 오른팔에 달라붙으려 하는 레나에게 외치는 베이트의 노성이 인적 없는 뒷골목에 허무하게 울려 퍼졌다.

전혀 이해불능이었다. 왜 이렇게 호의적인지 알 수 없었다. 이번에도 로키의 말을 참조해본다면 『우하~! 초장부터 호감도 MAX구마!!』라고 해야 할까.

"제대로 만난 적도 없는 주제에 왜 친한 척이냐고, 이 꼬마조네스!"

"그럼 어떡해, 반해버렸는걸!!"

레나를 떨치려 하던 베이트는 그 말에 우뚝, 몸을 멈추었다.

머리 위의 늑대 귀를 실룩거리며, 눈앞의 소녀를 빤히 쳐다본다.

뜨거운 눈빛으로 빤—히 올려다보는 레나의 눈동자.

베이트의 호박색 눈과 비슷한, 오렌지 펄과도 같은 두 눈은 『색』에 젖은 『여자』의 눈이었다.

구체적으로는 『사냥감』을 발견한 아마조네스의 눈——.

'——아니 야 잠깐 기다려봐 웃기지 말라 그래!'

눈앞의 여자가 보인 얼굴은, 베이트도 잘 아는 것이었다.

『수컷』을 원하는 아마조네스의 얼굴. 핀을 땅 끝까지라도 쫓아가려 하는 티오네와 같은 표정.

베이트의 얼굴에 전율이 내달렸다.

"멜렌에서 베이트 로가랑 만나고 난 변해버렸어. 날 날카롭게 노려봤던 순간부터 스멀⋯⋯하고 몸이 뜨거워졌는걸!"

아마조네스는 강한 『남자』에게 끌린다.

아마조네스는 자신을 꺾은 『수컷』에게 마음을 빼앗긴다.

아마조네스의 성가신 특성을 떠올린 베이트는 얼굴에 새겨진 문신과 함께 뺨을 실룩거렸다.

멜렌에서 바로 그날 밤, 베이트는 완전히 레나를 꺾어버렸다. 그것도 순식간에. 『수화』 덕에 무시무시한 위력을 발휘하는 철권으로.

——발정났구만!

베이트는 상황을 올바르게 이해하고 말았다.

그가 뻣뻣이 굳어버린 것도 아랑곳 않고 레나는 열기를 머금은 숨결을 토해내며 조그만 턱에 손가락을 가져다 댔다.

"그래서 있지? 배를 얻어맞은 순간 느꼈던 거야…… 『아, 운명이구나……』하고."

베이트는 분명히 그 순간 『오한』을 맛보았다.

배를 맞아 반했다는 게 대체 무슨 소리야. 아마조네스 이상해.

"……순서가 이상해졌지만 고백할게, 베이트 로가!!"

다음 순간 홱 고개를 든 레나는 두 팔을 벌리며 점프했다.

"베이트 로가, 사랑해!! 우리 애 만들자!"

안으려 하는 소녀에게, 정신이 들고 보니 베이트는 주먹을 날리고 있었다.

"후구욱?!"

일생일대의 고백에 대한 대답, 혼신의 라이트 스트레이

트가 소녀의 배에 꽂혔다.

몸이 꺾인 레나가 보도블록 위로 추락했다. 철퍼덕! 튕기는 소리를 듣고 베이트는 흠칫 제정신을 차렸다.

"어라, 야…… 살았냐?"

아뿔싸, 소름 끼친 나머지 너무 힘을 줘버렸어.

제1급 모험자여도 혼절할 만한 위력이었다. 자기도 모르게 걱정을 내비치자,

"흐…… 흐헤, 흐헤헤헤헤헤헤헤……! 배에 커다란 게 들어왔어……! 이제 두 번째……! 이건 분명히 임신할 거야……!"

'뭐야 얘 무서워.'

베이트는 얼른 뒷걸음질을 쳤다.

드러내놓은 배꼽을 두 손으로 움켜쥐고 꿈틀꿈틀 보도블록 위에서 몸부림치는 레나는 공포 그 자체였다. 웃음을 머금은 채 입가에서 흘러나오는 침이 광기를 조장했다.

그것은 전투에서 결코 물러나는 법이 없던 베이트가 처음으로 느껴보는 감정이었다.

"……아마조네스 중에는 제대로 된 놈이 없냐."

"콜록, 콜록…… 에이~ 그렇지 않아~. 우린 본능에 솔직할 뿐이야."

어이없어하며 베이트가 중얼거리자, 레나가 망자처럼 비틀비틀 일어난다. 배를 움켜쥐면서도 눈물 맺힌 눈으로 웃으며 말하는 소녀에게 여전히 으스스한 기분을 느끼면서 베이트는 눈을 흘겼다.

"난 아까도 네 동료들을 작살내고 온 참인데?"

"그런 점도 멋있어! 아이샤보다도 강하다니 짜릿해, 새삼 반하겠어!!"

안 되겠다 이 자식.

진지하게 상대해봤자 소용없다는 사실을 깨달은 베이트는 등을 돌리고 그 자리를 떠났다.

"어, 잠깐만! 어디 가?!"

"여관 가서 잘 거야. 따라오지 마."

당연하다는 듯이 쫓아오는 소녀에게 내뱉고 걸어갔다. 흑발을 찰랑거리며 뛰어온 레나는 그 말에 고개를 갸웃했다.

"여관……? 홈이 아니고?"

베이트는 혀를 차고 싶어졌다. 입을 잘못 놀린 자신의 실수를 욕했다.

"혹시…… 【파밀리아】 동료들하고 싸우기라도 했어?! 혹시혹시 지금 돌아갈 곳이 없어?! 응응, 그렇지? 내 말이 맞지?!"

아우, 짜증나!

앞으로 돌아와서는, 만난 이후 가장 화나는 몸짓으로 흥분하는 레나를 보고 베이트는 다시 후려갈겨주고 싶어졌다.

"그럼 나 있는 데로 와! 침대도 있으니까 둘도 괜찮아!"

"누가 간대?! 내가 어디서 밤을 지새우든 무슨 상관이야!"

"그렇지만 베이트 로가, 돈 있어? 이 근처 여관은 전부 비싼걸?"

그런 레나의 말에 발을 멈춘 베이트는 두 번째 실수를 깨달았다.

──젠장, 돈이 없잖아.

『불꽃벌』에서 변상을 할 때, 멋 부린답시고 주인에게 던져준 그 돈자루가 전재산이었다.

지금 당장 던전으로 가면 얼마든지 벌 수 있겠지만……
솔직히 말해 너무 귀찮았다.

덧붙이자면 【파밀리아】 외에 친구라 부를 만한 사람은 없었으므로 쳐들어갈 곳도 없었다. 베이트는 사실, 이랄까 역시나랄까, 모험자 중에서도 손에 꼽을 정도로 미움을 받는 처지였다.

그런 베이트의 분위기를 눈치 빠르게 알아차렸는지 레나는 스스슥 달라붙었다.

"아이고 거기 손님~! 지금이라면 이 레나가 좋은 여관을 소개시켜드립죠~! 요금은 놀랍게도 무료! 심지어 귀여운 여자아이도 있어요! 므흣하고 우힛한 것도 아침까지 마음 대로!"

'자기 입으로 귀엽다고 했어, 이 자식…….'

마치 창관의 호객꾼처럼 유혹하는 아마조네스 소녀를 싸늘한 눈으로 내려다보는 베이트.

모종의 기대로 이글거리는 오렌지 펄 색깔의 눈동자를

쏘아보며, 오기로라도 갈까보냐고 결의하고 있으려니……
레아는 번뜩 눈을 빛냈다.

"그리고 만약 베이트 로가가 와주지 않는다면, 나【로키 파밀리아】의 홈에 가버릴 거야! 폭행당했어요~! 하고!"

"뭐?! 웃기지 마,【파밀리아】가 무슨 상관이야?! 갔다간 죽여버린다!"

"반한 수컷에게 죽는다면 그것도 좋아!"

설마 협박을 할 줄은 몰랐으므로 이때만큼은 베이트도 더럭 겁이 났다.

다른 때 같았으면 그러거나 말거나 신경도 쓰지 않았을 텐데, 솔직히 이번만큼은 좋지 못하다. 너무나도. '술에 취해 소녀를 폭행했다'고 오해를 샀다간 파벌 내에서 베이트의 존엄은 그야말로 수습이 불가능해진다. 티오나나 라울의 눈이 구더기를 보는 눈으로 바뀔 것이다. 그렇다고 정말로 레나를 해칠 수도 없다.

이 여자의 가공할 점은, 자기네 파벌의 피해는 신경도 쓰지 않고 도시 최대 파벌로 쳐들어가겠다는 것이다. 앞뒤 가리지 않고 욕망을 채우려는 이 자세는 본능에 충실한 아마조네스이기 때문일까.

분노라는 이름의 극심한 고뇌가 솟아났다.

얼굴을 분노로 불태우며 끙끙거리던 베이트는 이를 악물며 으르렁거렸다.

"……이번만이야. 오늘 자고 가면, 두 번 다시 이상한 짓거리 하지 마!"

"아자~!! 괜찮아 괜찮아, 두 번 다시 협박하거나 하지 않을게! 이번 건수로는!"

"얀마아!!"

버럭 소리를 지르는 베이트에게는 아랑곳하지 않고 레나는 그 자리에서 폴짝 뛰어올랐다. 뺨을 벗꽃색으로 물들이며 베이트의 손을 잡고 걸어나간다.

"자, 가자! 여관보다 훨씬 좋은 곳 가르쳐줄게!"

"어, 야! 잡아당기지 마! 이거 놓으라고오오오오오오오!"

잡아당기고 뿌리치고 씨름하며 나아가기를 수십 분.

레나가 안내한 곳은 오라리오의 남동쪽, 제4구역에 존재했다.

"야, 여긴 『환락가』잖아……."

"어, 아냐아냐! 창관으로 끌고 가서 호구 만들려는 게 아니라고!"

요사스럽게 빛나는 분홍색 마석등, 음탕한 사향 냄새가 감도는 『밤의 거리』에서 베이트는 마치 『고블린』을 보는 눈빛으로 레나를 내려다보았다. 그녀는 필사적으로 부정했다.

『파밀리아』 동료들과 사이가 틀어지자마자 여자를 데리

고 환락가로…….』

　그런 추문이 퍼지기라도 했다간 체면이 말이 아니므로, 남의 눈을 피하듯 뒷골목을 따라 이동했다. 레나가 향한 곳은 남동쪽 메인 스트리트를 끼고 맞은편, 환락가 북쪽에 해당하는 제3구역이었다.

　"이슈타르 님이 송환되고 다른 【파밀리아】로 옮기긴 했지만, 컨버전하자마자 홈에 남자를 데리고 가는 건 아무리 나라고 해도 민망한걸."

　"애초에 홈에 남의 파벌 인간을 데리고 들어간 시점에서 문제지……."

　"그러니까! 『아지트』로 갈 거야!"

　도중에 그런 식으로 설명한 레나는 출입금지 구역으로 훌쩍 가볍게 침입했다.

　길드가 고용한 보초 모험자를 너무나도 쉽게 지나쳐 베이트를 안내한다.

　"여긴…… 【이슈타르 파밀리아】의 영역이잖아."

　"며칠 전까지는."

　번영의 극치를 누렸던 음탕의 거리는 주신을 잃고 돌무더기와 불타버린 잔해만이 남은 퇴폐의 거리로 전락했다.

　처마를 맞대고 늘어섰던 창관은 거의 반파상태. 벽이 뚫리고, 지붕 일부가 날아가고, 덧문의 파편이 지면에 널브러졌다. 개중에는 길과 함께 불길에 휩싸였던 대형 창관도 있었다. 수많은 마석등이 꺼진 채 구역 전체가 달밤의 어둠에 뒤덮였다.

곳곳에 파괴의 흔적이 남아있는 광경은 마치 적국의 침공을 받아 함락당한 성하마을과도 같았다. 시야 저편에는 【이슈타르 파밀리아】의 홈이었던 거대 건축물, 『벨리트 바빌리』가 마찬가지로 곳곳이 파괴된 채 서 있었다.

【프레이야 파밀리아】와의 항쟁—— 미의 신이 거느리는 파벌에게 기습을 당해 하룻밤 사이에 궤멸된 환락가의 말로. 재개발이 예정된 복구 구역이다.

"【프레이야 파밀리아】가 들쑤셔놓고 가긴 했지만, 안 망가진 가게도 꽤 있어. 자, 도착!"

레나가 말하는 『아지트』란 제3구역 내에서도 남동쪽 끄트머리의 거대 시벽에 붙다시피 존재했다.

대륙 중앙, 카이오스 사막 문화권의 색이 짙게 반영된 4층 건물이었다. 외벽을 장식한 석재는 흰색이며 꼼꼼한 디자인이 가미된 창문 등 외관도 적절한 기품을 풍겼다. 환락가가 살아있을 때는 고급 창관 중 하나였을 것이다. 다른 건물 사이에 가려진 뒷골목인 것으로 보아, 이름이 알려진 상급 모험자나 타국의 VIP가 몰래 다녔을 법한 가게였다.

같잖다는 표정을 지은 베이트는 이제 레나가 시키는 대로 그저 안으로 들어갔다.

"아이샤 정도밖에는 모르는 나만의 성이야. 이적한 【파밀리아】에서 방이 빈 최근까지 썼어."

인적 없는 창관은 인테리어도 세련되었다. 현관에 인접한 홀에는 살짝 먼지를 뒤집어쓴 벨벳 소파, 화려한 색상의 융단, 값비싼 도자기 등 온갖 세간이 갖추어져 있었다. 폐허가 된 지금은 약탈이 빈발하지 않을까 베이트가 생각하고 있으려니,

"재개발 계획이 잡혀서, 다이달로스 거리에서 오는 부랑자들도 보초 모험자들이 금방 붙잡아 쫓아내거든."

레나가 친절하게 설명해주었다.

"그런고로 우리도 들키면 성가셔지니까 불은 켜면 안 돼."

그런 식으로 두 손을 마주 대며 부탁까지 한다. 알아서하라고, 베이트는 자포자기해 대답했다.

"방은 아무 데나 써도 되냐?"

"아, 잠깐잠깐?! 위층, 위층으로 해! 최상층! 제일 좋은 방이고, 쓰는 데도 전혀 문제없으니까!"

알아서 뒤져보려 하는 베이트를 황급히 말리더니 레나는 최상층을 강하게 권했다.

수상쩍다는 눈으로 쳐다보니…… 소녀는 윤기 있는 자신의 머리카락에 오른손을 뻗었다.

스르륵, 소리를 내며 푸른 머리장식이 풀리자 한데 묶었던 긴 머리가 등으로 흘러내리고 요염함이 물씬 풍겼다. 마치 앳된 소녀에서 『색』을 알게 된 어른 여성으로 변한 것 같았다. 눈을 가늘게 뜨는 새끼고양이 같은 웃음이 갑자기 선정적인 분위기를 띠었다.

그러나 베이트는 무반응이었다.

바지 주머니에 손을 꽂은 채, 재미없다는 표정으로 성큼성큼 계단을 오른다.

"엑…… 너, 너무해~!"

아래층에서 들려오는 캥캥거리는 목소리 따위 무시하고 최상층, 살짝 틈이 벌어진 문을 걷어차 열었다.

홀에 깔린 것보다도 한층 격조 높은 융단, 마석등을 대신해 갖추어진 분위기용 촛대. 열 명은 너끈히 지낼 수 있을 만큼 넓은 방에, 긴 기둥과 함께 캐노피가 달린 커다란 침대가 한쪽에 있었다. VIP 룸이라는 말이 떠올랐다.

코를 살짝 간질이는 것은 아까 이용했다고 말한 레나의 잔향일까. 베이트는 입가를 찡그리고 말았다.

"저 악취미한 침대는 절대 안 쓴다……."

다른 놈들이 **발정 났던** 곳 따위 죽어도 싫었으므로, 창가 부근의 바닥에 아무렇게나 앉았다. 부드러운 융단이 몸을 받아들이는 가운데, 문득 옆으로 시선을 돌리니 탁 트인 창을 통해 환락가의 경치가 한눈에 내려다보였다. 『밤의 도시』 중에서도 가장 높은 미의 신의 궁전이 저 멀리 우뚝 솟은 광경은 겸손한 표현을 쓴다 해도 절경이라 할 수 있었다.

"헹…… 팔자 좋구만."

여자에게 끌려와, 퇴폐의 거리를 내려다볼 수 있는 특등석에서 하룻밤을 보낸다.

일시적이라고는 하지만 파벌에서 쫓겨난 자신의 처지를 비아냥거린 베이트는 한동안 경치를 감상했다.

그리고는 이번에야말로 드러누워, 머리 뒤에 두 팔을 깍지 끼고 눈을 감았다.

한껏 마셔댔던 술의 기운도 한몫 했는지 금세 졸음이 밀려들었다. 시원한 밤바람이 피부를 어루만지는 가운데 수마에 몸을 맡기려고 했을 때…… 찰칵.

방문이 조용히 열리는 소리가 들렸다.

"──베이트 로가~."

달콤하게 아양을 떠는 목소리가 베이트의 늑대 귀를 간질였다.

레나다. 심지어 의상이 바뀌었다.

천의 면적은 더 넓어진 검은색 네글리제……지만 거의 비쳐 보이는 베일 같은 원단이라 이제는 속옷이나 다를 바 없었다. 나긋나긋한 몸의 라인은 아름다웠으며, 살짝 달아오른 싱그러운 피부가 『수컷』을 유혹하는 고혹적인 매력을 뿜어냈다.

"저기 말이야, 싫은 일은 다 잊고…… 기분 좋은 꿈을 꾸는 건 어때?"

미소를 지으며, 늘씬한 다리를 뻗어 조용히 베이트에게 다가온다.

무릎을 구부린 레나에게서 새어나온 열기 띤 숨결. 단련된 수컷의 육체를 위에서 덮고자 소녀의 몸이 기울어진다.

아마조네스의 본능에 애가 탄 소녀의 의도는 단 한 가지. 종족번식이었다.

향수에 섞인 사향의 냄새는 남자를 죽일 의도로 가득했다. 가녀린 어깨를 달빛에 적시며 레나는 드러누운 웨어울프에게 자신의 몸을 겹치려 하다——.

"저리 가."

"깨앵?!"

요란하게 걷어차였다.

누운 자세에서 날아든 발차기에 호되게 얻어맞고 허공을 날아간 레나의 몸은 소리를 내며 바닥을 굴렀다. 베이트는 지독히 귀찮다는 표정으로 뾰족한 송곳니를 드러냈다.

"에엥~ 농담하는 거지~?! 이 상황에서 자는 사람이 어디 있어?! 덮치지 않는 거야?!"

레나는 벌떡 힘차게 일어났지만,

"소란 떨면 들킨다고 했던 건 너잖아, 꼬마조네스."

그 말에 아차 하며 두 손으로 자기 입을 막는다. 하지만 이내 볼을 부풀리는가 싶더니 고양이처럼 기어서 다시 다가왔다.

"에잉~ 같이 자자~. 같이 열심히 종족번식하자~ 아기 갖게 해줘~."

"시꺼. 닥쳐, 변태야."

"왜 손을 안 대겠다는 거야~? 역시 아이샤처럼 풍만해야 해? 아니면 베이트 로가, 불능? 혹시 남자가 좋아?"

"죽는다."

야옹거리며 몰래 손을 대려 하는 레나에게, 그때마다 베이트의 반격이 날아들었다.

접촉은 물론이고 바로 곁에서 자는 것도 용납하지 않았다. 허공으로 날아가기를 몇 차례, 특대 침대 위에 불시착한 레나는 "으아~!" 하고 고함을 지르며 마침내 벌렁 뒤로 누워버렸다.

"이럴 리가 없어~. 베이트 로가를, 나 없이는 살아갈 수 없는 몸으로 만들려고 했는데~."

"악의로 똘똘 뭉쳤구만."

훌쩍훌쩍 흐느끼며 아마조네스 소녀는 침대의 시트를 적셨다.

겨우 떠나간 폭풍에 가시 돋친 탄식을 한 베이트는 천장을 올려다보았다.

"저기, 왜 난 안 돼?"

"너만이 아니라, 난 잔챙이들이 다 싫어. 같이 자기라도 했다간 약한 게 옮아."

"뭐~? 베이트 로가보다 강한 여자가 얼마나 되겠어."

"…………"

시트를 둘둘 만 레나의 목소리에 잠시 말이 없어졌다.

몸을 뒤척인 베이트는 눈을 감기 직전, 가증스럽다는 듯 중얼거렸다.

"……난, 약해빠진 여자가 제일 싫어."

🦇

빌어먹을. 역시.

불길한 예감은 있었다. 너울거리는 의식 속에서 베이트는 그렇게 생각했다.

이럴 때면 꼭 과거의 꿈을 꾼다고——.

그것은 웨어울프의 반생이었다.

베이트 로가는 대륙 북방의 대지에서 왔다. 미궁도시는 고사하고 다른 대도시나 나라와도 무관한 방랑 수인부족. 유목민과도 달리, 주로 사냥을 하며 하루하루 살아가는 굴강한 『평원의 수민(獸民)』중 족장의 아들로 태어났다.

굴강한 아버지와 호쾌한 어머니, 그리고 나중에 태어난 여동생. 족장에게만 허락된 대형 텐트를 나가면 친근하게 웃음을 지으며 다가오는 웨어울프 형제들. 부족 전원이 베이트의 가족이었다.

『약육강식—— 잊지 마라, 베이트. 언제나 네 송곳니를 갈고 닦아야 한다.』

누구보다도 강했던 아버지는 몇 번이나 베이트에게 그 가르침을 설파했다.

숭배하는 신 따위 딱히 없는 부족은 여자와 아이에 이르기까지 모두 강했다. 【스테이터스】의 은총을 받지 않아도 지상의 몬스터 정도는 일축했으며, 때로는 불의를 저지른 카라반도 호위병들과 함께 짓밟았다. 그들에게는 달밤에 각성하는 종족의 위대한 힘은 물론이고, 야생의 기술과 지혜—— 부족의 역사라 할 만한『기술과 허허실실』이 갖추어져 있었다. 일치단결한『평원의 수민』은 하급 【파밀리아】에도 결코 패배하지 않아, 이웃 여러 국가나 신들의 파벌에게서 권유하는 사절이 파견되는 일도 잦았다. 그러나 베이트의 아버지는 선조의 가르침에 따라 끝까지 거부했다.

대자연의 흐름에 몸을 맡겨라. 태어나면 죽고, 죽으면 다시 태어난다.

가르침을 따르는 아버지와 전사들의 듬직한 모습은 어린 베이트에게는 긍지였다.

『안녕, 베이트.』

베이트와 같은 날에 태어난 소꿉친구 소녀가 있었다. 웨어울프 중에서는 보기 드문 거무스름한 금색 장발. 또래 아이들 중에서도 찬란하게 빛나는 보석처럼 아름다웠으며 청초했다. 성장함에 따라 당연하다는 듯 베이트는 그녀를 이성으로 의식했으며, 마찬가지로 당연하다는 듯 소녀를 두고 다른 사내아이들과 경쟁했다.

『원하면 빼앗아라.』

부족의 단순한 가르침에 따라 베이트는 송곳니를 갈고 닦아, 아이들 중에서도 가장 강해졌다. 그리고 그대로 소녀를 쟁취하고 말았다.

『……강하지 않아도 같이 있을 텐데.』

바람에 지워질 것 같은 소녀의 따뜻한 목소리는 베이트가 가진 추억 속에서도 단 하나뿐인 달콤하고 순수한 추억이 아닐까.

부족에 어울리지 않도록 얌전한 그녀는 약했다. 놀랄 정도로 나약했다.

그렇다면 베이트는 자신의 송곳니가 더욱 강해지면 된다고 스스로를 단련했다. 아버지에게 부탁해 전사의 일원으로 간주해달라고 하고, 어른들의 사냥에도 수없이 참가했다. 고블린이니 오크 정도는 혼자서도 여유 있게 쓰러뜨릴 정도가 되었다.

웅대한 산에 에워싸인 녹색 언덕에서, 소꿉친구가 지켜보는 가운데, 때로는 여동생도 함께 베이트는 자신의 송곳니를 갈고 닦으며 하루하루를 보냈다.

그리고 베이트가 열두 살 생일을 맞았을 때.

그 순간이 어이없이 찾아왔다.

『아버지, 어머니, 루나………… 다들.』

금색 달이 뜬 날 밤.

부족은 죽음을 맞았다.

전멸이었다.

느닷없이 평원에 출현한 『괴물』에게 몰살당한 것이다.

단 한 사람, 베이트를 남기고.

이것은 나중에 얻은 지식이었지만, 그『괴물』은 세계 3대 비경 중 하나—— 북쪽 땅 끝에 존재하는『용의 계곡』에서 내려온 것이었다고 한다.

날갯짓을 할 수 없는 날개를 가진 흉흉한 거수는 비늘로 어떤 공격도 튕겨냈으며, 포효 하나로 수인들의 고막을 터뜨리고, 달빛을 받아 각성한 전사들조차 너무나 어이없이 잡아먹었다. 아버지와 어머니는 갈기갈기 찢겼다. 여동생은 짓밟혔다. 베이트는 운이 좋았다.『괴물』의 발톱이 얼굴을 스쳤을 때 바위에 처박혀, 전투가 끝날 때까지 의식을 잃어버렸으니까.

깨진 바위틈에서 기어나와, 너덜너덜해진 몸을 끌고 가 보니, 시야에 펼쳐진 것은 엄청난 선혈과 전사들의 살점, 그리고 지평선 너머로 사라지려 하는『괴물』의 시커먼 그림자였다.

『괴물』은 베이트네 부족을 대신해『평원의 주인』이 된 것이다. 약자를 잡아먹어 양식으로 삼는 강자의 특권으로.

그날, 베이트는 모든 것을 잃었다.

몬스터에 의한 무자비한 유린.

이 넓은 세계에서는 일상다반사이며, 지극히도 무미건조한, 신들도 싫증을 내버린 비극이었다.

『약육강식』.

아버지에게 항상 배웠던 이치를 베이트는 올바르게 이

해했다. 이것이 세계. 이것이 섭리. 이것이 진리. 약자는 소소한 행복도 한순간에 빼앗긴다. 이제까지 짓밟아온 사냥감처럼 이번에는 베이트의 부족이 『사냥감』이 되었을 뿐. 매우 단순했다. 지나치게 단순해서 위장 속에 든 모든 것을 게워냈다.

강자는 무슨 짓을 해도 용납된다. 무엇을 빼앗아도 된다.

약자는 무슨 짓을 당해도 저항할 수 없다. 무엇이든 빼앗긴다.

약자여선 살아남을 수 없다.

아버지는 약했다. 부족의 전사들도 약했다. 어머니도, 여동생 루나도, 나도—— 그리고 몸 절반을 뜯어 먹혀 무참한 고깃덩어리로 전락한 소꿉친구도.

『레네……!』

베이트는 울었다.

얼굴을 불태우는 깊은 상처를 내버려둔 채, 피눈물과 함께 울고 또 울었다.

달빛을 받으며, 외톨이 늑대로 전락한 채, 밤하늘을 향해 그렇게 울부짖었다.

부족의 마지막 생존자가 된 베이트는 고향인 평원을 버렸다.

『평원의 수민』으로서 배웠던 가르침을 저버리고, 사람이

모이는 장소로 향했다. 약자였던 부족을 재건해봤자 의미
는 없다. 약자가 뭉쳐봤자 또 빼앗긴다. 도태되고 만다. 그
러니 미련과 함께 떨쳐버렸다.

베이트가 원한 것은 『강함』이었다. 두 번 다시 꺾이지 않
을 『송곳니』였다. 약자의 살점을 가르고 강자를 물어뜯기
로 맹세했다. 『평원의 주인』을 타도하고자.

베이트는 부족에게 들르던 행상에게 들은 적이 있다. 대
륙 서쪽 끝에는 세계 3대 비경 중 하나, 『던전』을 가진 미
궁도시가 있다고. 그곳은 세계의 중심이며, 수많은 신과
가장 강한 『모험자』들이 모인다고.

강함을 추구하는 베이트의 여행이 시작되었다.

얼굴 왼쪽에 새겨진 흉터는 『마법』이나 아이템을 사용하
면 흔적도 없이 지울 수 있지만, 그대로 남겨두고 추가로
문신을 새겼다.

자신의 약함에 대한 경고. 약한 시절의 상징을 얼굴에
새기고, 잊지 않으려 했다.

아무 것도 잃지 않는, 강자에 대한 굶주림도 함께 환기
시키도록.

문신사의 손에 새겨진, 눈가부터 뺨에 걸쳐 번개처럼 내
달리는 문신을 볼 때마다 베이트는 웃음을 지을 수밖에 없
었다.

그것은 마치 자신이 바라마지않던 『송곳니』와도 같았으
니까.

강함에 대한 굶주림과 약함의 상징이 하나가 된── 늑대의『송곳니』.

"……쯧."

눈을 뜬 베이트가 가장 먼저 했던 일은 혀를 차는 것이었다.

뺨의 문신이 뿜어내는 실체 없는 통증을 과거의 잔재와 함께 떨치고 미간에 주름을 지었다.

그러자,

"──아."

마치 그 혀 차는 소리를 오해한 것처럼, 드러누운 베이트에게 살그머니 다가오던 아마조네스 소녀가 굳어버렸다.

덧붙이면 알몸이었다.

"……뭐 하고 앉았냐."

"에, 에헤헤헤………… 야습(夜襲), 은 아니고, 조습(朝襲)?"

머리를 푼 레나의 대답이 끝나기도 전에 베이트는 발길질을 날렸다.

"후갸악~?!"

방 한구석으로 날아가는 소녀에게 다시 혀를 차 준 다음, 일어났다.

창밖으로 보이는 하늘은 희뿌옇게 밝아오고 있었다. 이 『아지트』가 등지고 있는 거대 시벽에서 하얀 아침 햇살이 희미하게 환락가를 비춘다. 레나가 접근하는 줄도 모르고 몰입했던 『꿈』에 속으로 욕설을 퍼부으며, 베이트는 한동안 이른 아침의 환락가를 바라보았다.

'한동안 홈에는 못 돌아간다지만 아무 것도 안 할 수는 없잖아. 일단 던전에서 푼돈이라도 번다 치고…… 핀이랑 다른 놈들은 『그것』의 행방을 찾겠지.'

시야 저 너머에 우뚝 솟은 거대한 궁전을── **미의 신이 살던** 성을 날카롭게 노려본다.

방 한구석에서 끙끙 신음하던 레나를 돌아보았다.

"야, 꼬마조네스."

"왜 그러는데, 진짜~."

눈물을 머금고 돌아보는 소녀에게 베이트가 말했다.

"이상한 기호가 새겨진 빨간 『열쇠』 혹시 모르냐?"

석조 통로에 싸늘한 공기가 흐르고 있었다.

그곳은 햇빛과는 무관한 지하미궁이었다.

수많은 물거미 몬스터가 소름 끼치는 소리를 내며 활보하는 가운데, 미궁 안쪽에서 격렬한 목소리가 터져나왔다.

"그 망할 놈의 천치 같은 여신이!"

거친 목소리의 주인은 모피가 달린 오버코트를 입은 한 여자였다.

『인조미궁 크노소스』의 깊은 곳, 온갖 벽화가 있는 유적과도 같은 복도.

그곳에서 이블스의 간부, 바레타 그레데는 노성을 터뜨리고 있었다.

"그렇게나 도와줬는데도【프레이야 파밀리아】한테 하룻밤 만에 당하고 앉았어!"

"프레이야의 움직임이 너무 예상 밖이었잖냐. 계획대로 돌아갔으면 잘 풀렸을 텐데."

그녀의 노성을 듣는 자는 경박한 웃음을 지은 사신, 타나토스였다.

주위의 계급 높은 단원들이 지켜보는 가운데, 바레타는 주신 앞에서 격앙했다.

"이제 와서 그딴 소릴 해봤자 무슨 의미가 있어! 제일 위험한 건 그 여자한테 맡겨놓은『열쇠』도 어디론가 사라져버렸단 거야!"

이블스의 잔당은 크노소스 증설을 위해 스폰서인 이슈타르에게 어떤 물건을 맡겨놓았다.

그것이『열쇠』.

정식 명칭은『다이달로스 오브』.

미로 내의 곳곳에 설치된 오리할콘『문』을 열기 위한 매직 아이템이다.

그것의 행방을 알 수가 없었다.

"그게 없으면 위험한 거야 사실이지만, 이미 애들이 찾고 있잖아? 잔해가 된 환락가를 중심으로"

"찾을 수가 없다고, 도저히! 그게 핀한테 넘어가기라도 했다간 무슨 꼴을 당할지 모르는데……!"

파괴 불능, 탈출 불능. 그것이야말로 인조미궁의 가장 큰 무기다. 하지만 『열쇠』가 넘어가버리면 그 압도적인 우위성이 무너지고 만다. 바레타는 손톱을 잘근잘근 깨물며, 미처 해치우지 못한 숙적의 얼굴을 떠올리고 증오로 마음을 채웠다.

지금 여기에 바레타 이외의 주요 인물은 없다. 명공 다이달로스의 자손인 바르카도, 괴인 레비스도. 귀찮은 일은 모두 바레타 일당에게 떠넘기고 저마다 각자 행동하는 중이다. 바르카는 무너진 미궁을 수리하거나 구멍을 파고 있을 게 뻔하고, 레비스는 아직 『정령』을 돌보겠지.

망할 것들.

욕설을 내뱉을 때마다 그녀의 짜증도 고조되었다.

"탐무즈 자식은 어디로 사라졌어……!"

이슈타르의 청년 종자를 떠올리며 바레타가 으르렁거렸다. 여신의 충실한 오른팔로 신뢰를 받아 이 인조미궁에도 몇 번이나 찾아왔던 탐무즈는 【프레이야 파밀리아】와의 항쟁이 있었던 그 날부터 소식이 끊어졌다.

"어떻게 할까, 바레타?"

"······그 여신의 홈을 중심으로 『열쇠』를 찾아야지! 【로키 파밀리아】한테 추월당할 수는 없어! 야, 빨랑 가!"

"예!"

일제히 대답하고 【타나토스 파밀리아】의 단원들이 달려 나갔다.

이 상황마저 즐겁다는 양 눈을 가늘게 뜨는 남신에게도 속이 부글부글 끓는 것을 느끼며, 바레타는 혀를 찼다.

2장

주문은 늑대 입니까?

Гэта казка іншага сям'і.

Ці з'яўляецца парадак воўк?

"크노소스의 『열쇠』가 어디 있는지를 밝혀내야 해."

아침 미팅.

【로키 파밀리아】의 대식당에서 핀은 단원들에게 말했다.

"틀림없이 이블스의 잔당이 모두 확보했을 거라 보지만…… 딱 하나, 짚이는 데가 있어."

"멜렌으로 식인꽃을 운반했던 【이슈타르 파밀리아】죠?"

티오네의 말에 고개를 끄덕이며 핀이 대답했다.

"그래. 신 이슈타르가 놈들과 깊이 이어졌던 건 분명해. 그녀가 『열쇠』를 가졌을 가능성이 있어. 【프레이야 파밀리아】의 침공으로 신 이슈타르는 이블스와 연락을 취할 수 없게 되었겠지. 그 혼란 속에서 잃어버렸거나, 혹은 권속들이 행방을 알 가능성에 걸어볼 수밖에 없어. 오늘부터 다들 『열쇠』를 찾아주었으면 해."

그 말을 듣고 단원들의 얼굴이 굳었다.

"환락가 수색과 병행해서, 다른 파벌로 뿔뿔이 흩어진 【이슈타르 파밀리아】 출신 단원들과 접촉하고 정보를 모아줘. 물론 극비리에. 자, 여기까지 듣고 뭔가 질문 있는 사람?"

"저요, 저요~. 내용에 대한 건 아니지만 리베리아는~? 아무 데도 없는데."

여느 때처럼 티오나가 손을 들고 궁금한 것을 물었다.

"리베리아에게는 어떤 일을 부탁했어. 이른 아침부터 좀 미안하기는 하지만."

"흐응~. ……그럼 한 가지 더. 그놈의 늑대인간은?"

"후후. 마음에 걸려, 티오나?"

"전~혀어~? 그냥 혼자서만 땡땡이치고 있는 게 못마땅해서 그렇지."

티오나는 부루퉁한 표정을 감추지 않았다. 베이트에게 휴가를 주었다는 사실은 그녀를 포함해 아무도 모른다.

좋은 의미에서든 나쁜 의미에서든 웨어울프 청년을 신경 쓰고 있는 티오나에게 웃음을 지으며 핀은 슬쩍 얼버무렸다.

"베이트는 지금쯤 코를 킁킁거리며 뭔가를 찾고 있지 않을까? 자, 이 이상 질문이 없다면 수색반과 조사반을 편성하겠어. ……그럼 로키, 뒷일은…….."

단원들에게 지시를 내리기 직전, 핀은 곁에 있던 로키의 귀에 입을 가져갔다.

"오케이데이, 내한테 맡기라!"

자리에서 일어난 단원들이 저마다 팀을 편성하느라 술렁이는 가운데, 로키는 그 사이를 누비고 아이즈에게 몰래 다가갔다.

"아이쭈, 니 내 부탁 하나 들어줄라나?"

"로키……? 뭔데?"

"일 하면서라도 좋으니까, 은근슬쩍 베이트 머하나 좀 봐도."

로키의 말에 아이즈는 눈을 살짝 떴다.

"따돌림당해 가엾다 카는 것도 쩨끔 있는데 마, 베이트는 베이트 아이가. 얼라들 앞에선 그래 밉살맞은 소리 해싸코는 지 혼자 단서 찾고 있을기라."

그녀의 주황색 눈에는 권속에 대한 신뢰가 있었다.

아이즈 일행이 동료에게 품은 것과는 다른, 신이기에, 부모이기에 가능한 신뢰다.

"적은 지상에서는 공격 안할라칼 거고, 베이트도 다이달로스 거리로 쳐들어가진 않을기라. 캐도 먼가는 할 거 같단 말이제. 쫌 찾아봐도."

"……하지만, 난……."

"응? 와 그라는데, 아이쭈?"

"베이트 씨한테, 싫다고…… 해버렸어."

고개를 숙인 채 그렇게 중얼거렸다.

그녀가 더듬더듬 어젯밤에 있었던 일을 설명하자, 이윽고 로키는 배를 움켜쥐고 깔깔 웃어젖혔다.

"뜨아하하하─! 그거 안 되겠구마. 베이트 죽었을지도 모른데이!"

"그러니까, 그…… 내가 만나러 가면, 안 될 거야……."

어깨를 축 늘어뜨린 아이즈에게, 웃음을 그친 로키는 아이를 어르듯 물었다.

"아이쭈는 베이트하고 지금 【파밀리아】에 대해 어케 생각하노?"

"……난, 베이트 씨한테, 싫다고, 해버렸지만……"

온화한 눈을 하는 로키에게, 아이즈는 자신의 속내를 다시 바라보려는 것처럼 고르고 고른 말을 꺼냈다.

"또 전처럼, 티오나가 베이트 씨랑 싸우고…… 라울이나 레피야가 말리고…… 그걸 보고 다 같이 웃고, 그런……."

"응."

"……그런, 평소 같은 【파밀리아】로, 돌아갔으면 좋겠어……."

황금색 눈이 흘끔 티오나와 티오네의 눈치를 살폈다. 라울과 레피야도 포함해, 무언가가 모자라 어색해진 【파밀리아】의 모습을.

고개를 들고 자신의 마음을 또박또박 밝힌 아이즈에게 활짝 웃은 로키는 아이에게 만점을 주듯 금발을 마구 헤집으며 쓰다듬었다. 아이즈는 한쪽 눈을 감고 간지러워했지만 거부하지는 않았다.

"내도 같은 기분이데이. 지금 티오나랑 라울 같은 얼라들은 고집쟁이가 됐으니께, 그럴 수 있는 건 아이쭈뿐인기라. 핀하고도 이래저래 뒤끝 있고 말이제."

"…………."

"불안하믄 레피야한테 도와달라 캐도 된데이. 해줄라나?"

"……응. 알았어."

짧게 대답한 아이즈에게 로키는 다시 한 번 웃음을 지으며 어깨를 두드렸다.

단원들이 식당을 우르르 빠져나가는 가운데, 아이즈는 맑게 갠 창밖으로 시선을 돌렸다.

⊡

　"이상한 기호가 새겨진 매직 아이템이라……."
　동쪽 거대 시벽의 그림자에 뒤덮인 환락가 한곳, 고급 창관을 이용한 『레나의 아지트』.
　원래 창부들의 생활공간으로 주어졌던 1층의 거실에서, 식량으로 가져다놓은 빵을 아구아구 먹으며 레나는 손에 든 양피지를 내려다보았다.
　그곳에는 서툴지만 요점은 정리해놓은 베이트의 스케치가 그려져 있었다.
　"이 매직 아이템을 찾는 거야? 그런데…… 밥은 왜 안 먹어?"
　"너한테 이 이상 빚을 졌다간 귀찮아질 테니까."
　"에이~ 그렇지 않아~. 내가 직접 만든 건데~."
　그래서 하는 소리다. 베이트는 들으란 듯이 중얼거렸다.
　레나와 테이블을 끼고 앉은 그의 눈앞에는 썰고 굽고 쌓기만 한 간소한 아마조네스 요리가 있었다. 얇게 썬 말린 고기와 빵, 치즈와 벌꿀이 담긴 병을 흘끔 보고 시선을 들었다.
　"너네 옛날 주신이 그걸 가지고 있었을지도 몰라. 뭐 짐작 가는 거 없냐?"

"흐응~……."

마석제품으로 냉장해두었던 우유를 들이켠 레나는 『D』라는 기호가 새겨진 구체의 스케치를 보다가 흘끔 베이트의 얼굴을 살폈다.

"……이게 틀림없다고 딱 잘라 말할 수는 없지만, 짚이는 구석은 있을지도?"

"진짜?!"

테이블에 손을 짚고 몸을 내미는 베이트에게 레나는 뜸을 들이듯 고개를 끄덕였다.

"그거 가르쳐줘!"

"에이~ 공짜로~?"

"아앙?"

"나, 어제 한 번도 상대해주지 않아서 창피했는데……뭔가 대가가 있었으면~."

눈을 감고 웃음을 지으며 한껏 애를 태우는 소리를 하는 소녀를 보고 베이트의 뺨이 실룩거렸다.

"너 이 자식…… 작살나고 싶냐?"

"베이트 로가 난폭해~. 그래도 되겠어? 여긴 교섭의 자리인걸? 거래 상대의 기분을 상하게 만들면 끝장……. 그건 아마조네스인 나도 아는데~?"

"쫑알쫑알 지껄일래?! 진짜 몸에다 직접 물어본다?!"

"꺅, 몸에다 억지로 물어본대! 베이트 로가 아침부터 대담해!"

"너 좋을 대로 해석하지 말고!!"

어젯밤에 이어 버럭! 고함을 질렀지만 두 손으로 뺨을 안고 몸을 뒤틀어대는 아마조네스 소녀에게는 아무 의미도 없었다.

못 해먹겠네.

평범한 모험자라면 베이트가 멱살을 잡고 으름장을 놓으면 해결됐을 것이다. 하지만 눈앞의 상대는 겁을 먹기는커녕 기뻐하니 처치곤란이다. 아니, 기분이 나쁘다. 『혐오』도 『공포』도 아닌 『호의』가 이렇게나 성가신 것이었던가.

새삼스럽지만 베이트는 티오네의 끈덕진 구애를 받는 핀의 마음고생을 진정한 의미에서 이해할 것 같았다. 이제까지 미안했다고 사과하고 싶을 정도로.

"너 말고 다른 아마조네스한테 물어보는 방법도 있거든?!"

"나 말고는 이 매직 아이템에 대해 모를지도? 게다가 멜렌 때도 그랬지만, 어제 대판 싸운 상대한테 아이샤나 다른 친구들이 입을 열까~?"

"윽……?!"

정론이었다. 『재수 없는 웨어울프』로 알려진 베이트는 정보를 '묻는' 것이 아니라 '불게 만들어야' 한다. 교섭의 여지가 남아있는 사람은 레나 말고는 없었다.

말문이 막힌 베이트에게, 레나는 검지와 엄지로 동그라

미를 만들며 눈을 찡긋해보였다.

"정보를 살 때는 확실하게 대금을……. 모험자의 규칙이지?"

베이트는 뾰족한 이를 있는 힘껏 악다물었다.

또 한 가지 눈앞의 소녀가 감당이 안 되는 이유는, 그녀가 원하는 것이 돈을 비롯한 정당한 『정보료』가 아니라는 점이다.

"……뭘 하면 되는데! 말해!"

"그럼 종족번식—— 아앙 농담농담, 장난이야!"

주먹을 부르쥐고 진짜 살의를 뿜어내는 베이트를 보고 레나가 황급히 정정했다. 땀을 흘리며 생각에 잠긴 소녀는 활짝 웃으며 말했다.

"데이트하자, 베이트 로가!"

아침 해가 시벽을 넘어와 도시가 활기에 찰 무렵.

북서쪽 메인 스트리트, 통칭 『모험자 거리』는 오늘도 던전 탐색에 나서려 하는 데미휴먼으로 넘쳐났다. 그 근방에 세워진 【디안 케흐트 파밀리아】의 시설, 순백색의 치료원에도 많은 사람이 오갔다.

그런 가운데 하이엘프 리베리아는 시설 안쪽의 상담실에 있었다.

그녀와 마주한 것은 은백색 장발을 늘어뜨린 휴먼 미소녀, 아미드 테아사날레였다.

"그 단검에 대해 뭔가 알아냈나?"

"검증은 마쳤습니다. 그 전제로 한 말씀 드리자면……이 무기는 매우 이상합니다."

딱딱한 목소리로 대답한 아미드가 시선을 떨군 곳, 책상 위에는 검은색 단검이 있었다.

『불치의 저주』가 깃든 『커스 웨폰』이었다.

죽은 리네와 동료들의 유체를 회수할 때 아이즈가 크노소스에서 가지고 돌아왔던 것이다.

"어마어마한 『커스』…… 그날 핀 단장님의 저주를 풀 때도, 유통되는 아이템으로는 아무 의미가 없었습니다. 막대한 마인드를 쏟아부은 저의 『마법』으로 간신히……."

당시의 기억을 돌이키며 아미드는 조그만 손을 꼭 쥐었다.

"제 몸으로 시험해봤지만, 저주를 막는 액세서리나 매직아이템으로도 이 검의 저주는 막을 수 없었습니다."

"방어수단이 없고, 저주를 푸는 것도 【데아 세인트】가 아니고선 불가능한 『커스』란 말이지……."

종래의 장비나 아이템으로는 막지도 치유하지도 못한다고 말하는 아미드의 목소리는 위기감으로 가득했다. 리베리아를 더욱 우려하게 만든 것은, 이 저주받은 무기가 한 자루만이 아니라는 점이었다.

아이즈나 핀이 교전했던 괴인 레비스, 리네를 비롯한 동료들 곁에 방치되어 있던 단검, 찰과상 정도로 그치기는 했지만 티오네와 상대했던 암살자도 이런 무기를 사용했다고 한다.

성가신 무기의 작성자가 적진에 최소 한 사람은 있다는 뜻이다.

"이 『커스 웨폰』을 작성한 주술사는…… 상식을 벗어난 자입니다. 아마 우리의 상상이 미치지 않을 만한 능력, 혹은 망집의 소유자…….."

얼굴도 모르는, 그러나 확실히 상궤를 벗어난 주술사를 두려워하며 아미드가 말했다.

리베리아도 같은 심정이었다.

이블스의 잔당에게 『커스 웨폰』이 전해졌을 가능성이 있다. 아무 대책도 세우지 않는다면 함부로 희생자만 늘릴 뿐이다. 크노소스를 공략하려면 『열쇠』 입수와 함께 이 문제를 어떻게든 해결해야만 한다.

"주문했던 저주 해제 물약은, 만들 수 있겠나?"

"……솔직히 말씀드려서, 현재로서는 어렵습니다."

이미 몇 번이나 제작을 시도했는지, 아미드의 얼굴에서는 피로가 짙게 배어나왔다. 늘 투명할 정도로 희던 피부이기에 그 피로가 보기에 안쓰러울 정도로 두드러졌다.

"하지만, 해보겠습니다. ……이런 무기는, 있어서는 안 돼요."

그럼에도 아미드는 강한 의지를 드러냈다.

정밀한 인형과도 같은 그녀가 어지간해서는 보이지 않는 감정이었다.

저주의 단검을 노려본 후, 리베리아를 마주 쳐다보았다.

"이 저주는, 제가 죽이겠습니다."

"……부탁한다."

그야말로 성녀의 맹세처럼 말하는 소녀에게, 리베리아 또한 간곡히 부탁했다.

올려친 곡도가 몬스터의 턱을 베었다.

『끄거어억?!』

"옙!"

그대로 칼날을 돌려 우두인신 괴물『미노타우로스』의 목을 허공으로 날려버린다. 한데 묶은 흑발이 어스름한 바위굴의 인광 밑을 가로질렀다.

가볍게 몬스터를 해치운 레나는 전방에 펼쳐진 무리로 달려들었다.

"베이트 로가! 얼른 가자아! 데이트, 데이트!"

"남자랑 여자가 언제부터 이런 피비린내 나는 놀이를 하게 됐냐……."

흉포한 괴물과 칼을 마주하고 웃으며 손을 흔드는 아마

© Kiyotaka Haimura

조네스 소녀를 보며, 주머니에 손을 꽂은 베이트는 부루퉁한 표정을 지으면서도 자신에게 달려든 헬하운드의 머리를 한쪽 발로 터뜨려버렸다.

던전 중층영역, 『암굴미궁』.

베이트와 레나는 제3급 모험자가 근거지로 삼는 제17계층에 있었다.

레나가 요구한 것은 연인 사이의 애틋함도 뭣도 없는 『던전 데이트』였던 것이다.

싸우고 죽이며 친목을 다지고 두 사람의 사이를 돈독케하겠다는 아마조네스 특유의 살벌한 교제술. 이것이 이 종족에게 당연한 것인지 레나가 특별한 것인지, 베이트는 알수 없었다.

동침하거나, 싸우거나.

아마조네스의 머리에는 이 두 가지밖에 없는 모양이다. 데이트란 말을 듣고 씁쓸한 표정을 지었던 베이트의 입장에서는 솔직히 말해 매우 다행이었지만.

"이것 봐봐! 이 알미라지 귀여워~!!"

『뀨우웅?!』

"그런 말하면서 해치우지 마!"

사랑스러운 토끼 몬스터 『알미라지』를 보고 신이 나 휘익~! 체술로 던져버리는 레나. 일반적인 데이트와는 너무나도 거리가 먼 살벌한 광경은 레피야 같은 사람이 봤다면 졸도해버렸을 것이다.

소녀는 매우 활기차게, 전멸해버린 여성스러움 대신 날카로운 참격을 퍼부어댔다.

"베이트 로가가 같이 있으니까 나 어쩐지 평소보다도 실력이 좋아진 것 같아!"

레나의 무장은 오른손의 곡도, 그리고 왼손에 장비한 금색 건틀렛이었다.

도검으로 춤을 추듯 검광을 날려대고, 상대의 공격을 건틀렛으로 튕기거나 흘려낸다. 자신의 가벼운 몸을 살려 팽이처럼 돌며 싸우는 독자적인 배틀 스타일. 유연한 팔다리는 아마조네스의 체술을 유감없이 발휘해, 맨다리로 라이거 팽의 이빨을 안면과 함께 꺾어버릴 정도였다. 손바닥만 한 허리싸개가 펄럭여 순백색 속옷과 갈색 허벅지를 몇 번이나 드러냈다.

왼손의 건틀렛은 글러브의 역할도 해, 몬스터의 몸을 정면에서 파괴했다.

'【스테이터스】는 Lv.2, 【랭크 업】 직전쯤 되겠구만……. 제24계층까지는 여유로 통하겠는데.'

자신이 가세할 필요도 없이, 혼자서 몬스터의 무리를 쓰러뜨려나가는 소녀를 보고 베이트는 눈을 가늘게 떴다.

땀방울을 뿌려대며 싸우는 소녀는 낮게 잡아 봐도 청초하고 아름다웠으며 찬란하게 보였다. 하긴, 지금의 그녀를 보면 마음을 빼앗기는 남자가 속출할지도 모른다.

괴물의 지저분한 포효와 선혈의 샤워만 없다면.

"거치적거려."

『크어어어어?!』

"우와! 과연~ 역시 강해!"

레나가 미처 못 잡은 『미노타우로스』를 베이트의 한쪽 발이 박살내면서 전투가 끝났다. 아마조네스 소녀는 매우 충실한 시간을 보낸 것처럼 한숨을 토해냈다.

전투의 뒤처리를 전혀 도와주지 않는 베이트와는 달리, 레나는 못난 남자를 돌봐주듯 『마석』과 『드롭 아이템』 수집을 룰루랄라 혼자서 해치웠다.

이렇게 해 그녀가 조금이라도 기분을 잡친다면 편하겠다는 얄팍한 생각 따위 통하지 않을 것 같았다. 단둘이 있다는 사실을 다른 모험자들에게 보였다간 큰일이라는 생각에 베이트는 다시 혀를 찼다. 어제부터 그랬지만 평소의 몇 배는 자주 혀를 찼다.

"즐겁지! 둘이서 던전 데이트하는 거!"

"퍽이나 즐겁겠다."

"난 엄청 가슴이 두근거려! 어쩐지 베이트 로가의 얼굴을 잘 볼 수 없어서, 그거 얼버무리려고 싸움에 열중할 정도로!"

정말 뭐가 그리 즐거운지.

달려와선 베이트의 눈앞에 멈춰 선 레나는 혀를 살짝 내밀며 활짝 웃었다.

레나 탈리라는 소녀는 티오나와는 또 다른 의미에서 천

진난만했다. 이쪽이 그나마 똑똑하니 베이트로서는 다행이었지만, 역시 분위기 파악을 전혀 안 한다. 아마 그것은 그녀의 선천적인 것이 아니라 가슴에 품은 『호의』에 들떴기 때문이리라.

"……너희 아마조네스는 강한 놈이라면 아무한테나 꼬랑지 흔드냐?"

"뭐어? 그럴 리가 있겠어? 너무해 너무해! 그랬다면 아이샤랑 친구들도 자기한테 이긴 베이트 로가한테 떼로 달려들었겠지!"

그건 분명 그렇다.

모두가 세간에서 일반적으로 생각하는 아마조네스랑 같지는 않다고 레나는 항의했다.

"저마다 취향도 있어. 내 경우에는 찌리릿! 하고 왔거든! 『아, 이 수컷이다!』 하고! 어제도 말했잖아, 운명 같은 걸 믿어버렸다고!"

"…………."

"그러니까! ……이 사람의 애를 낳고 싶다고, 그렇게 생각했어."

엘프라면 얼굴을 찡그릴 만한, 너무나 돌직구인 구애.

감추려 들지 않는 아마조네스의 사랑.

뺨을 붉게 물들여 살짝 부끄러움을 내비친 레나는, 용기를 쥐어짜내듯 베이트에게 미소를 지었다.

"이 이상 내려가면 던전에서 자고 가게 될 것 같은데, 베

이트 로가는 그건 싫지? 그래서, 말야? 어…… 혹시 괜찮
으면…… 다음에도 만날 수 있다면, 그때는 『하층』까지
가지 않을래?"

그런 사랑스러운 모습에── 베이트의 마음은 차갑게
식었다.

싸늘한 호박색 눈으로, 지금도 웃고 있는 소녀를 내려다
본다.

하찮은 『호의』.

모험자에게는, 강자에게는 필요 없는 감정.

단순한 잡음.

미움을 받는 존재라는 사실을 숨기려고도 하지 않는 웨
어울프는 구역질이 날 것 같았다.

"──바보 아냐?"

"어?"

그러므로 내쳐버리고 싶어졌다.

그야말로 이기적이고, 거칠고, 남을 상처 입히기만 했던
늑대가 고개를 쳐들었다.

심한 착각에 빠진 이 여자에게 확실하게 이해시켜주겠
노라고.

그 『호의』를 『혐오』로 뒤집어주겠노라고.

"자기 분수도 모르고 어디서 건방진 소릴 지껄여."

"윽…… 그야, 난 아이샤 같은 친구들한테 비하면 작고
약하고, 플뤼네한테도 맨날 혹사당했지만…… 이제부터는

다를 거야! 난 언젠가 베이트 로가처럼 강해질 거니까!"

베이트는 비웃었다.

"너한텐 무리야, 『잔챙이』."

오렌지 펄 같은 색을 띤 소녀의 눈이 크게 뜨였다.

"'언젠가' 같은 소리를 하고 있는 동안에는 잔챙이는 잔챙이일 수밖에 없어. 그딴 얄팍한 소리는 아무 도움도 안 돼."

"그, 그런 건, 해보지 않고선⋯⋯."

"안 해봐도 알아. 넌 꿈을 꾸고, 헤실헤실 웃고, 몬스터한테 잡아먹히면서 후회해. 자기가 구제할 길 없을 정도로 약하다는 걸, 같잖은 희망을 품었던 바보였다는 걸."

베이트의 눈에 온갖 감정이 지나갔다.

아연실색한 눈앞의 소녀를 통해 온갖 피의 경치가 되살아났다.

그 속에 울려 퍼지는, 자기 자신의 비웃음도.

"진짜 구역질나. 잔챙이가 잔챙이인 채, 아무 것도 모른 채, 어울리지도 않는 꿈을 입에 담는 건."

"나, 난⋯⋯."

"너도 다르지 않아. 넌 상대에게 짖어대지도 못하는 잔챙이야. ⋯⋯쓰레기를 쓰레기라고 부르는 게 뭐 잘못이야."

뻣뻣이 서 있던 소녀를 한껏 비웃으며, 베이트가 말했다.

"잔챙이는 나 같은 강자에겐 어울리지 않아."

거만할 정도로, 오만할 정도로 단언했다.

인간도, 몬스터도 접근하지 않는 냉랭하고 어두운 암굴 속에 강자의 비웃음이 메아리쳤다.

우뚝 서 있던 레나는 천천히 고개를 숙였다.

마치 흐느끼듯, 소녀의 가녀린 몸이 차츰 떨리기 시작했다.

잠시 비웃음을 지운 베이트는 메마른 달관, 그리고 미미한 실망을 뺨의 문신에 내비쳤다.

그러나 그것도 한순간, 입술을 틀어 올리며, 과장될 정도로 코웃음을 쳤다.

이윽고 고개를 숙였던 레나는 얼굴을 들더니,

"그럼 내가 『잔챙이』가 아니면, 그땐 베이트 로가의 곁에 있어도 된다는 거야?!"

부르짖었다.

"⋯⋯⋯⋯아?"

번쩍 올라온 소녀의 얼굴에서는 오렌지 필 같은 눈이 이 제까지 보지 못했을 정도로 반짝거렸다.

비웃음을 띠었던 베이트의 입술이, 멍청하게 벌어졌다.

"아자아, 아자!! 강해지기만 하면 제1급 모험자의 반려가 될 수 있구나!! 경쟁률이 장난 아닌 수컷의 아내가!! 그 렇겠지, 그런 거겠지! 그런 거면 된단 말이지?!"

"아, 아앙?"

"앗싸아—! 내가 베이트 로가의 아이를 낳을 수 있어!!"

두 팔을 들고 여전히 흥분을 폭발시키는 레나에게 베이트는 마음속으로 외쳤다.

——아니야! 그게 아니라고!

자신이 예상했던 반응을 모조리 박살내버린 레나의 언동이 그를 혼란의 극치에 빠뜨렸다. 베이트의 비웃음에 이런 희한한 대답을 했던 자는 처음이었다.

"잠깐만, 이 잔챙이가 진짜?! 내가 무슨 말 했는지 하나도 못 알아들었지?!"

"그렇지 않아! 나 이제까지 없을 정도로 불타고 있는걸! 반드시 강해질 거야!! 이제 내가 Lv.6이 되면…… 으헤, 으헤헤헤헤헤헤헤헤……!"

"이, 이게……?!"

이 여자……!!

본 적도 없는 삿된 웃음은 강자인 베이트마저도 겁을 먹게 만들었다. 그런 그에게는 아랑곳 않고 레나는 가슴과 가슴이 닿을 듯한 거리까지 다가와선 얼굴을 코앞에 들이대며 올려다보았다.

눈동자 속이 빙글빙글 소용돌이치고 있다. 무셔!

"내가 강해지면 베이트 로가의, 아니, 당신의 아내로 삼아주세요!"

　──티오네다! 티오네가 있다!!

　용사에게 달려드는 나사 빠진 버서커가 여기에도!!

　베이트의 실수는, 사랑에 불타는 아마조네스를 우습게 보았다는 것.

　본능에 충실한 육식소녀에게는 비웃음이나 모멸의 말 따위 연애행로를 방해하는 걸림돌조차 되지 않았던 것이다.

　아니, 오히려 그것을 연료로 바꿔버렸음을 베이트는 이해하고 말았다.

　"게다가 말이지, 나 이젠 알았어!"

　이윽고 사고회로가 끊어져버린 베이트에게 레나는 밝은 목소리로 말했다.

　"베이트 로가가 말하는 『잔챙이』는 욕이 아니지?"

　"＿＿＿＿．"

　그 말을 들은 순간.

　베이트의 시간이 멎어버렸다.

　"낚싯대에 달아놓은 미끼랄까, 당나귀 앞의 당근이랄까?"

　"…………．"

　"아무튼 날 응원해준 거지? 그렇지!"

　"……아니야, 바보야."

　베이트가 쥐어짜낸 말은 그것뿐이었다.

그 말을 듣지 않은 레나는 깡총깡총 뛰듯 앞으로 나아 갔다. 마치 조바심이 나는 발을 주체하지 못하는 양, 신나게.

"…………."

벽의 인광이 어렴풋이 늘어나고, 냉랭하기만 하던 암굴 에서 어둠이 가셨다. 강자의 비웃음은 자취를 감추고, 대 신 작은 새가 지저귀는 듯한 소녀의 밝은 웃음소리가 울려 퍼졌다. 벽까지 이어진 늑대의 그림자가 송곳니를 드러낼 곳을 잃어버린 채 멍하니 서 있었다.

소녀의 뒷모습을 바라보던 베이트는 천천히 시선을 자 신의 오른손에 떨구었다.

떠오르는 어떤 정경.

레나와 같은 소리를 했던 사람이, 과거에도 하나 있 었다.

"발목 붙들지 마, 잔챙이들아! 짐밖에 안 되냐 네놈들 은!!"

그날도 베이트는 욕설을 터뜨리고 있었다.

"베이트, 그만 두지 못하나! 원진을 흐트러뜨리지 마라!"

"시꺼, 할망구! 내가 뭐 틀린 말 했어?!"

"너의 정론 때문에 필요 이상으로 연계행동을 흐트러뜨 릴 이유 따위 없다!"

2년 전, 【로키 파밀리아】의 『원정』에서.

목표계층으로 나아가다 몬스터에게 습격을 당해, 당황한 하위 단원들이 궁지에 몰릴 뻔한 적이 있다. 크게 일정이 지체된 데에 베이트는 욕설을 퍼부어댔고, 보다 못한 리베리아와는 원정 중임에도 말다툼을 벌렸다.

　핀을 비롯한 동료들의 중재로 무사히 넘어갔지만, 하위 단원들은 베이트의 말에 고개를 푹 꺾고, 눈물을 머금고, 입술을 깨물었다. 제1급 모험자의 모멸에 상처 입으면서 한 마디도 받아치지 못했던 것이다.

　그리고 그 소녀——— 리네 아르세도 그 중 한 사람이었다.

　"야, 둔탱이. 너 같은 게 왜『원정』에 끼었어? 힐러든 뭐든 자기 몸을 못 지키면 아무 것도 안 돼."

　"우……."

　"잔챙이는 둥지에 처박혀 있어. 잔챙이는 평생 전장에 기어 나오지 마."

　미궁 안에서 가진 대규모의 휴식시간. 바위 뒤에서 마주친 휴먼 소녀에게 베이트가 다짜고짜 그렇게 조롱하자, 그녀는 떨면서도 고개를 들었다.

　커다란 안경 너머의 그 눈에서는, 두려움이나 공포가 없었다.

　"이제, 베이트 씨한테 야단맞은 게, 전부 일곱 번째예요."

　"아앙? 그딴 걸 세고 앉았어? 진짜 못 말리는 여자네."

　"네, 정말 못 말리겠죠. 베이트 씨 덕에 목숨을 건진 것도, 일곱 번…… 아니, 더 많아요."

리네는 그렇게 말하며, 용기를 쥐어짜내 베이트의 오른
손을 잡았다.

그 손에는 리네를 포함한 하위 단원들을 지키기 위해 나
왔다가 입은 상처가 있었다. 베이트는 슬쩍 혀를 찼다. 꼴
사나운 상처라고. 잔챙이들한테 신경 쓴 결과가 이 모양이
라고.

자신의 『송곳니』가 못났다는 사실이 지긋지긋하게 여겨
졌다.

그런 마음의 목소리는 조금도 드러내지 않고, 잔챙이들
탓에 쓸데없는 상처만 늘었다고, 그런 식으로 말하려
했다.

하지만 리네는 마치 베이트의 흉중을 꿰뚫어본 것처럼
먼저 웃음을 지었다.

"전…… 이제야 알았어요. 베이트 씨가 말하는 『잔챙이』
란, 욕이 아니란 걸."

그때의 베이트 또한 시간이 멎어버리는 것을 느꼈다.

베이트의 날카로운 얼굴이 일그러졌다.

뺨에 새겨졌던 문신이——『송곳니』가 일그러졌다.

눈꼬리에 눈물을 머금은 리네는 땋은 머리를 출렁거리
며, 꿋꿋하게 미소를 지었다.

"전 아직, 베이트 씨가 말하는 『잔챙이』예요. 하지만, 베
이트 씨나 다른 분들을 치유할 수는 있어요."

"…………."

"그러니까 저도 당신을 따라다녀도…… 괜찮을까요?"

따뜻한 치유의 빛을, 『상처』입은 손에 내려주며.

소녀는 뺨을 붉히고, 베이트를 올려다보며 웃음을 지었다.

"…………."

그때의 자신은 그녀에게 뭐라고 했던가.

지금의 베이트는 그것도 떠오르지 않았다.

만약 그때, 그녀에게 건넸던 말이 달랐더라면…… 그 소녀는, 다른 단원들은 싸늘한 미궁에서 목숨을 잃지 않을 수 있었을까.

"베이트 로가!"

레나의 목소리가 의식을 추억의 바다에서 끄집어내주었다.

시선 너머에 있던 아마조네스 소녀는 기억 속의 휴먼 소녀와는 전혀 다른 미소로 베이트에게 웃음을 짓고 있었다.

"나 열심히 할게! 잔챙이에서 벗어나면, 베이트 로가의 첫 번째 여자로 삼아줘! 약속한 거야!"

"……시끄러워. 혼자 떠들든가."

난폭함이 자취를 감춘 그 반응에 의아하다는 듯 고개를 갸웃한 레나는 베이트의 곁까지 돌아왔다. 그리고 손을 잡으며 부드럽게 끌어당겼다.

자신의 것에 겹쳐진 두 손을 잠자코 지켜보던 베이트는, 무뚝뚝한 표정으로 탁 떨쳐냈다.

"아이 참."

레나는 볼을 부풀렸지만, 이내 활짝 웃으며 다시 걸어가기 시작했다.

감상(感傷). 쓸데없는 가정. 하지만 떨칠 수 없는 물음.

잃어버릴 뻔했던 기억에 파문을 퍼뜨린 아마조네스 소녀와 함께, 베이트는 먼 곳으로 슬쩍 눈을 돌리며, 아직은 출구가 보이지 않는 미궁 안을 나아갔다.

"저기 말이야, 그러니까 이 『열쇠』 같은 매직 아이템 혹시 몰라?"

"그러니까 모른다고 했잖아!"

태양이 서쪽 하늘로 기울어져가는 시간대.

도시의 센트럴 파크에서 탐문을 벌이던 티오나에게 동족인 아마조네스가 고함을 지르고 있었다.

"조금이라도 좋으니까 좀 가르쳐 줘, 살라미~. 동족이잖아~."

"사! 미! 라! 난 먹을 게 아니야! 아까부터 계속 틀렸지 너?! 아무튼 너희 【로키 파밀리아】가 원하는 정보는 난 하나도 몰라!"

갈색 피부에 회색 단발을 가진 아마조네스는 남자 같은 어조 구석구석에 노기를 드러내며 떠나가버렸다.

"틀렸네~."

탐문 대상이 되었던 옛 【이슈타르 파밀리아】 출신 단원에게 거절당해, 티오나는 중얼거리며 머리를 긁었다.

"수확 있었어? 아, 척 보니까 안 물어봐도 알겠다."

"아, 티오네! 티오네는 어땠어?"

"영 힘들어. 아니, 도저히 안 되겠어. 【프레이야 파밀리아】 고것들, 우리 간부들이 단장님의 편지를 들고 홈을 찾아갔는데도 대답이 없었다니깐! 진짜 그 자식들은~!"

"뭐, 우리랑 【프레이야 파밀리아】는 사이가 나쁘니까……."

티오나와 티오네는 핀의 지시에 따라 크노소스의 단서를 찾아 정보수집을 나갔다. 【이슈타르 파밀리아】 출신 단원들에게 사정청취를 하는 것은 물론, 이들을 없애버린 【프레이야 파밀리아】에도 접촉을 시도했다.

그러나 수확은 0.

심지어 티오네는 말 그대로 무시와 문전박대를 당했다.

"여기서 아키네 소대랑 합류할 예정이었는데…… 이래서야 그쪽도 수확은 없겠다."

"우웅, 그럴지도…… 어? 레피야다!"

그때, 한데 모여 다가오는 동료들의 모습을 본 티오나가 손을 흔들었다. 레피야 외에는 엘프 아리시아도 있었다.

레피야는 이쪽을 보자마자 달려왔다. 뒤를 따라오는 단원과 함께, 낯빛을 바꾸고.

"티, 티오나 씨! 티오네 씨!"

"응? 무슨 일 있어?"

"그, 그게요, 아까 엘피네 팀이 베이트 씨를 봤다고 하는데요······!"

"······그 망할 늑대가 어쨌는데?"

베이트라는 이름을 들은 순간 단숨에 언짢아하는 티오네에게 레피야는 당황한 목소리를 터뜨렸다.

"베, 베, 베, 베이트 씨가, 아아아아아아아마조네스 여자아이랑 같이, 꼭 데이트를 하는 것처럼! 사이좋게 걸어가고 있었다고······!!"

""아앙?!""

그 순간 아마조네스 자매의 눈이 크게 뜨였다.

"우리가 이 고생을 하고 있는데 자기 혼자 재미나게 여자 놀음?!"

"뭐 하고 앉았어 그 망할 놈의 늑대에에에에에에에에에에에에에에에에에에에에에에!!"

티오나와 티오네는 대격노했다.

땀을 뻘뻘 흘리며 벌인 정보수집이 잘 되지 않았던 것과도 맞물려, 대낮부터 여자 놀음에 빠졌다는 웨어울프에게 그동안 쌓인 울분을 폭발시켰다.

"리네 때는 모른 척해놓고오──?! 그 망할 늑대자시이익~~~~~~~~~~~!!"

'……이 두 사람한테는 말하지 않는 게 나았을지도…….'

두 팔을 치켜들며 분노의 화신으로 변한 티오나와 티오네를 보고, 베이트가 여자를 데리고 있었다는 믿을 수 없는 정보에 잠시 정신이 나갔던 레피야는 아리시아나 단원들과 함께 식은땀을 삐질삐질 흘렸다.

훌쩍훌쩍 눈물을 흘리는 리네의 영혼이 티오나와 티오네 주위를 선회하는, 그런 환영을 보고 말았다.

티오나와 티오네의 분노가 폭발하던 그 무렵.

레나는 던전 데이트가 끝난 후에도 소소한 진짜 『데이트』를 남겨두고 있었다.

"저기저기, 베이트 로가! 어때, 이 머리장식? 어울려?"

"아니."

"아우 정말~!"

메인 스트리트에서 벗어난 뒷골목, 노점상 앞에서 신이 나 떠드는 레나에게 베이트는 무뚝뚝하게 대답했다. 보도 블록 위에 펼쳐놓은 외투 위에 상품인 머리장식을 도로 내려놓은 아마조네스 소녀는 부루퉁 뺨을 부풀렸다.

"아까부터 그 소리만 해! 그래선 여자애들이 좋아하지 않아!"

"너 같은 게 좋아한다는 소리 안 할 테니 딱 좋네."

"아우 정말~?!"

레나가 분한 듯 폴짝폴짝 뛰었다.

지상으로 돌아온 후, 이런 식으로 끌고 돌아다니는 바람에 베이트에게는 이제 토해낼 한숨도 남지 않았다. 늘 입에 붙었던 욕설조차 나올 줄 몰랐다.

레나는 비난하는 눈초리로 올려다보았으나, 이내 기분이 풀어져 웃음을 지었다.

"야, 이제 그 짚이는 구석이란 게 뭔지 좀 말해."

"안돼안돼! 그거 가르쳐주면 베이트 로가는 나랑 데이트 끝내버리려고 그러지! 오늘 하루는 같이 놀아줘야 해!"

옆에 서서 보석이니 액세서리를 파는 노점상을 곁눈질하며 북적거리는 골목을 걸어나간다.

이쯤 되면 베이트는 이제 만사가 아무렴 어떠냐 싶어졌다. 아마조네스라 해도 역시 여심은 있는지, 또래 소녀처럼 데이트 흉내를 내는 레나에게 반쯤 자포자기해 어울려주고 있었다. 뭐가 그리 즐거운지 물건에 눈을 빛내면서 손을 잡고는 "이거봐 이거봐!" 하고 감상을 요구한다.

"노점 순례는 싫었어? 재미있을 줄 알았는데에."

"우선 네놈하고 소꿉놀이 하는 것부터가 내키지 않는다는 걸 좀 눈치 채라."

"베이트 로가는 진짜 쌀쌀맞네~……. 아, 꽃가게다."

골목을 나오자 베이트와 레나 앞에 나타난 것은 길 한모퉁이의 꽃가게였다. 이름은 『디아 플로라』. 【파밀리아】에 소속되지 않은 미목수려한 소녀들이 운영하는 가게로 유명한 이곳은 형형색색의 아름다운 꽃으로 가득했다. 배달에서 돌아왔는지, 신조차 반할 것 같은 아름다운 휴먼 소녀에게 지나가던 모험자들은 거의 무의식중에 시선을 주었다.

그런 가운데, 레나는 가게 앞에 진열된 상품 중에서 조그만 연푸른색의 귀여운 꽃들을 빤히 응시했다.

"저기이~ 베이트 로가?"

"왜."

"내가 좋아하는 거 듣고 싶어? 선물로 받으면 어어어엄청 기뻐할 만한 거, 듣고 싶어~?"

"안 듣고 싶어."

"그럼 가르쳐줄게! 난 있지이, 미오소티스 꽃을 받으면엄~청 기뻐!! 한 번 반했던 수컷한테 다시 반해버릴 정도로! 흘끔흘끔."

아 짜증나.

옆에서 엄청나게 기대하는 눈빛을 보내는 레나에게, 벌써 몇 번째인지 모를 감상을 속으로 중얼거린다. 진저리가 난다는 표정은 이젠 군이 지으려 하지 않아도 자연스럽게 나왔다.

"……레나? 게다가 넌…… 【바나르간드】!"

꽃집 앞에서 그런 대화를 나누고 있을 때.

등 뒤에서 들려온 목소리에 돌아보니, 긴 머리카락에 긴 다리를 가진 여걸이 서 있었다.

"네년은 어제 주점에서 본⋯⋯."

"허걱, 아이샤?!"

"뭐 하는 거야, 레나! 이딴 자식하고 같이!"

레나의 옛 동료이자, 어제 주점에서 베이트와 크게 싸움을 벌였던 아이샤 벨카는 눈썹을 곤두세우며 바짝 다가왔다. 당황하는 레나의 한쪽 팔을 잡아 베이트에게서 멀리 떨어뜨리려 한다.

"자, 잠깐만, 아이샤! 나 지금 베이트 로가랑 데이트하는 중이야! 겨우 붙잡은 기회라고!"

"이 웨어울프랑 데이트으? 멍청아, 악취미여도 분수가 있지! 좀 괜찮은 수컷을 골라!"

"눈앞에서 아주 잘도 떠들어댄다⋯⋯."

"이딴 남자한테 꽃 사달라고 조르지 마!"

주점 사건을 아직도 속으로 품고 있는지 아이샤는 베이트에 대한 악감정을 감추려고도 하지 않았다. 조금 전의 대화를 들었는지 인상을 구기고 연푸른색 꽃을 보며 야단을 쳤다. 눈을 흘기는 베이트의 말은 깔끔하게 무시한 채.

여동생을 돌봐주는 언니처럼 타이르려 하는 그녀에게 레나가 애원했다.

"부탁이야, 아이샤! 우리의 애를 낳을 때까지만 기다려줘!"

"죽을래?"

"뭐야, 너 종마였냐?"

"죽을래?!"

"으음, 종마라기보단, 종랑(種狼)?"

"진짜 죽을래?!"

레나와 아이샤의 대화에 웨어울프의 노성이 쩌렁쩌렁 터졌다.

"제발 못 본 척해줘, 응? 응? 맞아, 아이샤야말로 뭘 하고 있었던 거야!"

"나 원, 넌 진짜……. 난 산책 겸해서 나왔다. 다른 가게 나 【파밀리아】로 흩어진 창부나 바벨라들이 어떻게 지내는지 보고 다니려고."

"헤에~ 아이샤도 성실하네~."

"농으로 넘기려 하지 마. 게다가 레나, 너 또 환락가의 『아지트』에 갔지! 네가 지금 있는 【파밀리아】에서 어제 돌아오지 않았다고 들었어!"

"으힉?! 미안해, 아이샤~!"

"그 폐허에는 다가가지 말라고 했잖아!"

분개하는 베이트를 내버려둔 채 아마조네스들끼리의 이야기가 한동안 이어졌다.

레나보다 훨씬 고운 외모에 나긋나긋하면서도 육감적인 몸을 가진 극상의 창부는 소녀의 설득에 꺾였는지 탄식과 함께 설교를 거두었다.

대신 떠나가며, 베이트에게 불쑥 다가섰다.

"야, 【바나르간드】. 데리고 돌아다니는 것까지는 봐주겠다만, 이 자식에게 무슨 일 생겼다간 가만 안 둔다."

"난 끌려다니는 쪽이라고."

한껏 노려본 후 등을 돌리는 아이샤에게 베이트는 진저리를 치며 대답했다.

"아이샤는 말이야~ 저래 봬도 다정하고 남을 잘 챙겨줘! 바벨라 중에서도 말단인 나를 많이 구해줬고, 다들 포기한 못난이 여우 창부도 맨날 챙겨주고, 그 외에도 많아!"

"누가 물어봤냐…… 아 진짜, 잡아당기지 말라고."

언니를 자랑하듯 나불나불 떠드는 레나가 기쁨의 감정에 몸을 맡기며 한쪽 팔에 안겨들었다. 그녀를 떼어내려 하면서 베이트는 마음속으로 떨떠름한 표정을 지었다.

'쯧, 역시 지상은 던전에 비해 눈에 띄여. 아는 놈들하고 맞닥뜨리기라도 했다간 무슨 처참한 꼴을 당할지…….'

당장 아이샤에게 들켜버린 데에 베이트는 위기감을 품었다.

【파밀리아】사람에게 발각되기라도 하면 더할 나위 없이 귀찮아진다.

그렇다, 이런 모습을 하필 그 녀석에게 들키기라도 했다간——.

"…………베이트, 씨?"

——들켰다.

"…………아, 아이즈?"

경악의 눈빛을 보내는 그 녀석, 다시 말해 아이즈의 출현에 베이트는 얼굴을 한껏 실룩거렸다.

스스로도 이해할 수 없었지만 엄청나게 땀이 솟아나 멈추질 않았다. 허리춤의 꼬리가 긴장했다.

시내 한 곳에 불현듯 나타난 아이즈도 아이즈대로 믿을 수 없는 것을 보았다는 표정이었다. 그야말로 괴기현상과 맞닥뜨린 것 같은 표정이다. 뺨을 가늘게 경련시키는 베이트, 우연히 그에게 안겨든 레나 사이에서 시선을 왕복시킨다.

제1급 모험자 사이에서 묘한 분위기가 흘러 고착상태에 빠졌다.

"어, 뭔데뭔데 이 분위기? 혹시…… 【검희】가 베이트 로가의 여자?!"

그런 분위기를 박살낸 것은 역시 폭주한 아마조네스 소녀였다.

"안돼안돼, 베이트 로가의 여자는 내가 될 예정이라고!! 봐봐 이렇게 시내 한복판에서 서로 꼭 끌어안는 사이! 튼튼한 애를 낳을 약속도——."

"관둬그만좀닥쳐?!"

"꾸규우?!"

포옹을 하는 소녀의 정수리에 내리찍히는 진심 어린 팔꿈치. 안구가 튀어나올 것 같은 괴성을 지르는 레나의 의식을 순식간에 날려버린 베이트는 그녀의 몸을 옆구리에 끼었다.

아직도 충격에서 헤어나지 못한 아이즈에게, 땀을 삐질 삐질 흘리며 그가 선택한 행동은, 짐승의 본능에 따라 땅을 박차는 것이었다.

"차, 착각하지 마, 아이즈?!"

언동이 일치하지 않는 대사를 남긴 채 레나를 옆구리에 끼고 도주했다.

'왜 내가 온 힘을 다해 도망쳐야 하냐고!'

스스로도 무엇에 겁을 먹었는지 전혀 이해하지 못한 베이트는 필사적으로 달릴 수밖에 없었다. 그 기세는 도망치는 토끼, 아니, 늑대와도 같았다.

도시 주민들의 경악을 받으며, 쏜살같이 길을 달려나갔다.

"자……잠깐만요!"

그리고 흠칫 제정신을 차린 아이즈는 그 뒤를 전력질주로 따라갔다.

"왜 이럴 때만 쫓아오는데 너는?!"

"베, 베이트 씨를 돌보는 게, 제 일……!"

"금시초문이야!"

"베이트 씨, 섣부른 짓, 안 돼요……!"

"오해야아!!"

레나의 말을 진심으로 받아들이고 ——다른 파벌의 아이는 안 된다고—— 경고하는 천연계 얼빵이에게 베이트는 다짜고짜 고함을 질렀다. 로키의 지령을 충실히 이행하

려는 최강의 자객에게서 벗어나고자 혼신의 가속을 시도
했다.

도망치려 하는 베이트에게 아이즈 또한 스피드를 올
렸다.

"젠장!"

"【눈을 뜨라, 폭풍】!"

"젠자아아아아아아아아아아아아아아아아아아아아아아아
아아아아아아아아아아아앙?!"

시내에서 전력을 다하는 얼빵이 소녀, 대롱대롱 옆구리
에서 흔들리는 아마조네스의 팔다리, 온 힘을 다해 절규하
는 자신의 목청.

베이트는 땀을 흩뿌리며 온 시내를 도망치고 다녔다.

"허억, 헉, 커헉……?! 빌어처먹을……!!"

완전히 해가 꼴딱 넘어간 밤.

폐허가 된 환락가 복구지역, 『레나의 아지트』에 도착한
베이트는 옆구리에 낀 소녀의 몸을 내팽개치고 바닥에 팔
을 짚은 채 엎드려 있었다.

【로키 파밀리아】 최고의 준족이라는 이름을 사수하고,
『바람』을 두른 아이즈에게서 도망치는 데 성공한 것이다.
한계를 넘어선 위기상황의 괴력이 작용했음은 말할 것도

없었다.

한껏 어깨로 숨을 쉬고 있으려니, 바닥에 내팽개쳤던 레나가 "으, 으응……?" 하고 신음하며 겨우 눈을 떴다.

"어라, 여긴…… 내 아지트? 어라, 베이트 로가. 왜 그렇게 땀을 뻘뻘 흘려?!"

레나는 갈팡질팡했지만, 베이트가 핏발 선 눈으로 부릅 노려보자 겁을 먹고 입을 다물었다. 그가 피폐해진 모습에 대충 상황을 눈치 챘는지, 헛웃음을 짓는다.

"아, 아하하하하…… 미안, 나 때문에. ……근데, 어떻게 할까? 밤이 됐으니, 약속한 건, 그…….."

약속이란 데이트를 말하는 것일까, 아니면 베이트의 용건을 말하는 것일까.

어찌됐든 둘만의 시간은 끝나려 한다. 이를 아쉬워하는 것이 생생하게 표정에 드러나는 레나에게, 베이트는 입을 한일자로 꾹 다물었다.

지쳐버린 몸을 세우고 께느른하게 일어난다.

"……오늘은 지쳤어. 귀찮으니까 오늘도 여기서 잘래."

"어?"

"내일은 꼭 찾으러 갈 거다!"

전혀 생각도 못한 소리를 들었다는 듯한 레나에게 베이트는 자기도 모르게 빽 고함을 질렀다.

"또 자고 갈 거야? 정말?"

"……그래."

"아직, 더 있어줄 거야?"

"그렇다고 했잖아."

베이트가 거칠게 말하자 활짝, 미소가 터졌다.

소녀는 스스로 일어나더니 요란하게 손짓발짓을 시작했다.

"자, 잠깐만! 내가 밥 지어올게! 같이 먹자! 먼저 올라가 있어도 돼!"

기뻐하며 활짝 웃는 레나가 신이 나 주방으로 들어간다.

자포자기해 되받아쳤던 베이트는 입을 다문 채 그 뒷모습을 바라본 후, 잠자코 최상층의 침실로 올라갔다.

어제와 마찬가지로 창가에 다가가, 계속 열려 있던 창가에 앉았다.

"……필요한 것만 듣고 나가버리면 되는데……."

불쑥 흘러나온 목소리는 자신에게 들려주려는 말이었다.

회색 털을 밤바람에 날리며 눈을 가늘게 뜬다.

"무슨 정신 나간 짓을……."

오랜만의 『호의』에 당황한 것일까. 아니면 리네와 같은 말을 한 그녀 때문에 마음이 혼란에 빠진 것일까. 베이트는 알 수 없었다. 확실한 것은 론리 울프 행세를 하던 입이 비웃음을 잊어버리기 시작했다는 것이었다.

눈 아래 펼쳐진 『밤의 도시』는 바다처럼 고요했다.

어둠에 잠긴 환락가. 수많은 저택에서 띄엄띄엄 새나오

는 저 불빛 밑에서 오늘도 남자와 여자가 정사에 빠지고 사랑을 속삭이겠지. 그것이 하룻밤뿐인 꿈이라 해도.

야경을 바라보던 베이트는 눈꺼풀이 무거워지는 것을 느꼈다.

여러 가지로 지쳤다. 정말 여러 가지로. 과거를 떠올리고, 지금은 없는 소녀의 말을 떠올리고, 어울리지도 않게 감상에 빠지고. 이런 날은 분명 그 꿈의 뒷이야기를 꾸게 될 것이다. 베이트는 그 사실을 알고 있었다.

통통통. 리드미컬하게 계단을 올라오는 레나의 발소리가 귓가에 들려오는 가운데, 베이트의 의식은 창연한 달빛 같은 어둠 속으로 천천히 가라앉았다.

❦

마지막으로 남의 『호의』와 마주했던 것이 대체 언제였던가.

고향을 떠난 긴 여정 끝에, 고개를 바짝 들고 올려다봐야 할 만큼 거대한 시벽을 지난 베이트는 미궁도시 오라리오에 발을 들였다.

그가 제일 먼저 했던 일은 『은혜』를 내려줄 신을 찾는 것. 부족과 살아가던 시절부터, 오라리오에 오는 길에서 봤던 신들이 어떤 존재인지는 알았다. 대부분이 불성실하고 오락광. 모험자가 되려는 사람에게 가장 중요한 것은 좋은 신을 만나는 『운』이라는 말도 들었다. 신들의 변덕에 발을 붙들려서는 안 된다. 주신 선택에는 세심한 주의를 기울였다.

다행히 베이트가 계약을 맺어도 괜찮다고 생각한 신과 【파밀리아】는 금방 발견할 수 있었다.

【비다르 파밀리아】. 남신 비다르가 이끄는 던전 탐색계 파벌.

비다르는 말수가 적은 남신이었으며, 베이트가 아는 신들과는 전혀라고 해도 좋을 정도로 달랐다. 다시 말해 속물과는 거리가 멀었다. 세속을 떠나 칩거해 은자가 되어도 이상하지 않을 그런 신물. 남성 치고는 긴 흑갈색 머리카락과 같은 색 눈동자가 특징적이었다.

그의 조용한 눈빛과 신탁 같은 말이 베이트의 심금을 울렸다.

『장차 그 송곳니와 함께 턱이 뜯겨나가는 일이 없도록 하거라.』

──오냐 그래, 두고 보자.

맞닥뜨리자마자 자신에게 내뱉은 말에 베이트는 흉포한 웃음을 지었다.

비다르를 흠모하는 단원들은 순수한 모험자 기질을 가진 자들이 대부분이었다. 하나같이 젊었으며 수인이 많았다. 어딘가 부족 시절의 분위기와 비슷하기도 해서, 베이트는 이곳에 입단하기로 결심했다. 그것은 부족을 버린 베이트 나름대로의 속죄였는지도 모른다.

단원들과 몇 번씩 충돌을 되풀이하면서도 베이트는 나날이 두각을 드러냈다. 『평원의 수민』으로서 함양했던 기초, 야성적인 전투경험은 던전에서도 강력한 무기가 되었다. 무엇보다 그에게는 『송곳니』를 갈고 닦고자 하는 강인한 의지가 있었다. 정신없이, 혈안이 되어, 망설임 없이, 미궁의 괴물들을 해치웠다. 강자를 먹어치우고자 하는 지칠 줄 모르는 뒷모습은 단원들의 신뢰를 쟁취하게 되어, 누구나 그의 뒤를 따르고자 했다. 베이트는 정신이 들고 보니 그토록 동경하던 아버지처럼, 무리를 이끄는 늑대가 되었다.

어디에 붙어있는지도 모를 약소 파벌이었던 【비다르 파밀리아】는 베이트의 입단을 계기로 돌변했다. 탁월한 실력을 가진 베이트를 필두로, 단원들 중에서도 【랭크 업】을 하는 사람이 속출했다. 다른 파벌과의 항쟁도 끊이지 않았으나 그들은 여기에서도 승리해, 어느 사이엔가 중견 파벌의 대열에 들어서게 되었다. 베이트가 처음으로 별명, 【펜리스】라는 칭호를 얻은 것도 이 때였다.

호전적인 수인들은 일반인이 모험자 하면 떠올리는 거친 모습 그 자체여서, 베이트도 포함해 하나같이 소행이 불량했으나 베이트가 말하는 『촌스러운』 짓은 결코 하지 않았다.

약자를 괴롭히는 잔챙이로 전락해서는 안 된다. 강자의 오만함 따위 용서하지 마라. 그럴 틈이 있으면 『송곳니』를 갈고 닦아라.

단장이 된 베이트의 가치관이 【비다르 파밀리아】를 이끌었으며, 당시 가장 기세등등한 실력파 파벌로 바뀌었던 것이다.

베이트는 소꿉친구를 떠올리며 생각했다.

그 녀석 때와 같은 잘못은 두 번 다시 저지르지 않겠다고.

그러면 자신보다도 약한 단원들도 『송곳니』를 얻을 수 있다. 약육강식의 섭리에도 거스를 수 있는 전사가 된다. 약자도 자신과 마찬가지로 강자가 될 수 있는 것이다. 베이트는 그렇게 믿었다. 자신의 비호를 받으면서도 등을 따라와 주는 동료를 보고, 때로는 베이트의 등을 지켜주는 그들의 웃음을 느끼며, 그렇게 믿을 수 있었다.

【비다르 파밀리아】는 모든 것을 잃은 베이트에게는 마음 편해지는 곳이었다.

미궁에서 번 돈은 모두 술값으로 바꾸고, 신까지도 끌어들여서는 밤새 퍼마시는 그런 바보 같은 놈들. 그들은 새로 생긴 붉은 별 간판을 내건 주점에 주로 모였으며, 매일같이 문제를 일으켜 무뚝뚝한 드워프 주인과 서로 고함을 질러대는 일도 하루이틀이 아니었다. 베이트도 몇 번이나 말다툼을 했다. 그리고 이따금 발언하는 비다르가 지나치게 고삐 풀린 남성 단원들의 간담을 서늘케 해 여성진에게서 웃음소리가 터졌다. 베이트가 잃어버린 줄로만 알았던 것이 거기에 있었다.『가족』이 있었다.

【파밀리아】 내에서 소수파인 휴먼 중에는 여자가 하나 있었다.

그녀는 보호받기만 하는 것을 싫어하는, 베이트에 버금가는 실력자였으며, 부단장이었다. 비단결 같은 긴 밤색 머리카락에 드센 웃음. 나날이 솔선해 상처 입는 베이트를 꾸짖었으며, 그의 몸을 적은 말수로 치하했다.

좋은 여자였다.

안았을 때 느꼈던 부드러운 몸도, 귓전을 간질이는 숨결도, 조금 서툰 입맞춤도 베이트에게 온기를 가져다주었다. 수인인 베이트가 향수 냄새에 코가 비뚤어지겠다고 하소연하는 바람에 얼굴을 새빨갛게 물들이며 크게 싸운 후, 다음 날부터는 향수를 뿌리지 않았다. 강함에 굶주린 베이트를 위해 자신도 강해지고자 했다.

용모도 알맹이도 그 녀석…… 소꿉친구와는 전혀 달랐다. 그러나 그녀에게 끌렸다.

베이트의 마음에 상처로 남은 첫사랑을 그녀가 달래주는 듯했다.

그러한 그녀의 행동은 분명 『사랑』이었다. 그 『사랑』은 달콤해서, 아예 빠져들어버릴까 하는 욕구가 없었다고 하면 거짓말이 될 것이다.

그러나 베이트의『송곳니』는 이를 용납하지 않았다.

뺨에 새겨진 번개처럼 생긴 문신. 아물지 않은 흉터가, 새겨진『송곳니』가 말하는 것이다.

더 강해지라고.

강자를 먹어치우라고.

역시 베이트는 누구보다도 무엇보다도 강해져갔다.

이제 약한 소년은 어디에도 없었다.

그리고 오라리오에 들어온 지 4년, 태어난 지 16년이 지난 어느 날. 이미 Lv.3이 되었던 베이트는 이번에야말로 때가 왔다고 결의했다.『평원의 주인』을 치겠노라고.

강함은 얻었다. 혹시 모르니 조금 더 힘을 키워야겠다는 느긋한 소리를 할 시간도 없었다. 북방의 평원에서 설치는 『괴물』의 존재는 멀리 떨어진 오라리오에도 들려왔다. 언젠가 베이트가 아닌 누군가가 토벌해버릴지도 모른다. 그것만은 용납할 수 없었다. 그놈만큼은 반드시 베이트의 손으로 해치워야 했다.

비다르와 단원들의 허가를 얻어, 베이트는 홀로 오라리오를 떠나려 했다. 걱정하는 동료들에게 밉살맞은 소리를 내뱉고, 뒷일을 부탁했다.

그런 베이트를 그녀가 가만히 만류했다. 그러나 베이트는 조용히 뿌리쳤다. 그녀의『호의를』,『사랑』을 알면서도 이때만큼은 마주하지 않았다. 베이트는『송곳니』를 선택했다.

헤어지며, 꿋꿋하게 웃음을 짓던 그녀의 얼굴은 지금도 잊을 수가 없다.

베이트가 도시문을 나갈 때, 비다르는 이런 말을 했다.

『베이트…… 언젠가 네 『송곳니』의 의미를 깨닫거라.』

오라리오를 떠난 후, 옆길로 빠지는 바람에 여행은 석 달 이상이나 걸렸다.

그리고 베이트는 도착했다. 태어난 고향인 북쪽 땅. 바다와도 같은 대평원, 높지막한 언덕을 넘은 곳에 펼쳐진 심록의 삼림, 능선이 흰 구름에 덮인 험준한 산맥, 여동생이나 친구들과 함께 물놀이를 즐기던 커다란 호수. 부족과 함께 방랑하던, 앞마당과도 같은 대자연이었다. 이제는 『주인』의 손에 짓밟히고 잡아먹혀 주검이 된 뼈가 여기저기 흩어진, 망가진 대지였다. 추억과 분노가 되살아나는 고향의 경치를 둘러보며 베이트는 조용히 이를 드러냈다.

『평원의 주인』을 발견한 것은 우연히도 과거의 그 날과 같은, 날이 뜬 푸른 밤이었다.

인류만이 아니라 동족까지도 잡아먹어 힘들 키웠던 『주인』과의 사투에는 꼬박 하룻밤이 걸렸다.

온몸에서 피를 뿜고, 뼈가 부서지고, 수많은 무기를 잃으면서 베이트는 거대한 짐승과 싸우고 또 싸웠다. 아버지와 어머니를 갈기갈기 찢었던 발톱을 튕겨내고, 여동생을 짓이겼던 발을 피하고, 소녀를 잡아먹었던 이빨을 때려 부쉈다. 적의 절규가 메아리치는 달밤, 『주인』 이상의 짐승이 되어 자신의 『송곳니』를 쳐들었다.

그리고.

커다란 땅 울리는 소리를 내며 쓰러진 거수 앞에서, 온몸을 시뻘겋게 물들인 베이트는 두 다리로 서 있었다. 꺾고야 만 것이다. 강자를 잡아먹었다. 베이트의 『송곳니』가.

만신창이가 된 몸으로, 베이트는 그 시작의 날과도 같이 울었다.

환희와 분노, 슬픔, 허무, 고통, 온갖 심정이 한데 뒤섞인 포효였다. 날이 밝으려 하는 어두운 하늘 아래, 자신을 내려다보는 달을 향해 울고 또 울었다.

이겼다!

잡아먹었다!

나는 강해졌어!

이젠 아무 것도 빼앗기지 않아!!

뺨에 새겨진 『송곳니』 위를 피눈물이 흘렀다.

강자를 꺾었는데도, 『송곳니』에서 생겨나는 아픔은 가실 줄 몰랐다.

밤의 어둠이 반파된 건물과 잔해 위에 드리워졌다.

환락가 제3구역, 옛【이슈타르 파밀리아】의 영역.

폐허나 다를 바 없는 광경 속에서【로키 파밀리아】는 목소리를 죽인 채 조사를 이어나갔다.

그곳에 있는 것은 지휘를 맡은 핀과 가레스, 소수의 단원, 그리고 고집을 부려 따라온 로키. 마석등도 켜지 않고 주위를 뒤진다.

『길드』의 보초는 환락가 입구의 출입을 금지하고자 주위에 배치되어 있었다. 영역 내부의 경비는 인원이 부족한지 보이지 않았으며, 손을 대지 않은 잔해의 광경을 보면 복구도 생각보다 진척이 없는 듯했다.

낮을 피해 밤에 나온 모험자들은 밤에도 별 무리 없이 조사를 진행하고 있었다.

"핀, 지금 이 상황을 어떻게 보나?"

단원들이 주위로 흩어진 가운데, 창관 뒤를 대기장소로 삼은 가레스가 갑자기 물었다.

"음——…… 최소한 하나, 적의 손을 벗어난『열쇠』가 도시 어딘가에 있다고는 생각해."

"근거는?"

"신 이슈타르가 송환됐으니까."

헤유유, 한숨을 쉬며 부서져가는 나무통에 앉아 쉬는 로키를 흘끔 본 핀이 대답했다.

"멜렌에서 있었던 일을 봐도 신 이슈타르가 이블스의 잔당과 결탁했을 가능성은 높아. 아마 이블스는 지금 제공원으로 환락가를 다스리는 그녀를 의지했겠지. 그렇다면 여기서 협조의 대가로 신 이슈타르가 바란 게 뭐였겠어?"

"……【프레이야 파밀리아】의 타도인가?"

"신 프레이야에 대한 원한은 유명하니 말이지. 그게 틀림없을 거야."

그리고 핀은 시선을 로키에게 돌렸다.

"음, 그렇제. 이슈타르니까 칼리하고도 결탁하면서 프레이야네를 크노소스에 끌어들이는 정도는 생각고도 남을기라. 아~주 제멋대로인 여자니께, 움직이기 편하게 『열쇠』하나 정도는 내노라 카지 않았겠나?"

주신의 말을 들으며 가레스가 자신의 수염을 쓰다듬었다.

"흐음, 하지만 그만한 미궁을 만들어놨으니, 놈들은 아무에게도 알리고 싶지 않았을 걸세. 그리 쉽게 『열쇠』를 주었을까?"

"레피야가 신 타나토스에게 들은 대로, 괴인들 같은 지하세력처럼 이블스가 오라리오의 파괴를 꾀한다면, 늦든 이르든 【프레이야 파밀리아】와는 부딪치게 돼. 적어도 우리와 마찬가지로 걸림돌이 될 적으로 판단했겠지."

"아하, 그런 뜻이로구먼. 이슈타르가 전면에 서서 프레이야 일파를 쓰러뜨리거나 약화시켜주면 이블스에게도 이득이다…… 기꺼이 힘을 빌려줬겠구먼?"

핀은 고개를 끄덕였다.

아마 그『정령의 분신』도 이슈타르에게는 비밀병기 중 하나였으리라고 추측했다.

"그리고 이럴 때【이슈타르 파밀리아】가 전멸한 건 이블스에게도 오산이었을 거야."

"프레이야가 나서는 바람에 단서를 전부 잃어뻣네—! 싶었는데, 생각하기에 따라선 반대로 기회일지도 모르겠구마."

"맞았어. 만약 신 이슈타르가『열쇠』를 가지고 있었다면 지금쯤 이블스는 혈안이 되어 회수하려 할 거야."

로키에게 맞장구를 치며 핀은 자신의 생각을 설명했다.

물론 이미 회수되었을 가능성도 부정할 수는 없지만……. 그렇게 덧붙이면서도, 파룸 단장은 그렇지 않으리라고 생각한다는 듯 엄지를 핥았다.

"소란 속에서 분실된『열쇠』를 우리와 이블스, 어느 쪽이 먼저 찾느냐…… 지금의 상황은『열쇠』확보를 위한 전쟁이야."

"바레타 님!【로키 파밀리아】가 환락가의 궁전 주변

에……!"

"쳇! 결국 왔구만!"

크노소스 내부, 부하의 전달에 바레타는 혀를 찼다.

귀에 장착한 액세서리를 찰랑이며 가증스럽다는 듯 미간을 찡그렸다.

"어떡할래, 바레타? 할 수 있는 일이 있다면 나도 힘을 빌려주겠지만?"

좌대에 앉은 타나토스가 새까만 옷을 출렁거리며 물었다.

마석등이 뿜어내는 푸른 인광이 복도 사이에 으스스한 어스름을 만들어내는 가운데, 바레타는 잠시 입을 다물고 생각에 잠겼다.

"……【로키 파밀리아】도 뭐 짐작 가는 데가 있어서 뒤지는 건 아니지?"

"아, 네. 움직임으로 봤을 때 닥치는 대로 찾는 것 같았습니다. 시내에 숨어든 비전투원 동지들의 말에 따르면, 【이슈타르 파밀리아】 출신 아마조네스나 창부와도 자주 접촉했다고…….."

선 채로 오른손을 입가에 가져다대고 바레타는 생각에 잠겼다.

부하의 보고를 들은 그녀는 고개를 들더니 생각에 결론을 내렸다.

"고용했던 암살자 놈들을 전부 모아."

"네!"

"야, 타나토스. 바르카 그 멍청이한테 말해. ……『커스 웨폰』 있는 대로 준비하라고."

"어라, 혹시…… 해치우게? 크노소스 밖에서?"

단원에 이어 자신에게도 지시를 내리는 바레타를 보고 타나토스는 눈을 크게 뜨며 웃었다.

바레타는 머리를 틀어올리며 내뱉었다.

"지상에서 요란하게 설치고 싶지는 않았지만…… 어쩔 수 없지. 하나라도 『열쇠』가 핀한테 넘어가게 할 수는 없으니까."

그리고 그녀의 입술은 흉악한 웃음을 그렸다.

"──공세로 나서겠어."

흘러 떨어지지 않는 눈물

3장

Гэта казка іншага сям'і.

Слёзы, якія не выконваюцца

피부에 와 닿는 쌀쌀한 공기가 아침을 알려주었다.

"…………."

창가에 앉아있던 베이트는 천천히 눈을 떴다.

어젯밤부터 같은 자세로 굳어버렸던 몸을 천천히 움직이려 했을 때, 몸에 이불이 덮여있음을 알았다. 발밑을 내려다보니 융단 위에서 새근새근 숨소리를 내며 잠든 아마조네스 소녀가 있었다. 곁에 있는 벨벳 의자에는 어젯밤에 만들어놓았는지 들쭉날쭉하게 썬 야채가 둥둥 뜬 수프와 고기를 끼워 넣은 빵이 있었다.

완전히 식어버린 1인분 식사를 바라보던 베이트는, 수저를 들어 한 입 먹어보았다.

"맛없어……."

불쑥 중얼거린 다음, 얼음처럼 차갑고 딱딱해진 빵도 한 입 씹어 넘겼다.

날을 걸러 저녁을 먹은 베이트는 빵을 우물거리며 발밑의 소녀를 걷어찼다.

고양이처럼 모포로 몸을 말고 있던 소녀는 "꺄앙?!" 하고 비명을 질렀다.

"짐작 가는 데를 말해."

대로에 인접한 『아지트』의 반대쪽, 생색만 내듯 마련된 뒤뜰에서 들통에 담은 물을 머리부터 끼얹으며 베이트가 말했다.

바지를 입은 채, 배틀클로스를 벗어던지고 상반신을 드러낸 웨어울프에게 침을 흘리던 레나는 "어, 아, 으, 응!!" 하고 얼굴을 붉히며 제정신을 차렸다.

"어…… 나, 사실은 프뤼네한테 곧잘 혹사당해서 말이야, 궁전 안을 자주 돌아다니곤 했거든. 그날도 그 두꺼비가, 『이슈타르 님의 약점을 찾아와아~!』 하고 괴상한 소리를 해서 말이야."

피부며 귀에 뚝뚝 떨어지는 물방울을 난폭하게 털어내는 베이트의 등을 여전히 응시하며, 소녀는 전혀 비슷하지도 않은 프뤼네 흉내로 당시의 일을 들려주었다.

"그래서 들켰다간 린치를 당할 각오를 하고 이슈타르 님이 안 계신 신실에 숨어 들어갔는데…… 반쯤 열린 비밀문을 발견했던 거야."

"비밀문?"

"응. 예쁜 베일이니 황금 왕관이니 엄청난 물건이 잔뜩 있었는데, 아마 이슈타르 님이 비장해둔 컬렉션이었겠지만…… 선반 위의 작은 상자에 있었어. 정제금속으로 만들어진 구형 매직 아이템이."

쫑긋 귀를 세우고 베이트는 레나 쪽을 노려보았다.

"이상한 기호가 있었는지 어떤지는 모르겠지만, 베이트 로가가 찾는 매직 아이템은 은백색 금속에 덮여 있었다고 했잖아? 내가 본 건 『미스릴』이었으니까 아마 맞을 거야."

"그걸 찾은 다음엔, 어떻게 했어?"

"그게, 탐무즈한테…… 부단장한테 들켜서 말이지. 무서운 표정으로 『전부 잊어버려』 그러면서 날 쫓아냈어. 탐무즈는 이슈타르 님이 직접 얽히지만 않으면 대개 얌전하니까 그냥 놔준 거겠지만…….."

당시의 일을 떠올리는지, 나무상자 위에서 책상다리를 하고 앉아있던 레나는 몸을 부르르 떨었다.

"그 탐무즈란 놈은 지금 어디 있어?"

"그게, 【프레이야 파밀리아】에 습격을 당한 후에 사라져서……. 이슈타르 님한테 목맸던 휴먼이었으니까, 송환당한 신의 뒤를 따라 투신…… 같은 것도 충분히 가능성이 있지."

"그럼…… 만약 아직 남아있다면."

"응. 이슈타르 님의 비밀방이나 탐무즈의 방이 아닐까?"

레나가 말하는 짐작 가는 곳을 듣고 베이트는 생각을 굴렸다.

이슈타르나 탐무즈가 몸에 지니고 있거나, 혹은 어딘가에 꺼내놓았을 가능성도 없지는 않지만, 그 포인트를 수색해볼 가치는 충분히 있었다.

"좋았어."

찬물과 아침 공기로 충분히 정신을 차린 베이트는 목표를 결정했다.

그가 향할 곳은 시야 저편에 우뚝 솟은 여신의 궁전, 『벨리트 바빌리』다.

"저기저기, 베이트 로가! 나도 따라가도 될까? 아니아
니, 나도 따라가야 비밀문의 위치를 알 수 있지 않을까?"

"……맘대로 하든가."

"만세—!"

벌떡 일어나 빙글빙글 도는 레나를 흘겨보며, 물을 다
닦은 베이트는 배틀클로스로 갈아입었다.

따라오는 그녀와 함께 고급 창관을 출발했다.

"【파밀리아】가 사라진 후에는 그 비밀방에 안 가봤냐?"

"파벌의 자산이라고 해야 하나, 보물창고에 있던 보물은
다 나눠 가졌지만, 우리 【파밀리아】는 비전투원도 포함해
숫자가 워낙 많아서 말이야~. 아이샤랑 같이 이리저리 분
배하고 다니다 보니 너무 바빠서, 이제까지 잊어버렸
어…… 아하하."

오늘은 하늘이 구름에 뒤덮여 있었다.

살짝 회색을 띤 구름은 햇빛을 완전히 차단해버렸다. 두
터운 구름이 낀 오라리오의 상공을 올려다보며, 베이트는
비가 한바탕 쏟아질지도 모르겠다고 생각했다.

항쟁의 중심지에서 벗어났다고는 하지만 이 뒷골목도
많은 기물이 파괴된 흔적이 있었다. 금이 간 보도블록, 기
울어진 마석 가로등, 『마법』이라도 맞았는지 지붕 일부가
날아간 창관. 쇼텔이 벽에 꽂혀있는 집도 있었다. 그 외에
도 부서진 무기가 길바닥에 수없이 나뒹굴고 있었다. 주신
의 신의에 따라 이슈타르를 놓치지 않으려 했던 【프레이야

파밀리아】의 포위망은 이곳에까지 미쳤던 모양이다.

길을 나아감에 따라 점점 심해져가는 파괴의 흔적.

여기가 바로 슬럼이라고 해도 믿을 것 같은 광경이었다.

"베이트 로가, 조심해. 구역 내부를 순찰하는 경우는 별로 없는 것 같지만, 그래도 『길드』에 일러바치는 보초가 있으니까. 밤도 아니니까 멀리서도 보일 수 있어."

"잔해 위로 걸어 다니면서 할 소리가 아니잖아. 원숭이도 아니고."

"에헤헤. 우끼끼~ 이렇게?"

베이트가 째릿 노려보는 가운데, 레나는 반파된 건물의 잔해 위를 걸어 다니면서 혀를 내밀었다.

"뭐, 보초 정도는 괜찮을 거라고 생각해. 그래도 신원이 들켜서 벌칙 먹는 것도 싫고, 가~끔【가네샤 파밀리아】가 있기도 하고 그러거든~."

호루라기를 불기라도 했다간 성가시다고 말하며, 레나는 잔해 위에서 뛰어내렸다.

길이 넓어지자, 그녀는 베이트를 이끌고 건물과 건물 틈새로 몸을 숨겼다. 옛 영역이다 보니 앞마당이나 다를 바 없는지, 만에 하나라도 남의 이목에 뜨이지 않도록 골목을 경유해 계속 먼 길을 돌아갔다.

안내원 역할로 봤을 때는 데려오길 잘 했다고 베이트도 인정했다.

'핀도 여길 조사할까……? 그래도 낮은 피하겠지. 파벌

단위로 움직이면 눈에 뜨이니까.'

【파밀리아】의 체면도 신경 써야 하는 핀이나 수뇌진들의 얼굴을 떠올리며, 베이트는 대낮에 맞닥뜨릴 일은 없으리라 결론을 내렸다. 【로키 파밀리아】에서도 『벨리트 바빌리』는 핵심 조사대상으로 점찍어놓았겠지만 아무리 그래도 며칠 만에 그 거대한 홈을 다 조사할 수는 없을 것이다. 레나가 말하는 신실의 비밀문이나, 특정 단원의 개인실에도 들어가봐야 하니까.

'그보다도 언제 【파밀리아】에 합류해야 할지. 한동안 휴가를 내주겠다고는 했지만…… 아~ 젠장. 어제 일이 떠올라버렸어. 돌아가기 싫다…….'

이미 아이즈에게도 목격당해버렸으니 지금쯤 【파밀리아】 내에서 자신의 주가는 대폭락했을 것이다. 아니, 이미 폭락했지만 분명 아마조네스 자매를 중심으로 분노의 불길이 치솟고 있겠지. 그 천연산 얼빵이에게서 오해 사기 딱 좋은 정보를 듣고 있는 대로 살을 붙였을 게 뻔하다는 생각에 또 우울해졌다. 로키와는 절대 만나고 싶지 않았다.

베이트는 부루퉁한 표정 안쪽으로 연신 푸념을 늘어놓았다.

'그냥 아웃사이더였는데…… 이 자식을 만난 후로는 일이 아주 끔찍하게 돌아가고 있어.'

옆에서 걷는 소녀를 흘겨보았다.

"베이트 로가, 어제는 왜 먼저 잤어! 내가 기껏 저녁까지 지었는데!"

"언제 자든 내 마음이지."

"진짜 웨어울프들은 제멋대로야! 그래도 이불 덮어줘서 살짝 감동했지? 나 새색시같았지?!"

"넌 좀 닥치고 있어."

이미 이런 대화에도 익숙해졌다. 물들어버렸구나 싶어 베이트는 얼굴을 찡그렸다.

이런 『애인 놀이』도 오늘로 끝이다. 적어도 조사를 다 마치면 레나와의 관계도 끝난다. 더 이상 그녀에게 휘둘릴 일도 없을 것이다. 사랑의 힘이 넘쳐나는 아마조네스 소녀는 아랑곳 않고 【파밀리아】까지 찾아올지도 모르지만 베이트는 무시하기로 작정했다.

그녀가 있으면 쓸데없는 생각이 떠오르고 말 것 같았으므로.

이 『송곳니』의 안에 있는 것이, 전부.

'……냉큼 끝내자. 끝내버리고…….'

이걸로 연을 끊자. 마음의 목소리가 그렇게 말을 이으려던 순간.

베이트의 귀가 쫑긋, 날카롭게 일어났다.

"…………."

"베이트 로가?"

골목을 빠져나간 윗골목 한 모퉁이.

줄을 지어 선 창관이 양쪽 옆을 에워싼 넓은 길 한복판에서, 베이트는 발을 멈추었다.

'누가 우릴 보고 있었구만……'

의아하다는 듯 레나가 돌아보는 가운데, 날카로운 시선만을 좌우로 돌렸다.

'길드의 보초인가? 아니, 그랬으면 말을 걸지 않을 이유가 없지. 게다가, 살기는 고사하고 아무 감정도 전해지지 않는 이 시선은……'

일반 모험자의 시선이 아니라고 베이트는 단언할 수 있었다.

완전히 다른 종류의, 어둠 속을 살아가는 오물들의 것이다.

심지어 지금 이러는 동안에도 시선의 수는—— 늘어나고 있다.

"왜, 왜 그래?"

제1급 모험자가 긴장을 띠는 분위기에 레나가 당황하고 있으려니,

"이봐, 너희! 거기서 뭐 하는 거야!"

길 전방에서 목소리가 들렸다.

눈을 돌리니 그곳에 있던 것은 휴먼과 수인, 2인조 남성 모험자였다. 길드의 임무를 수행하고 있음을 나타내는 완장과 노란 스카프를 착용했다. 레나가 조금 전에도 별로 없을 거라고 했던 구역 내 보초였다.

복구 구역을 순찰하던 모험자들은 목에 걸었던 경적을 들며 이쪽으로 다가왔다.

"——큭! 이 자식들아, 이쪽으로 오지 마!"

술렁 털이 곤두서는 느낌에 베이트가 얼른 소리를 질렀지만 모험자들은 의아한 표정을 지을 뿐이었다. 당연하다.

규칙위반자의 말 따위 듣지 않고 침입자의 존재를 알리고자 호루라기에 입을 가져간 순간——.

"——큭!!"

그것이 최후의 행동이 되었다.

호루라기를 든 휴먼의 목에서 피가 요란하게 뿜어져 나왔다. 소리도 없이 등 뒤로 접근했던 시커먼 옷차림의 사내가 경동맥에 단검을 날렸던 것이다.

"엑, 무슨—— 뜨아아?!"

레나가 눈을 크게 뜨는 가운데, 파트너를 잃은 수인에게도 지붕에서 뛰어내린 그림자가 세검을 휘둘렀다. 무슨 짓을 당했는지도 이해하지 못한 채 두 모험자가 소리를 내며 금이 간 보도블록 위로 쓰러졌다.

"세, 세상에…… 죽인 거야……?"

"쳇……!"

시선 너머의 광경에 말을 잃은 레나를 옆에 두고, 베이트는 온 힘을 다해 악문 이를 뿌득뿌득 울렸다.

그의 날카로운 시선 너머에서 흐느적거리는 움직임으로

마주 선 후드 차림의 사내들—— 검은 옷을 걸친 암살자들은 피에 젖은 시커먼 검을 들이댔다.

그와 동시에 베이트와 레나의 머리 위, 창관 지붕 위에 수많은 그림자가 출현했다.

"이, 이게 어떻게……?!"

"무기 주워!"

"어?"

"쓸 수 있는 무기를 들라고!! 고분고분 죽고 싶냐?!"

베이트의 노성에 어깨를 흠칫 떤 레나는 항쟁이 끝나고도 지면에 방치되었던 아마조네스의 시미터에 뛰어들어 주워들었다.

주위를 둘러본 베이트는 마치 호흡을 맞춘 듯 단숨에 모여든 적의 모습에 낯을 찡그렸다.

'이 자식들 이블스구나! 티오네와 싸웠던 암살자!'

동료가 크노소스에서 교전했다며 들려준 정보를 생각의 바다에서 끄집어냈다.

왜, 어떻게, 지금, 여기서, 표적이 됐지?

이블스의 잔당이 지상에서 설치는 일은 없으리라고 생각했던 것은 베이트만이 아니라 핀도 마찬가지였다. 그 예상을 배신하고 나타난 적에 대한 의구심이 뇌리에서 붉게 깜빡거렸다.

그리고 그때.

"아, 뭐야~. 우린 여기를 조사하러 왔을 뿐인데~."

"네년은……!"

지붕에 뛰어오른 여자의 모습에 베이트는 나직하게 으르렁거렸다.

모피 달린 오버코트에 가슴만을 가리는 옷, 가죽조끼. 흉흉한 대검을 든 그녀가 기억이 났다.

바레타 그레데.

크노소스에서 【로키 파밀리아】를 함정에 빠뜨렸던 이블스의 잔당, 그 중에서도 틀림없는 간부급이다.

"혼자 온 거야~【바나르간드】? 아마조네스 꼬맹이는 왜 데리고 있어? 발정이라도 났냐?"

"개소리 하지 마! 넌 여기 뭐 하러 온 거야!"

"그건 내가 할 소리야. 제1급 모험자인 너랑 맞닥뜨리다니, 생각도 못 했다고."

길드의 공식 정보에 따르면 30대 후반에 접어들었을 휴먼 여성은 【스테이터스】의 불로 효과 덕에 20대 후반 정도로 보였다. 날카로운 미모로 이쪽을 노려보던 바레타는, 음흉한 웃음을 지으며 입술을 핥았다.

"……하지만 마침 잘 됐어."

베이트와 레나를 보던 눈이 뱀처럼 가늘어졌다.

"시내 쪽도 지금쯤 한창 다급하게 돌아가고 있을 무렵이니까."

베이트가 그 말의 의미를 이해하지 못하고 있으려니, 여자의 한쪽 손에 들린 대검에서 살기가 새나왔다. 이미 충돌을 피할 수 없다는 것은 불을 보듯 뻔했다.

'빌어먹을, 말려들게 만들었어……!'

혼자 상황을 따라가지 못하는 레나를 곁눈질하며 베이트는 이를 갈았다.

이미 늦었다. 소녀를 피신시킬 수는 없다.

마치 그런 자책의 목소리와 겹쳐진 것처럼, 머리 위의 구름이 흔들리더니 한 방울, 또 한 방울 비가 내리기 시작했다. 그리고 눈 깜짝할 사이에 극심한 폭우로 변모했다.

비를 맞으며, 베이트는 관계도 없는 레나를 끌어들이고만 자신을 저주하며 있는 힘껏 외쳤다.

"나한테서 떨어지지 마!"

"으, 응!"

다음 순간, 바레타도 지지 않을 세라 커다란 육성으로 호령했다.

"얘들아, 해치워라!"

지시를 받은 암살자들은 저마다 손에 든 무기── 시커멓게 물들인 『커스 웨폰』을 올리며 베이트와 레나에게 달려들었다.

�����

"비……."

창밖에서 소리를 내며 쏟아지기 시작하는 비를 보며, 집무실에 있던 핀이 중얼거렸다.

빗발은 눈 깜짝할 사이에 강해져, 구름으로 덮인 도시가 회색으로 물들었다.

'……뭐지, 이 불길한 기분은.'

창가에 선 핀은 비를 맞은 시내를 바라보며 가슴이 묘하게 술렁이는 것을 느꼈다.

그의 오른손 엄지가 한순간 시큰거린 것 같았다.

그 직후.

"단장님?!"

라울이 문을 활짝 열어젖히며 단장실로 뛰어들었다. 흠뻑 젖어 숨을 헐떡이는 그의 얼굴은 창백했다.

"라울? 왜 그래?"

"큰일났습다……."

온몸에서 물을 뚝뚝 흘리며, 라울은 입술을 떨었다.

"시내에서……!"

"꺄아아아아아아아아아아아아아아아아아아악!!"

그 연회는 격렬하게 쏟아지는 비가 가져온 것처럼 시작되었다.

"뭐, 뭐지?!"

"사, 살인이다아아아!!"

"사람이 죽었다!!"

인기척이 없던 뒷골목에 눈 깜짝할 사이에 비명과 혼란

이 퍼졌다.

보도블록 위로 퍼져나간 피가 비에 섞이며 붉은 강을 이루었다.

"비키세요, 비켜주세요!!"

비명을 들은 레피야가 인파를 억지로 헤치고 다가왔다.

동료와 함께 오늘도 시내로 나왔던 그녀는 그 모습을 본 순간 말을 잃었다.

"세상에, 이럴 수가……."

【디안 케흐트 파밀리아】의 치료원에 들렀던 리베리아 또한 그 혼란의 연회와 직면했다.

"아미드 씨?! 손 좀 빌려주세요!"

"상처가, 상처가 아물질 않아요!"

치료원 밖에서 들려오는 빗소리에 섞여 힐러들의 노성이 오갔다. 피에 젖은 그들이 데려온 것은 수를 헤아릴 수 없는 중상자였다.

아연실색한 아미드의 곁에서 【로키 파밀리아】의 단원들이 외치는 소리를 들은 리베리아는 튕겨져나가듯 달려갔다.

"아물지 않는 상처…… 설마!"

리베리아는 긴 지팡이를 들고 치료원을 뛰쳐나갔다.

"으, 으아아아아아아아아아아아아아!!"

"모, 모험자들끼리 싸운다!!"

뒷골목의 빗소리에 전투의 선율이 섞이고 있었다.

까앙, 까앙. 칼날과 칼날이 맞부딪치는 금속성이 끊임없이 울리고, 그곳에 짐승 같은 고함이 얽혔다. 요란한 불꽃과 함께 붉은 선혈이 솟았다.

백주 대낮게, 시내 한복판에서, 격렬한 비의 커튼 사이에서 그『습격』이 시작되었다.

"길드를, 아니, 모험자를 불러!"

모험자의 무서움을 잘 아는 미궁도시의 주민들이 찢어지는 비명을 지르며, 항쟁을 방불케 하는 그 광경으로부터 앞을 다투어 도망쳤다.

그들이 등을 돌린 골목 안쪽에서는 【로키 파밀리아】 단원들의 목소리가 메아리치고 있었다.

"크윽!"

물을 튀기며 달려가는 주민들과 몇 번이나 스쳐 지나가며 아이즈는 달렸다.

허리에 매단 검을 뽑고, 그림자와 그림자가 약동하는 그 장소로 뛰어들었다.

빗소리에 섞이는 비명이 온 시내에서 연쇄되었다.

번뜩이는 검은 칼날은 마치 사신의 낫처럼 새로운 피를 불렀다.

메탈 부츠《프로스빌트》가 『커스 웨폰』과 함께 적의 안면을 박살냈다.

"꺼억?!"

달려들던 암살자는 힘차게 보도블록 위로 굴러갔다.

그러나 그의 몸과 자리를 바꾸듯, 또 새로운 자객이 베이트에게 짓쳐들었다.

"쯧!"

숫자를 앞세운 인해전술.

밀려드는 적의 파도에 베이트는 혀를 차는 소리와 함께 강렬한 발차기를 날렸다.

"하하! 해치워라, 얘들아!"

지붕 위에서 혼자 구경하는 베레타.

그녀의 홍소가 울려 퍼지는 가운데 전투는 계속 이어졌다.

끊임없이 쏟아지는 비는 복구 구역을 에워싸버린 것 같았다. 비의 장막에 뿌옇게 흐려진 환락가는 이미 외부와 단절되어버린 듯, 회색 하늘 아래에서 베이트와 레나를 고립시켰다.

"샤앗!"

"크, 우웃?!"

"──엎드려!"

길가에서 주운 다 부서진 시미터로 응전하던 레나를 보고 베이트는 힘차게 몸을 회전시켰다. 몸을 낮춘 소녀의 머리 위로 돌려차기가 날아가, 칼날을 꽂으려 하던 암살자 하나에게 직격했다.

"커어억!!"

"고, 고마워……."

"멍때리지 마! 더 온다!"

베이트에게는 레나의 감사를 받아줄 여유도 없었다.

비 때문에 뿌옇게 흐려진 시야에서는 수많은 시커먼 그림자가 당장이라도 달려들려 했다.

"적의 무기에는 『커스』가 담겨있어! 절대 맞지 마!"

"『커스』?! 아, 알았어!"

목소리를 거칠게 높이며 베이트는 적의 모습을 노려보았다.

획일적인 칠흑의 암살복에 후드. 발놀림은 모험자의 것과는 거리가 멀어, 독특하면서도 놀라울 정도로 가벼웠다. 숨을 쉬듯 자연스럽게 기척을 죽이는 기술을 지녔다. 얼굴을 감춘 천 아래에 존재하는 한 쌍의 눈은 사람이 가질 법한 감정을 전혀 드러내지 않았다.

몇 명이나 되는 아군이 피를 토하며 쓰러져도 낯빛 하나 바꾸지 않고 덤벼든다.

'이 자식들은 이블스의 잔당이 아니야! 고용된 암살자구나!'

들어본 적이 있다. 대륙에서 몰래 전해지는 범죄조직 【파밀리아】에 대해.

살육을 관장하는 여신 밑에서 지저분한 일을 도맡아 하는, 본거지도 규모도 알려지지 않은 암살자 집단. 거액과 맞바꾸어 목숨을 깎아가며 어둠의 세계에 선혈과 죽음을 가져오는 자들이다.

베이트의 예상을 긍정하듯, 펄럭이는 암살복 위에는 후드와 눈가리개를 한 사자머리, 세크메트의 문장이 그려져 있었다.

적의 【스테이터스】는 오라리오의 암살자와 비교하면 전체적으로 낮고, 가장 높은 자도 Lv.3 정도밖에 안 된다. 하나하나는 결코 베이트의 적이 아니지만,

"끄윽―― 샤아아아아아악!"

치명상을 입어도, 하나같이 목숨을 거두고자 달려들었다.

그 뒤를 따르는 암살자는 아무런 망설임도 없이 반쯤 죽어가는 동료의 몸과 함께 꿰뚫으며 『커스 웨폰』 장검을 내질렀다. 눈꼬리를 틀어 올린 베이트는 오른발을 크게 휘둘러 두 사람을 한꺼번에 걷어차 날려버렸다. 동료의 목숨과 바꿔서라도 필살을 이루려 하는 외도의 전술은 제1급 모험자의 속을 뒤틀리게 만들었다.

죽음을 두려워하면서도 자폭하던 이블스의 잔당과는 달랐다.

가혹한 훈련과 교육이라는 이름의 세뇌로 인해, 아무런 망설임도 없이 자신의 목숨을 무기로 바꾸는, 그야말로 타고난 살인집단이었다.

　게다가,

　"【피와 춤추어라】!"

　연신 터져나오는 흉흉한 영창이 시커먼 파동과 붉은 안개가 되어 몇 번이나 날아들었다.

　『커스』에다 『상태이상』까지……! 진짜 귀찮게 구네!'

　자신의 【스테이터스】를 떨어뜨리고자 날려대는 온갖 『저주』와 『마법』. 동료가 사선 위에 있든 말든 상관 않고 날려대니 더욱 성질이 고약하다. 동료의 희생과 함께 『저주』를 거듭 펼치려 하는 암살자들은 베이트에게는 귀찮은 존재 그 자체였다.

　'이쪽엔 짐짝까지 있는데……!'

　등 뒤를 흘끔 보니 이상한 전법을 취하는 암살자들에게 레나는 동요하기만 했다. 원래 같으면 그녀의 【스테이터스】가 위일 텐데도, 교묘한 술수만 사용하는 상대에게 계속 밀리고 있었다.

　베이트는 그녀를 지키기 위해 공세로 나서지 않을 수 없었다. 특히 상대가 『마법』을 쓰려 할 때마다 그녀가 말려들지 않도록 신경을 곤두세워야 했으며, 경우에 따라서는 그녀의 팔을 붙잡아 재빨리 공격범위에서 피신시켰다.

　무너진 창관에 에워싸인 넓은 길 한복판에서, 습격은 끊어질 줄을 몰랐다.

사방팔방에서 『커스 웨폰』이 아닌 투검까지 날아들더니, 머리 위에서 검은 옷이 뛰어내려 공격했다.

"윽?!"

"!"

투검이 레나를 스치고, 그녀의 몸에서 핏방울이 솟았다. 비틀거린 그녀를 즉시 밀어붙이고자 하는 암살자를 베이트가 옆에서 날려버렸다.

'숫자가 줄질 않아! 대체 몇이나 있는 거야!'

지속적으로 쏟아지는 적의 날카로운 기백에 베이트가 투덜거리고 있으려니,

"윽……!"

레나의 신음이 들렸다.

"으윽……?!"

다시 레나의 비명.

"앗……?!"

다시 한 번.

"————."

몸을 엄습하는 위화감에 베이트는 겨우 깨달았다.

공격이 베이트가 아니라 —— 레나에게 집중되고 있었다.

'이게 어떻게 된 거야.'

바레타 일당은 적대하는 【로키 파밀리아】의 간부인 베이

트를 노리러 온 것이 아니란 말인가. 자신의 목숨을 빼앗기 위해 이렇게나 많은 암살자를 크노소스에서 끌고 온 것이 아니란 말인가. 『열쇠』의 행방을 추적하지 못하게 만들려는 방해행동이 아니란 말인가. 그러고 보니 여자가 아까 뭐라고 했지? 제1급 모험자인 베이트와 맞닥뜨릴 줄은 생각도 못 했다고——.

이제 베이트의 몸은 레나를 중심으로 이리저리 교차하고 있었다.

『커스 웨폰』에 팔이 살짝 베인 그녀를 뒤로 감싸며, 달려드는 암살자들을 몇 번이나 물리쳤다.

어떻게 된 거야. 어떻게 된 거야.

왜 마치 처음부터 계획했던 양, 암살자들이 연계해 소녀를——.

'——아니, 잠깐.'

뇌리를 스친 가능성의 목소리에 베이트의 가슴속에서 심장이 벌컥 뛰었다.

우선 처음의 전제부터 잘못되었다면?

레나를 말려들게 했다는, 그 생각이 잘못됐다면?

'——웃기지 마.'

말려든 것은, 레나가 아니다.

정말로 말려들었던 것은.

암살자 놈들의 진짜 표적은——.

"히히."

옥상 위에서 전장을 부감하던 베레타의 입술이 일그러졌다.

"히히히히!"

초조해하는 베이트를 보며 웃는다.

"히히히히히히히히히히히히!"

초췌해져가는 소녀를 보며, 입맛을 다시고, 조롱했다.

때를 거슬러 올라가.

"타나토스…… 그렇게 많은 『커스 웨폰』을 준비하게 해서 뭘 하려고?"

벽화에 에워싸인 공간에서, 한쪽 눈을 앞머리로 가린 남성이 모습을 나타냈다.

햇빛을 잊어버린 병적인 흰 피부와 머리카락. 눈이 푹 꺼진 어두운 얼굴은 숫제 유령 같기까지 했다. 다이달로스 일족의 비원 달성에 사로잡힌 망집의 인물, 바르카였다.

그는 복도에 혼자 있던 타나토스에게 물었다.

"【로키 파밀리아】를 공격하려고……? 설마 지상에서? 어리석은 자살행위 아닌가."

의아해하는 그 목소리에 타나토스는 잠시 침묵을 지키다 어깨를 으쓱했다.

"나도 처음에는 그렇게 생각했는데…… 아니더라고."

"아니라고……?"

"응. 바르카도 대충 알겠지만 말이야, 바레타도 아주 멋지게 맛이 갔잖아? 그렇지?"

"…………."

"죽음을 관장하는 나도 당황스럽다고."

그 말에 거짓은 없었다. 에누리 없는 신의 칭찬이었다.

입을 다문 바르카 앞에서 타나토스는 진보라색 장발을 출렁이며 같은 색깔의 눈을 가늘게 떴다.

"바레타의 목적은 말이야——."

사신은 마치 권속의 행위를 축복하듯 웃었다.

"『아마조네스 사냥』이래."

　　　　　　　　🕯

"온 도시에서 아마조네스가 습격을 당하고 있다고?!"

"네! 지금도 아마조네스들이 계속 공격을 받고 있고, 시체까지 나와서……!"

"……아마조네스들의 소속은, 설마."

"지금은 파벌이 제각각인 것 같지만, 다들 원래는【이슈타르 파밀리아】였지 말입다……! 다들 이슈타르 님과 가까웠던 바벨라입다!"

라울의 보고에 핀이 미간을 일그러뜨렸다.

"『열쇠』를 찾을 수 없다면, 차라리 우리에게 넘어가기 전에 입을 막아버리겠다는 거군……!"

지금도 창밖에서 소란이 전해져온다. 이 수많은 습격이 이블스의 소행임을 핀은 순식간에 간파했다.

적은 『열쇠』 찾기를 포기한 것이다. 전혀 단서를 얻을 수 없는 상황에 견디다 못해, 서서히 정보망을 펼치는 【로키 파밀리아】를 내버려두고 강경책으로 나섰다. 그것은 핀이 있을 수 없다고 생각해 저버렸던 가장 끔찍하고 포악한 선택지였다.

얻을 수 없다면 숫제 넘겨주지 않는다.

발견할 수 없다면 의심스러운 정보원 그 자체를 말살한다.

대담하고, 흉악하고, 비열하고, 난폭하기 그지없는 이 수법은.

"이 방식은……."

핀은 뇌리에 어떤 여자의 홍소를 떠올렸다.

"바레타……!"

"디오니소스 님!"

"어둠을 틈타 배후에서 일격…… 암살이로군."

비명이 메아리치는 빗속의 뒷골목. 얼굴이 창백하게 질린 사람들을 내버려둔 채 아마조네스의 주검 앞에 한쪽 무릎을 꿇고 앉아있던 것은 디오니소스와 피르비스였다.

공허한 눈빛을 하늘로 향한 바벨라의 시체는 기습을 당해 순식간에 최후를 맞았음을 알려주고 있었다. 목에 새겨진 상처에서 흘러나온 피는 이미 굳어, 상황으로 보건대 어젯밤에 당했으리라는 것도 알 수 있었다.

"이슈타르의 권속들을 말살하다니…… 아무래도 타나토스 일당은 상당히 흉험한 수단으로 나선 모양이다."

마음에 들지 않는다는 듯 디오니소스가 수려한 얼굴을 일그러뜨리고 있으려니, 인파를 헤치고 레피야가 그들 앞으로 달려왔다.

"피르비스 씨! 디오니소스 님!"

"레피야……."

"사우전드…… 너는 보지 말거라."

피르비스와 디오니소스를 시야에 담았던 레피야는 그들 곁에 굴러다니던 주검을 보고 말을 잃었다. 지금도 자신들과 마찬가지로 비를 맞고 있는 그 시체는 어제까지만 해도 살아있었던 데미휴먼이었으므로.

"우리가 정보를 물었던, 아마조네스……."

"이 자식!"

비 때문에 달라붙은 앞머리를 이리저리 날리며 티오네는 쿠크리 나이프를 번뜩였다.

"끼악?!"

"받아라아아아아아아아!"

흑의를 걸친 사내가 땅바닥에 나뒹구는 가운데, 티오나도 마찬가지로 우르가를 휘둘러 칠흑의 무기와 함께 적의 몸을 벽에 꽂아버렸다.

"너, 너희들……."

"무사해?!"

"대체 뭐야, 이거?! 여기저기서 아마조네스들이 습격을 당하고 있잖아?!"

베여서 피가 나는 위팔을 붙든 아마조네스에게 티오나가 달려가고, 티오네가 분노한 표정으로 외쳤다. 소란을 듣고 달려가 아마조네스들을 구하고자 하던 그녀들 또한 사태의 전모를 파악하기 시작했다.

"야, 너! 아는 거 있으면 전부 다 불……?!"

쓰러뜨린 암살자의 멱살을 붙잡고 힐문하려던 순간, 피투성이 사내는 무언가를 깨무는 동작을 보이더니 다음 순간 눈을 까뒤집으며 피거품을, 그리고 고열의 연기를 뿜었다.

어금니에 숨겨두었던 자해용 강산을 깨물어 스스로 목숨을 끊은 것이다. 계획의 정보를 유출시키지 않기 위해.

습격자의 허무한 말로에 티오네는 온 힘을 다해 이를 갈아붙였다.

"빌어처먹을……!"

"상처 입은 자들은 【디안 케흐트 파밀리아】의 치료원으로 옮기게! 어서!!"

대형 배틀액스로 암살자들을 쳐내며 가레스는 쩌렁쩌렁 고함을 질렀다.

갈라져 피에 젖은 얼굴을 손으로 붙들며 눈물을 흘리는 자, 배를 찔린 자, 흘러나오는 피가 멈추지 않는 자. 몸에 상처를 입은 아마조네스들이 고함을 질러대는 【로키 파밀리아】의 손에 실려갔다.

"모험자 상대로 자살공격이라니……!"

혈기왕성한 아마조네스들도 상급 모험자. 거저 당하고만 있을 존재는 아니다.

기습에도 능숙하게 대응해 자객을 오히려 해치워버린 강자도 다수 있었다. 그러나 암살자들은 자신의 목숨을 대가로 그녀들에게 상처 하나만을 입히기만 하면 됐다.

암살자들의 무기는 모두 『커스 웨폰』.

몸에 새겨진 상처는 아마조네스를 죽음으로 몰아넣는 필살의 『독』이 될 수 있었다.

"인력이 부족해. 도저히 다 지켜줄 수가 없겠구먼……!"

여러 【파밀리아】로 뿔뿔이 흩어진 바벨라의 일제 암살. 광대한 도시 내에서 발발한 이 사태는 아무리 가레스와 【로키 파밀리아】라 해도 전모를 파악할 수는 없었다. 쏟아지는 빗속에, 지금도 비명이 도시 곳곳에서 들려온다.

가레스는 깊이 눌러쓴 투구 안에서 눈을 가늘게 떴다.

"크윽!"

달려드는 여러 명의 암살자들에게 아이즈가 검을 휘둘렀다.

벌써 몇 명이나 되는지도 알 수 없는 자객이 보도블록 위로 나뒹굴고, 부서져나간 저주의 무기가 허공을 춤추었다.

"아이즈, 상처를 입어서는 안 된다!"

조금 떨어진 곳에서 지팡이를 휘두르던 리베리아가 암살자들을 휩쓸며 말했다.

비취색 머리카락이 달라붙은 고운 얼굴에서 여유를 잃은 그녀는 마지막 적을 쓰러뜨리자 아마조네스들에게 달려갔다.

"무사한가!"

"시끄러워, 누가 도와달래! 쓸데없는 참견하지 마!"

지면에 대형 박도를 꽂아 몸을 지탱하던 여걸 아이샤 벨카는 리베리아와 아이즈에게 고함을 질렀다. 주위에는 그녀 자신이 물리친 암살자들이 쓰러져 있었다. 습격을 간신히 모면한 여걸은 숨을 헐떡이면서도 어엿한 여전사로서 아이즈와 리베리아를 노려보았다.

"아이샤!"

"사미라!"

그때 회색 머리카락의 바벨라가 새로 달려왔다. 티오나가 사정청취를 했던 아마조네스 중 한 사람이었다.

아이샤와 마찬가지로 가벼운 찰과상을 입은 그녀는 사태의 전말과 피해의 규모, 지금 알고 있는 사실을 쏟아내듯 주워섬겼댔다. 여기에 끼어든 리베리아의 간결한 설명까지 들은 후, 아이샤는 한손으로 이마를 짚었다.

　"우리를 암살한다고……?! 빌어먹을, 그놈의 여신은 있어도 없어도 우리한테 성가신 일에 끌어들인다니까……!"

　"이거 어떡하나, 아이샤?! 죽은 것들 중에는 궁전에 드나들던 바벨라도 있다던데…… 아, 맞다! 하, 하루히메는?!"

　"진정해! 걔는 【파밀리아】 리스트에 없어! 이슈타르 님이 『길드』에도 숨겨놓은 존재라고! 아무도 노리지 못해!"

　"어, 그럼…… 아, 프뤼네는……?"

　"그 두꺼비가 죽겠냐!! 냅둬!"

　당황해 갈팡질팡하는 사미라에 대한 짜증도 치밀어 아이샤는 연신 고함을 질러댔다. 사건의 회오리 속에 내팽개쳐진 두 사람에게 리베리아가 물었다.

　"우리의 대응은 후수로 밀리고 있다. 소란을 듣고 달려가서는 때가 늦을 수밖에. 표적이 될 가능성이 있는 자를 안다면 가르쳐다오."

　"잠깐, 기다려봐. 달리 표적이 될 만한 바벨라는……!"

　이마를 한손에 짚은 채 얼굴을 찡그리며 아이샤가 생각의 실마리를 더듬어나갔다.

　그러나 그것도 잠시. 다음 순간, 번쩍 고개를 들었다.

"레나……."

"뭐?"

"레나다……."

도시 남서쪽, 소녀의 『아지트』가 있는 환락가 방향을 바라보며 귀기 어린 표정으로 외쳤다.

"레나가 위험해!"

어깨에 박힌 투검이 마침내 소녀의 몸을 지면에 쓰러뜨렸다.

"으악?!"

"빌어먹을!"

달려들려 하는 시커먼 그림자를 베이트는 재빨리 걷어차 날려버렸다. 이어서 베이트 자신에게 밀려드는 허연 칼날을 건틀렛으로 튕겨냈다. 다시 한 번 일제히 여러 자루의 암검이 소녀를 노리고, 이를 막아낸 베이트의 뺨에 마침내 상처가 생겼다.

비가 쏟아지는 폐허의 전장에서, 고립무원의 싸움은 여전히 멈출 기미를 보이지 않았다.

"베, 베이트 로가……."

"스친 것뿐이야! 한심한 목소리 내지 마!"

피를 흘리는 베이트를 보고 레나가 눈물을 머금었다.

욕설 같은 말을 거듭하는 웨어울프는 비에 젖은 몸을 방패삼아 쓰러진 소녀를 암살자들로부터 가렸다. 이미 적의 세력은 암살자 외에도 이블스의 잔당──【타나토스 파밀리아】의 반원들까지 뒤섞인 난전이 되었다.

"이거, 내가 표적인 거 맞지……?"

"보면 모르냐!"

"내가, 베이트 로가를 끌어들인 거지……?"

"……상관없어! 무슨, 상관인데!! 이 자식들은 우리 적이야!"

그렇다. 말려든 것은 레나가 아니다.

정말로 말려든 것은── 베이트였다.

암살자 놈들의 진짜 타깃은, 이슈타르의 비밀을 알아버린 이 아마조네스 소녀. 우연히 그녀와 행동을 함께 했던 베이트에게는 불똥이 튀었을 뿐이다.

사정은 몰라도 눈치를 채버린 레나의 떨리는 목소리를 베이트는 노성으로 부정했다.

모두 자신의 잘못이라는 자책 따위, 가소로운 착각이니 기어오르지 말라고.

"……샤아아아아아아아아아아아아아아아아아!"

암살자들의 칼날이 어디를 향하는지는 이미 불을 보듯 뻔했다.

베이트가 아니라, 레나를 향한 집중공격. 사방팔방에서 날아든 공격이 방어로만 내몰린 베이트의 행동을 제한하고, 반격으로 나서지 못하게 한다. 숫자의 우위와 수많은 『커스 웨폰』으로 표적과 함께 제물로 삼고자 한다.

베이트 혼자였다면 아무 것도 아니었다.

그의 가장 큰 무기인 준족을 살려 이리저리 뛰어다니고, 암살자들을 희롱하며 흉포하게 물어뜯었을 것이다. 【바나르간드】라 불리며 두려움의 대상이 되듯, 고속의 배틀스타일로 얼마든지 헤쳐나갈 수 있었다.

하지만 레나가 있다.

적의 추격을 뿌리치지 못하고, 숫자의 폭력에 짓눌려버릴 조그만 소녀가. 감싸주지 않으면 순식간에 목숨을 잃어버릴 나약한 병아리가.

베이트의 머리를 시뻘겋게 불태웠다.

뺨에 새겨진 문신이, 『송곳니』가 있을 리 없는 통증을 뿜어냈다.

한껏 매도해왔던 잔챙이가, 『약자』의 존재가 베이트를 좀먹었다.

하지만 그는 소녀를 내치는 말을 하지 않았다.

"크으——으으으으으으으으으으으으으으으으으!!"

격렬한 방어전 속에서 한순간의 틈새를 누비로 《프로스빌트》에 벼락의 『마검』을 후려쳐, 은백색 메탈부츠에 벼락을 띠게 했다. 눈을 크게 뜬 암살자들을 허공에 그린 벼락의 원호로 쓸어 날려버리고, 이어서 귀를 찢는 천둥과 섬광으로 청각과 시각에 공백을 때려넣었다.

적의 연계가, 완벽한 포위망이 한순간 무너졌다. 지금뿐이다.

"도망치자!"

"으, 응!"

레나의 손을 억지로 잡고 가속했다.

암살자들의 옆을 빠져나가, 고스란히 적의 암살권에서 벗어난 베이트는,

"어허, 기다려보라고! 이제부터잖아!"

"——?!"

날아드는 회전 칼날에 눈을 크게 떴다.

레나를 지키고자 창졸간에 벼락을 띤 부츠로 걷어차 거대한 칼날을 부수기는 했지만, 어마어마한 기세로 날아든 그것은 산산이 부서지면서도 무수한 파편을 뿌렸다. 산탄과도 같이 배틀재킷과 함께 베이트의 피부를 무수히 찢었다.

"히히히히히히히! 누가 놓아준댔냐, 이렇게 재미난 구경거리를!!"

구경만 하던 바레타가 머리 위에서 『커스 웨폰』 대검을 집어던졌다.

적들 중에서 유일하게 Lv.5를 자랑하는 괴력의 투척은 베이트가 온 힘을 다해 막아내야만 할 정도의 파괴력과 속도를 가지고 있었다.

그리고 거기서 발생한 큰 허점.

"【피와 춤추어라】!"

"~~~~~~~~~~~~~~~~~~~~~~~~크윽?!"

마침내 『커스』와 『상태이상』의 주박이 베이트의 몸을 장악했다.

"이제야 잡혔구나, 【바나르간드】!"

움직임이 둔해진 베이트에게 암살자들이 눈을 빛내며 달려들었다.

갈채를 보내는 바레타의 밑에서 뇌격의 빛이 몇 명이나 되는 암살자들을 재기불능으로 만들었지만, 아군까지 말려들게 만들면서 다시 한 번 『커스』를 사용해 베이트의 팔다리를 속박해나갔다. 여기에 암살자들은 여기서도 그를 직접 공격하지 않고 집요하게 레나를 노렸다.

거미집에 사냥감이 얽히듯, 아니, 저항할 수 없는 쇠사슬에 거대한 늑대가 묶이듯 웨어울프의 움직임이 점점 둔해졌다.

"나 원, 무슨 괴물이야? 우리 편을 대체 몇이나 잡아먹은 건지……."

열세에서도 암살자들을, 그리고 원군으로 불려나온 【타나토스 파밀리아】의 단원들을 물리치고 있는 베이트에게 바레트는 침을 뱉었다. 주위에서는 안면과 흉골을 걷어차여 피를 토하며 나가떨어진 이블스의 동지들이 수십 명이나 나뒹굴고 있었다.

"하지만 덕분에."

바레타는 입술을 틀어올렸다.

"아마조네스를 사냥할 생각이었지마안…… 이거 운 좋은데! 여기서 【바나르간드】의 목을 따 가주지!"

여자의 흥분과 동조한 것처럼 칠흑의 그림자가 맹위를 떨쳤다.

베이트의 어깨에 깊은 상처가 새겨진 것과 함께, 《프로스빌트》에서도 벼락의 은총이 사라졌다.

"크으윽……?!"

『불치의 저주』가 맹렬한 열기가 되어 어깨를 태웠다.

도려져나간 오른쪽 어깨를 제외하면 뺨을 비롯한 『저주의 상처』는 찰과상 정도였다. 아직 싸울 수 있다. 그러나 몇 십 분, 몇 시간이 될지는 알 수 없다. 공격의 손길을 늦추지 않는 암살자들에게 애간장을 태우며 베이트는 지지 않겠노라 포효를 터뜨렸다.

그런 그의 비장한 뒷모습을 보며.

스스로도 싸우던 소녀는 손을 축 늘어뜨리고 입술을 떨었다.

"베이트 로가…… 미안해."

빗소리에 섞인 그 목소리의 단편에 쫑긋, 짐승 귀가 떨렸다.

"역시, 네 말이 맞았어. 난…… 약해빠져서, 베이트 로가의 발목만 잡아당기고……. 후회하고 있어……."

시끄러워. 닥치고 있어.

아무 말 마.

여긴 전장이야. 전장에서 우는 소리 따위 구역질나.

전장에 선 이상 비겁도 치사도 잘못도 없어. 각오를 해.

짖어. 짖어보라고. 그게 부조리에 저항하는 유일한 수단이니까——.

무언가에 젖은 소녀의 목소리에 조바심을 내며 베이트는 마음속으로 욕설을 퍼부었다. 압축된 체감시간 속에서 암살자들의 몸을 후려치고 걷어차고, 칼날을 튕겨내고, 핏줄기를 뿜어내며 팔다리를 몇 번이나 휘둘렀다. 세계가 자신을 내팽개쳐놓고 시간의 흐름을 완만하게 만든 가운데, 쏴아 하는 빗소리를 누비고 공연히 귀에 울려 퍼지는 레나의 목소리가 짜증나서 견딜 수가 없었다.

"하지만."

그리고.

"내가 없으면…… 베이트 로가는 강하지?"

뒤에서 가늘게 들려온 소녀의 목소리에, 베이트의 시간이 멎어버렸다.

지금이라도 베이트에게서 달려 나가려 하는 소녀가 있었다.

'——야.'

기다려.

장난하지 마.

뭐 하려는 거야. 무슨 미친 짓이야.

뭘 네 맘대로 결정하고 앉았어.

넌 『잔챙이』야. 제멋대로 굴지 마.

움직이지 마. 움직이지 말라고.

가지 마. 여기 있어.

'넌 내 옆에 있어——.'

베이트는 모순을 깨닫지 못했다.

전에 그토록 내뱉었던 매도와, 지금 마음속의 목소리가 상반되었다는 것을.

——잔챙이는 처박혀 있어.

——거치적거리는 것들은 꺼져.

전에 했던 말과 지금의 마음이 모순되었다는 것을 베이트는 깨달으려고도 하지 않았다.

소녀는 눈꼬리에서 물방울을 떨어뜨리며 웃었다.

"베이트 로가, 이겨야 해. ——죽으면 안 돼."

그 직후.

소녀는 베이트에게 등을 돌리고, 달려 나갔다.

"——레나!!"

그녀의 이름을 처음으로 부른 것은 하필이면 이런 순간이었다.

멀어져가는 소녀의 등에, 베이트가 절규를 터뜨렸다.

"크, 흐히히…… 히얏하하하하하하하하하하하하하하하하하하하하하하하!! 암살자들아, 저 여자를 쫓아가!"

지붕 위에서 웃음소리를 터뜨린 바레타의 호령이 남은

암살자들을 도망치는 소녀에게 유도했다. 무수한 박쥐처럼 퍼덕이는 암살자들의 로브를 보며 베이트의 온몸이 열기를 띠었다.

"—————————————아아아!!"

이제는 언어의 형태를 띠지 않는 늑대의 포효를 터뜨리며, 암살자들의 등을 쫓아가려 했지만.

"그러니까 나를 잊지 말래도오~~~!!"

"크윽?!"

머리 위에서 뛰어내린 바레타가 베이트의 앞길을 가로막았다.

"내가 상대해줄게! 저런 꼬맹이보다 훨씬 땡기잖아?!"

"이 빌어먹을 여자가아아아아아아아아아아아아아아아아아아?!"

날카로운 미모에 추악한 웃음을 띤 여자에게 미친 듯이 분노한다.

이제는 아무도 없는 길 한복판에서, 모피가 달린 오버코트에서 새로운 『커스 웨폰』을 꺼내는 바레타를 밀어내고자 베이트는 온몸에 힘을 불어넣었다.

"필사적이구만, 【바나르간드】!"

"시끄러워!"

"그렇게 저 아마조네스 계집애가 소중하냐아?"

"시끄러워!!"

몇 번이고 앞으로 나가려 하는 베이트를 장난치듯 방해

하며 바레타는 칠흑의 단검을 휘둘렀다. 온몸에 걸린 『상태이상』은 여전히 베이트의 손발을 묶은 족쇄 노릇을 했다.

그래도 여전히 『강자』인 늑대를 바레타는 결코 함부로 공격하려 들지 않았다.

그저 발을 묶어두면 충분했다.

시간을 일각, 또 일각 깎아낼 때마다 웨어울프의 얼굴은 몸을 베인 것처럼 일그러졌다.

그것이 여자에게는 참을 수 없을 정도로 우스웠다.

『생명의 광채』를 짓밟으려 한다는 사실이 더할 나위 없는 쾌감이었다.

"이봐아, 내 선물은 보셨나아~?!"

"?!"

"크노소스에서 해치웠던, 네놈들의 동료 말이야아!"

베이트의 털이 술렁 곤두섰다.

눈앞에 있는 남자의 마음을 한층 헤집어놓으려는 듯 여자는 언어의 나이프를 던져댔다.

"그저 전부 내가 했던 거지롱~! 울며불며 소리치는 모험자 놈들을 찔러 죽여줬거든!"

"……지 마."

"사실은 말야아, 더 꼼꼼하게, 처참하게 해주고 싶었어! 하지만 너희가 너무 빨리 오는 바람에 함부로 죽여 버렸지 뭐야!"

"……이지 말라고."

"특히 그 힐러는 죽이는 보람이 있었어! 약한 주제에 끝까지 동료들을 감싸려 하고 앉았지 뭐야!"

"지껄이지 말라고!!"

바레타의 조롱 섞인 목소리와 베이트의 고함이 교차했다.

리네 일행을 끔찍하게 죽인 장본인이라는 사실을 털어놓은 눈앞의 여자. 그녀를 보는 베이트의 시야에 불꽃이 터졌다.

"어땠냐? 핀이 좀 분통하게 여겼을까?! ──넌 지금처럼 한심한 표정을 지었을까아?!"

그 여자의 웃음에.

베이트의 분노가 허용범위를 넘어섰다.

"──르으어어어어어어어어어어어어어어어어어어어어어어어어어어어어어어어어어어어어!!"

쏟아지는 빗줄기를 끊어버릴 정도의 발차기가, 눈을 크게 뜬 바레타의 단검을 분쇄해버렸다.

"쳇?! ……이쯤 해둘까."

온 힘을 다해 그 자리에서 뛰어 뒤로 물러난 바레타는 산산이 부서진 단검을 흘끔 보고는 순순히 버렸다.

"이 이상 계속했다간 진짜 죽을 것 같으니까."

눈에 핏발이 선 웨어울프를 보며 바레타는 뻣뻣한 미소를 지었다. 그러나 우려의 말과는 달리 그녀의 목소리는 기쁨으로 가득했다.

"그만 가봐라, 【바나르간드】!! 이미 늦었지 않았을까~?! 하, 하하하하하하하하하하하하하하하하하하하하!!"

높이 도약한 여자가 빗속으로 사라졌다.

그런 것은 지켜보려고도 하지 않고 베이트는 달려 나갔다.

온몸과 시야를 두드리는 비에 살의가 치솟았다. 비켜. 방해하지 마. 꺼져. 마음속으로 으르렁대며, 죽여 버리고 싶을 정도로 무거운 발을 움직였다.

격렬히 쏟아지는 비는 마치 겁을 먹은 것처럼 살짝 기세를 늦추었다.

달려가면서 보인 것은, 부서진 채 길 옆의 보도블록 위에 내팽개쳐진 눈에 익은 시미터.

그렇게나 몸을 옭아매던 저주의 힘이 뚝 끊어지고, 몸이 가벼워지며 그와 동시에 가슴속의 심장을 벌컥 거머쥐었다.

달리고, 달리고, 또 달려서.

소녀에게 당해 지면에 웅크리고 쓰러진 암살자들의 몸을 따라, 비가 내리는 폐허를 질주해.

퇴폐의 도시를 달려나갔다.

그리고.

".................."

탁 트인 광장 한 구석에, 그녀가 있었다.

부서진 흔적이 있는 보도블록 위에 쓰러진 채, 비를 맞으며.

마지막까지 저항했는지. 싱그럽던 갈색 피부는 피에 젖었으며, 가느다란 팔다리에는 수많은 열상이 있었다.

배에 꽂힌 것은 묘비처럼 솟아난 검은색 단검.

피가 스멀스멀, 물구덩이를 붉게 물들여나갔다.

한번 멈춰버렸던 베이트는 이내 다시 달려나가 그녀의 곁에 무릎을 꿇었다.

물방울이 튀어올라 소녀의 뺨에 튀어, 감겼던 눈꺼풀이 떨리더니 희미하게 뜨였다.

"베이트, 로가……? 거기, 있어……?"

붉게 젖은 입술이 떨리고, 왼팔이 느릿느릿 올라왔다.

"눈앞이, 뿌옇게 흐려서…… 잘, 안 보여…….."

방황하는 그 손을, 마치 깨지는 물건이라도 다루듯 베이트가 잡았다. 자신도 모르는 사이에.

소녀의 가느다란 손가락이 미소를 짓듯 살짝 힘을 주었다.

"……야."

베이트는 말했다.

"……야."

베이트는 떨었다.

"……야."

베이트의 입술은 마치 망가진 것처럼 그 말밖에 하지 않았다.

뿌옇게 흐려진 레나의 눈이 힘없이 아래를 향하고, 희미한 미소를 짓는다.

"베이트, 로가………… 약해서, 미안."

"_____."

"약속, 무리, 였네."

말이 사라졌다. 온기가 멀어져간다.

베이트의 시간이 멎었다.

레나는 마지막 힘을 쥐어짜내듯 조용히 웃었다.

"당신, 곁에………… 나란히, 서고, 싶었는데…….."

소녀의 말은 그것으로 끝이었다.

천천히 힘을 잃고, 가느다란 손가락이 베이트의 손에서 미끄러져나갔다.

마지막 목숨의 등불을 태우듯, 몸에서 붉은 물방울이 흘러나갔다.

"…………."

빗소리가 들려왔다. 하늘에서 떨어지는 눈물의 소리가.

베이트는 외치지 않았다.

웃지 않았다.

울지 않았다.

그저 시간이 멎어버린 것처럼, 풀려버린 머리카락이 얼굴에 달라붙은 소녀를 내려다보고 있었다.

"레나!"

대신 다른 누군가의 목소리가 울려 퍼졌다.

숨을 헐떡이는 아이샤, 그리고 눈을 크게 뜬 아이즈와 리베리아.

비 너머에 멍하니 서 있는 그녀들의 모습을 보고, 살짝 옆얼굴을 보였던 베이트는 천천히 일어났다.

펄떡 뛰듯 아이샤와 아이즈, 리베리아가 달려왔다. 선두에 선 아마조네스는 베이트 따위 돌아보지도 않고 레나의 앞에 무릎을 꿇으려다, 몸을 멈추었다.

어정쩡하게 뻗은 그녀의 손이 떨리더니, 주먹을 쥐었다.

무릎을 꿇고 앉았던 아이즈와 리베리아가 얼굴을 일그러뜨리고, 몸에 박혀 있던 단검을 뽑고는, 시험관에 담긴 약이며 『마법』의 빛을 있는 대로 퍼붓는다. 마치 촌극과도 같이.

그러한 모든 광경이 베이트의 눈에는 퇴색된 것처럼 비쳤다.

"커스……!"

칠흑의 단검을 보며 리베니아가 중얼거렸을 때.

고개를 든 아이샤가 목에서 쥐어짜내듯, 원념으로 가득 찬 목소리를 베이트에게 터뜨렸다.

"【바나르간드】……! 장난하는 거냐. 내가 말했을 텐데?! 레나에게 무슨 일이 있었다간, 나는……!!"

날카로운 눈빛으로 노려보는 아마조네스에게 베이트는 당장 아무 대답도 할 수 없었다.

비를 맞으며, 증오로 가득 찬 눈을 들이댄다.

이윽고 그의 입술은──『비웃음』을 그렸다.

"헹, 자기 마음대로 도망쳐버린 잔챙이를 나더러 어떻게 돌보라고."

아이샤가 눈을 크게 떴다.

"있는 대로 발목을 잡아당기더니. 짜증나서 미치는 줄 알았지."

"베이트……."

"진짜 구제할 길 없다니까, 잔챙이란 것들은."

"베이트 씨……."

잃어버렸던 말이 이제 와서 막힘없이 터져나왔다.

고개를 들고 올려다보는 리베리아와 아이즈에게는 아랑곳 않고 베이트는 비웃음을 지었다.

조소를 띠었다.

"자신의 무력함을 후회하면서 길거리에 나자빠져 죽게 된다…… 내 말이 맞잖아."

그 순간 아이샤의 두 눈에 불꽃이 터졌다.

"아아아!!"

얼굴을 분노의 불꽃으로 물들인 그녀는 베이트에게 달려들었다.

분노의 형상 그대로 베이트의 멱살을 잡고 굳게 쥔 주먹을 쳐든다.

터져나간 주먹이 조소로 일그러진 뺨에 꽂히려던, 그 순간.

"_____ ."

그를 후려치려던 주먹이, 바로 앞에서 멈추었다.

쏟아지던 비가 팔에서 튕겨나와 베이트의 뺨을 적신다.

아이샤는 눈을 크게 뜬 채 굳어버렸다.

그 광경을 베이트는 이해할 수 없었다.

왜.

왜 주먹을 멈춰.

뭐야 그 얼굴은.

뭐야 그 눈은.

넌 대체 뭘 보고 앉았는데.

웃고 있잖아, 난.

평소처럼 비웃고 있잖아, 난.

"너……."

야, 뭘 보고 앉았어. 그 눈은 뭐야. 내 얼굴에 뭐가 묻기 라도 했냐고.

이 비웃음이 안 보이냐.

왜, 왜 그런 눈으로 봐.

왜 때리지 않는 거야.

"………… ."

입을 다문 아이샤는 주먹을 내리고 손을 놓았다.

연민하는 듯한 눈빛을 남긴 채, 그대로 등을 돌렸다.

그녀 대신 리베리아가, 눈을 감은 레나를 안아들고 그

자리를 떠나갔다.

　베이트를 남기고.

　"……베이트, 씨."

　아이즈만이, 무슨 말을 걸어야 좋을지 알 수 없어 그 자리에 남아있었다.

　그의 등을 바라보며.

　비는 그치지 않는다.

　"……장난하지 말라고."

　왜 때리지 않아.

　뭐야 그건.

　뭐야 그 눈은.

　날 그딴 눈으로 보지 마──.

　하염없는 굴욕이 베이트를 태웠다.

　치켜 올라간 입가가, 조롱으로 일그러졌다고 생각했던 입술이 풀리고, 깨져나갈 듯이 이를 악물었다.

　분노와 감정의 격류가 온몸을 미친 듯이 휩쓸었다.

　그러나 베이트는 아무 것도 할 수 없었다.

　포효를 터뜨리지도 못한 채, 하늘을 올려다보았다.

　무정하게 쏟아지는 비만을 그저 맞고 있었다.

　그 날도 하늘에서 비가 쏟아지고 있었다.

『평원의 주인』을 물리치고 베이트는 미궁도시로 개선했다.

그런 그를 기다렸던 것은 주저앉아 울고 있는 【파밀리아】 동료들과, 그녀의 주검이었다.

『———.』

베이트를 엄습한 것은, 딛고 있는 땅이 우르르 소리를 내며 무너져가는 감각이었다.

별것 아니었다. 여느 때처럼 던전에 나가, 여느 때처럼 탐색을 하다가, 그날 우연히 그녀는 목숨을 잃었던 것이었다.

미궁에 송곳니를 뽑혀, 저항하지도 못한 채, 허망하게.

베이트를 위해 강해지고자, 약자의 껍질을 벗어던지고자 한층 발버둥을 치던 그녀는 자신의 힘을 돌아보지 않은 대가를 치렀던 것이다. 그리고 그런 그녀를 지켜줄 강자는, 베이트는 곁에 없었다.

『베, 베이트…….』

【파밀리아】 단원들은 상처투성이로 울고 있었다. 팔을 잃은 자, 시신조차 회수하지 못한 자, 울면서 사죄를 되풀이하는 자. 아무도 베이트를 책망하지 않았다. 모두 자신의 무력함을 저주했다. 모두 세상에 절망하고 우는 소리를 지껄였다.

피에 젖은 그녀의 주검은 후회도 고통도, 아무 일도 없었다는 것처럼 새하얀 빛이었다.

왜.

어째서.

왜 약해.

어째서 그렇게까지 약해.

세계에, 섭리에, 진리에 저항하지 못할 만큼, 왜 그렇게까지.

내가, 강자가 없으면.

내가 지켜주지 않으면.

너희는, 약자는 아무 것도 못 하는 거냐.

나는 강해졌잖아.

그런데 왜 또 빼앗기지?

지리멸렬한 수많은 의문이 베이트의 마음속에 떠올랐다가는 사라졌다. 말로 바뀌어 나오지 않는 사고의 소용돌이—— 절망이 몸을 헤집어댔다.

그저 꼴사납게 울기만 하는 동료들을 내려다보며, 넋을 잃은 채, 가만히 서 있었다.

『베이트…… 미안하다.』

그런 베이트를 보며 주신 비다르가 말했다.

그 말을 들은 순간 베이트의 안에서 무언가가 끊어졌다.

정신이 들고 보니 신의 멱살을 두 손으로 잡고 있었다.

『사과하지 마! 댁이, 신이 사과하지 말라고!』

『관둬, 베이트!!』

『신이—— 인정하지 말라고!!』

단원들이 필사적으로 말리는 가운데, 베이트는 눈물을 흘리며 신에게 고함을 질렀다.

신의 사죄가, 『약자』의 희생을 인정하는 것 같아 용서할 수 없었다.

세계 그 자체가 베이트의 절망을 긍정하는 것 같아, 고함을 지르지 않을 수 없었다.

비다르의 사죄는 무엇에 대한 것이었을까.

베이트의 무엇에 사죄하려 했던 것일까.

베이트는 아무 것도 알 수 없었다. 그의 신의를 이해하지도 못한 채, 토로하는 감정의 격류와 함께 그저 울부짖었다.

상심한 단원들을 거느린 【비다르 파밀리아】는 오라리오를 떠나기로 결심했다.

베이트는 그들을 버렸다.

저버린 것이다. 스스로 미움을 사고자, 언어의 칼날로 베어대고, 반쯤 쫓아내듯 미궁도시에서 내보냈다. 길드도 제2급 모험자인 베이트가 남는다면 괜찮다며, 【비다르 파밀리아】의 도시 이탈을 인정했다. 그들이 도시를 떠나는 그 날, 베이트는 동료였던 자들과 작별인사조차 나누지 않았다.

비다르의 【은혜】를 컨버전이 가능하도록 반 탈퇴상태로 등에 남긴 채, 그동안 베이트는 하염없이 싸우고 또 싸웠다. 솔로로 던전에 틀어박혀, 상처를 입고 피를 흘리며 몬스터를 해치웠다. 더욱 강함을 추구하는 굶주린 늑대가 되었다.

한편으로 뺨의 『송곳니』에서 느껴지는 환통은 가실 줄을 몰랐다.

오히려 더욱 격렬해졌다. 원수를 갚은 줄로만 알았는데 도 연신 욱신거렸다.

온몸에 도사린 짜증이 가실 날은 없었다.

베이트가 다른 이에게 언어의 칼날을 휘두르기 시작했 던 것도 이 무렵부터였다.

——『잔챙이』는 꺼져!

——분수를 알라고!

——짖지도 못하는 주제에!

【파밀리아】에도 속하지 않은 채 폭언을 터뜨려대는 그에 게 모두가 화를 냈다. 주먹을 휘두르고, 죽이고자 달려들 었다가 결국 베이트에게 당했다. 베이트의 절망은 그치질 않았다.

싸움을 하지 않는 날이 없었다. 붉은 벌 간판을 내건 주 점에서 질리지도 않고 소란을 일으켰다. 무뚝뚝한 드워프 주인은 마치 연민하듯 외톨이 늑대를 더 이상 다그치려 하지 않았다.

베이트는 결코 『강자』에게 시달리지 않았다.

상처를 입고, 모든 것을 잃고, 아무리 절망하더라도, 포효를 지르며 앞을 보았다. 강자의 살점을 먹어치우겠노라 결심하고 늘 울부짖었다.

그렇다.

베이트를 시달리게 했던 것은 다른 이도 아닌──『약자』였다.

약육강식의 세계에 저항하지 못하는 약한 자들.

아무리 베이트가 강해지려 해도 메울 수 없는 힘.

아무리 강해지려 해도 구제할 수 없는 나약한 존재.

세계의 섭리에 눈물을 흘리는『약자』들을, 베이트는 어느 사이엔가 저주하게 되었다.

원망하듯, 증오하듯, 모멸과 조롱의 말을 내뱉었다.

여전히 동료를 두지 않은 늑대는 마치 망가진 것처럼 강함에 굶주린 채, 타인에게 조롱의 송곳니를 휘둘러댔다. 오직 홀로 싸우고 또 싸웠다.

이윽고【파밀리아】에 속하지 않았음에도, 언제부터인가 그런 별명까지 붙었다. 흉랑(凶狼)──【바나르간드】라고.

그렇게 불리게 되었다.

4장

혼자뿐인 밤

Гэта казка іншага сям’і.

У адзіночку ноч

밤의 장막이 도시를 덮었다.

칠흑 같은 어둠이 아무도 없는 거리를, 연신 깜빡이는 망가진 마석 가로등을, 혈흔이 남은 뒷골목을 에워쌌다. 비는 여전히 그치지 않은 채 마치 하늘에 구멍이 뚫린 것처럼 도시에 쏟아졌다.

그치지 않는 빗소리를, 소박한 소파에 앉은 베이트는 말없이 듣고 있었다.

"베이트 씨……."

그 곁에 서 있는 것은 아이즈. 젖은 몸도 닦지 않은 채, 『커스』에 흘러나오는 피조차 방치한 웨어울프 청년에게, 그녀는 아직 걸 말을 찾지 못하고 있었다.

한밤의 어둠에 휩싸인 【디안 케흐트 파밀리아】 치료원의 어느 빈 방. 암살자들의 습격 후 아이즈는 잠자코 비를 맞던 베이트를 이곳으로 끌고 왔다. 출혈이 멈추지 않는 부상을 내버려둘 수 없었던 것은 물론이고, 비를 맞는 청년의 등이 그녀의 눈으로 보기에도 위태로웠기 때문이었다.

"……하다못해, 몸이라도, 닦아야……."

치유되지 않는 상처를 어찌할 수도 없는 아이즈가 천으로 그를 닦아주려 했을 때, 찰칵 소리를 내며 방문이 열렸다.

"죄송합니다, 늦었습니다."

들어온 것은 아미드였다.

원래는 청결감이 넘쳐야 할 【파밀리아】의 제복은 피로

지저분했다. 무엇보다도 그녀 자신의 눈 밑에도 깊은 피로
가 쌓였으며 땀을 뻘뻘 흘리고 있었다.

아이즈는 한 눈에 알 수 있었다.

마인드 다운 일보 직전이다.

"아미드…… 계속, 『마법』을……?"

"『커스』를 해제할 수 있는 것은, 지금으로서는 제 『마법』
밖에 없으니까요. ……당신의 체력을 내다보고 뒤로 미뤄
두었던 것을 사과드립니다, 베이트 로가 님."

아이즈의 근심스러운 목소리에 소녀는 얼굴을 찡그리지
도 않고 최대한 태연히 대답했다.

온 도시 내에서 습격이 벌어져, 치료원에 실려온 아마조
네스들을 회복시키느라 아미드는 이제까지 자리를 뜰 수
가 없었다. 힐러의 긍지인지, 아미드는 무리하면서까지 즉
시 베이트의 치료에 착수했다.

온몸에 새겨진 가벼운 열상, 그리고 어깨에 새겨진 깊은
저주의 상흔에 오른손을 가져다대고, 영창을 한 다음 순백
색 마법광을 가져다댔다.

"…………아마조네스들은, 어떻게 됐어."

"구할 수 있는 목숨은 구했습니다. 하지만 이곳으로 실
려온 시점에서 늦어버린 분들은, 이미…….."

이 치료원에 실려온 중상자의 목숨은 아미드가 모두 구
했지만, 구할 수 없는 자들도 있었다. 암살자의 습격은 어
젯밤부터 시작된 것으로 보여, 도시 최고위의 힐러인 【데

아 세인트)라 해도 이미 목숨이 끊어진 자들을 구할 수는 없었다.

흔들리지도 않는 인형 같은 얼굴과는 달리, 새하얗게 변할 정도로 꽉 쥔 아미드의 조그만 손은 자책과 회한 같은 온갖 감정을 드러냈다.

"꼬마조네스는, 여기 있어?"

"……아마조네스 분들은, 저희【디안 케흐트 파밀리아】분들이, 외람되지만 『제1묘지』로 옮겼습니다."

이곳에는 이미 시신을 놓아둘 여유는 없으니까요.

베이트의 물음에 직접적으로는 대답하지 않은 채, 아미드는 그렇게 에둘러 말했다.

소파에 앉아있던 베이트의 낯빛은 바뀌지 않았다. 호박색 눈으로, 정면에 무릎을 꿇고 앉은 냉정한 소녀의 얼굴을 그저 바라본다. 회색 털에서 물방울이 뚝뚝 떨어졌다.

아이즈는 혼자 눈을 내리깔았다.

"습격자들의 정체는 대륙의 어둠, 범죄조직……【세크메트 파밀리아】라 단정했습니다."

아미드는 분위기를 바꾸고자 조금 억지로 화제를 전환했다.

피폐해져 땀을 흘리며, 조그만 입술을 움직여 보고한다.

"옛【이슈타르 파밀리아】의 권속들이 표적이 된 것으로 보아, 신 이슈타르에게 원한을 가진 신물…… 질투에 사로잡힌 일부 여신이 그들을 고용해 암살을 명령했다고, 길드는 그렇게 판단했습니다."

"…………"

"이 파벌의 암살자들은 규칙에 따라 고용주를 절대 밝히지 않고 자해하기 때문에…… 길드의 상부는 이미 주모자를 밝혀낼 생각을 포기했다고 합니다."

사무적인 어조가 현재의 상황을 간결하게 설명했다.

낮에 벌어진 소동은 온 도시에 알려질 수밖에 없었으며, 당연히 『길드』도 움직였다. 그리고 암살자의 주검에『스테이터스 시프』를 사용해, 등에 남은 신의 진명과 소속을 알아낸 후 머리를 감싸 쥐었다.

역시 오라리오의 모험자라고 해야 할지, 바벨라들은 습격을 당하고도 수많은 암살자를 물리쳤다. 그러나 적이 가진 것은『커스 웨폰』. 상처 하나가 치명상이 되는 무기다. 죽음을 두려워 않고 목숨 그 자체를 칼날로 바꾼 암살자들의 자살공격에 바벨라들은 상처를 입었으며, 그것이 이번의 피해 확대로 이어졌다. 바벨라들과 고통을 분담한 암살자들은 예외 없이 스스로 목숨을 끊었다. 도우러 달려온 【로키 파밀리아】에게 체포된 자들도 마찬가지였다.

아이즈의 눈앞에서 베이트가 으스스할 정도로 침묵을 관철하는 가운데, 모든 상처를 다 치유한 아미드는 그를 바라보았다.

"치료는 끝났지만…… 이 악질적인 『커스』는 상처가 아물어도 금세 회복되지는 않습니다. 부디 무리는 하지 마십

시오."

힐러로서 명령한 아미드는 몸을 일으켜 베이트에게서 떠나가려 했다.

하지만 한 걸음을 내디딘 순간 조그만 몸이 비틀거려 아이즈가 얼른 받쳐주었다.

"아미드……."

"죄송, 합니다……. 『마법』을, 조금 지나치게, 쓴 것 같군요……."

호흡이 흐트러진 친구를 보며, 아이즈는 입술을 꼭 깨물고 노고를 치하하듯 안아주었다.

얼른 쉬게 해야겠다고 판단해 그녀를 휴게실로 옮기려 했으나, 이내 몸을 멈추고 말았다.

지금의 베이트를 혼자 두어도 될지 걱정이 든 것이다.

"냉큼 끌고 나가. 눈에 거슬려."

베이트의 불손한 어조는 평소와 다를 바 없었다.

전혀 움직일 줄 모르는 표정을 제외하면.

아이즈는 한껏 고민한 끝에, 아미드를 안고 방문을 열었다.

"여기, 계세요……. 금방, 돌아올게요."

마지막으로 돌아본 후, 금발금안의 소녀는 방을 나갔다.

침묵이 찾아왔다.

오로지 빗소리만이 거추장스러울 정도로 늑대의 귓전을 두드려댔다.

그때까지 조각상처럼 움직이지 않던 베이트는, 이윽고 천천히 일어났다.

"…………."

호박색 눈이 창밖, 비에 젖은 한밤의 오라리오로 향했다.

뺨에 내달린 『송곳니』가 일그러졌다. 유리에 비친 자신의 얼굴을 원수처럼 노려보던 베이트는, 한쪽 팔을 쳐들어 반사되는 자신의 몸과 함께 유리창을 때려 부쉈다.

"말려들게 해 미안해, 【안티아네이라】."

그것이 상처 입은 아마조네스들을 앞에 둔 핀의 첫마디였다.

도시 중앙, 하늘 높이 우뚝 솟은 바벨 1층. 던전으로 이어지는 플로어는 심야임에도 사람들로 넘쳐났다. 『아마조네스 사냥』 때문에 관계자들이 모여 있었던 것이다.

대부분 2차 습격을 우려한 【이슈타르 파밀리아】 출신 모험자, 또는 비전투원인 창부들이었다. 그 외에는 『길드』에 호위 역할을 자청하고 나선 【로키 파밀리아】, 그리고 【가네샤 파밀리아】 단원들이었다.

중상자만을 【디안 케흐트 파밀리아】의 치료원에 남긴 가운데, 암살의 위험성이 있는 자들을 한 곳에 모아놓은 것은 『길드』 및 가네샤 파의 지시였다. 바벨라—— 상급 모험자라는 귀중한 인재를 잃지 않고자 하는 관리기관의 움직임은 신속했다.

광대한 플로어에서 아마조네스와 창부들이 불안한 얼굴을 마주보는 한편, 티오네나 티오나를 비롯한 단원들을 대동한 핀과, 긴 장발을 늘어뜨린 아이샤가 대치했다.

"물건을 찾던 우리의 동향이 이번 사건의 주모자들을 자극하고 만 것 같아. 이렇게 막무가내로 나설 줄은 생각도 못 했어……. 이런 말은 변명도 되지 않겠지. 사과하고 싶어."

"왜 사과하는 거야, 【브레이버】. 댁들 탓이 아니잖아? 애들도 다 알겠다. 잘못은 이딴 짓을 저지른 그놈들이지."

장창으로 무장한 핀의 사죄를 아이샤는 받아들이지 않았다.

옛 동료들을 잃은 그녀는 분노와 증오를 내비치면서도, 흐린 표정을 짓는 【로키 파밀리아】 단원들을 책망하려 들지는 않았다.

"게다가 댁들이 설치지 않았더라도…… 우리 이슈타르님의 권속들은 늦든 이르든 습격을 당했을걸. 아니야?"

"…………."

"나 원, 없어진 후까지 우리를 휘두르네, 그놈의 여신님은."

핀의 침묵을 긍정으로 받아들였는지 아이샤는 장탄식을 했다.

【로키 파밀리아】가 찾아다녔던 이슈타르의 『열쇠』에 대해서는 그녀도 아는 바가 있었다. 그리고 주신이 몰래 『묘한 조직』——이블스의 잔당——과 이어졌으며, 식인꽃 몬스터를 다루었다는 것도 멜렌 건으로 눈치 채고 있었다.

핀에게 캐묻지는 않았지만, 미모의 아마조네스 여걸은 진저리가 난다는 듯 옛 주신이 남기고 간 화근에 한숨을 쉬었다. 가늘고 긴 눈으로 여신이 돌아간 하늘을 노려보며.

"지키지 못했다, 구하지 못했다…… 그런 걸로 자책하지 마. 우리 아마조네스에게는 그게 더 굴욕이니까. ……【바나르간드】한테도 그렇게 전해."

"베이트? 거기서 왜 베이트가 나오지?"

"……못 들었어?"

되묻는 핀에게 아이샤는 잠시 입을 다문 후 설명했다.

베이트, 그리고 레나에게 무슨 일이 있었는지를.

핀의 푸른 눈에 놀라움이 깃들었다. 그의 뒤에 있던 티오나와 티오네, 다른 단원들도 생각지 못했던 그 이야기에 경악을 드러냈다.

"그 웨어울프가 그런 표정을 짓다니………… 아니, 아무 것도 아니야. 아무튼 괜한 배려는 필요 없어. 댁들이 구해 준 동료도 있어서 감사할 지경이니까, 우리는."

그렇게 말하며 아이샤는 일행의 앞을 떠나갔다. 창부들의 불안을 불식시키려는 듯 하나하나 말을 걸어주는 그녀의 뒷모습을 바라보며, 핀은 혼자 생각에 잠겼다.

"베이트의 눈앞에서 죽은 아마조네스라는 건…… 레피야가 말했던 데이트 상대?"

"……그렇겠지? 아마 그 녀석도 『열쇠』의 정보를 찾고 있었을 거야. 그 도중에 이블스 놈들한테 습격당했고……."

티오나와 티오네의 대화를 계기로 다른 단원들도 술렁이는 가운데, 핀은 엄지를 핥았다.

묵묵히 생각하기를 한동안.

이윽고 조용히 고개를 들고 입을 열었다.

"베이트를 『미끼』로 쓰자."

"?!"

갑작스러운 그 판단에 일동은 귀를 의심했다.

"내가 아는 베이트 로가는 이런 짓을 당하고도 잠자코 있을 만큼 얌전한 사람이 아니지. 십중팔구 **폭주할 거야**."

"……!"

"이블스…… 바레타 일당에게 보복하고자 혼자 움직일걸. 그것도 요란하게. 그걸 『양동작전』으로 삼아서, 상대의 눈이 쏠린 틈에 우리는 적의 퇴로를 차단하자."

크노소스로 귀환하지 못하도록, 바레타 일당을 지상에 고립시킨다. 파룸 두령은 그렇게 말했다.

"그리고 그녀들이 가진 『열쇠』를 탈취하는 거야."

핀의 막힘없는 말에 아연실색하는 자가 속출했다.

티오나나 티오네, 라울이나 아나키티 같은 이들도 그랬다. 숫제 비정하리만치 베이트의 감정을 이용해 대국의 시점으로 최선의 수를 두고자 하는 【브레이버】의 냉철한 옆얼굴에 【로키 파밀리아】의 젊은 단원들은 숨을 죽였다.

"다이달로스 거리에 감시할 사람을 배치해. 크노소스로 이어지는 구식 지하수로에는 내가 진을 치겠어. 적의 아지트와 이어지는 던전 제2의 출입구를 이용하려 해도 이곳에 단원들을 남겨두면 미궁으로 내려갈 수는 없겠지. 라울, 여긴 가레스에게 맡기도록 전달을——."

"피, 핀?!"

"잠깐만 기다리세요, 단장님!"

지시를 내리려 하는 핀을 티오나와 티오네가 만류했다. 몸을 내미는 그녀들에게 핀이 푸른 눈을 돌렸다.

"말리려고? 너희는 얼굴도 마주하지 않으려 들 만큼 싫어했잖아, 베이트를?"

"그, 그건…… 그래도, 이건 아니잖아?!"

"동료를 구하는 것이 【파밀리아】 아닌가요?! 멜렌 때도 단장님은 저희를……! 그 바보 늑대도!"

두령의 가면을 쓴 핀에게 티오나와 티오네는 물러나려 하지 않았다.

핀의 지적대로, 그렇게나 싫어했던 베이트 때문에 어째서 이렇게 필사적으로 나서는지 자신들도 잘 알 수 없었다.

티오나와 티오네의 뒤에서 애원하듯 바라보는 단원들도 마찬가지였다.

"수긍할 수 없다고? 그럼 말을 바꿔보지."

티오나와 티오네, 단원들의 얼굴을 둘러본 핀은 어조를 다잡아 말했다.

"이번 사건은 모두 베이트에게 **일임하겠어.**"

"!!"

그것은 두 번째의 경악이었다.

눈을 크게 뜬 동료들 앞에서, 핀은 두령의 가면을 벗고 약간의 슬픔을, 그리고 서운함을 담아 쓴웃음을 지었다.

시선을 되돌려, 활짝 열린 거탑의 바깥쪽, 비가 쏟아지는 어둠을 바라보았다.

"이젠 우리가 무슨 소릴 해도 멈추지 않을 테니까, 베이트는."

"핀 녀석…… 제대로 일을 쳤군."

리베리아의 무거운 목소리가 빗소리에 녹아들어 사라졌다.

핀이 내린 지시는 조속히 전달되었다.

장소는 【디안 케흐트 파밀리아】의 치료원. 상처가 아물지 않은 아마조네스들을 호위하기 위해 대기했던 리베리아와 엘프 단원들에게도, 숨을 헐떡이며 달려온 레피야가 그 사실을 전달했다.

엘프 아리시아나 다른 단원들이 놀라움을 보이는 가운데, 『바벨』에서 달려온 레피야는 비에 젖은 얼굴을 들고 리베리아에게 맞장구를 쳤다.

"그, 그렇죠? 이렇게 냉정한 명령은, 아무리 베이트 씨라고 해도 단장님답지 않달까……."

"아니다. 베이트를 이해…… 신뢰하기에 더 악질적이지."

"네에?"

"이래서는 내가 악역이 되지 않겠느냐."

당황하는 레피야의 의구심을 리베리아는 내쳐버렸다.

독백 같은 말과 탄식을 거듭하는 그녀의 말을 레피야는 결국 이해하지 못했다.

그때.

"리베리아!"

아이즈가 안쪽 복도에서 나타났다.

"베이트 씨가 없어…… 혼자, 밖으로……!"

"그래……? 응, 그렇겠지. 결국 핀이 그린 그림대로잖나."

이제는 막을 수 없겠다고,

술렁거리는 레피야와 단원들을 놔둔 채 리베리아는 눈을 감았다.

눈을 뜬 그녀는 갈팡질팡하는 아이즈에게 다가갔다.

"아이즈…… 베이트를 쫓아가라. 너만은 그 녀석에게서 눈을 떼지 말아다오."

"리베리아……. 응, 알았어."

핀의 지령에 대해서는 전하지 않은 채 리베리아는 아이즈에게 명령했다.

고개를 끄덕인 아이즈가 달려 나가 단원들의 옆을 지나칠 때, 리베리아는 마지막으로 그녀를 불러 세웠다.

"아이즈. 지금의 베이트를 보고 너 자신과……"

"……?"

"……아니, 아무 것도 아니다. 가라."

리베리아는 불러 세운 것을 사과하듯 고개를 가로저었다.

고개를 갸웃한 아이즈는 이번에야말로 치료원을 뛰쳐나갔다.

한밤의 어둠 속으로 사라져가는 그 뒷모습을 리베리아는 눈을 가늘게 뜨고 지켜보았다.

쏟아지는 비는 마치 몸을 꿰뚫는 창 같았다.

그치지 않는 빗속에서, 베이트는 대로를 따라 걸었다.

베이트 외에 사람은 없다. 비 때문이 아니라 암살자들의 출몰 탓이다. 평소의 오라리오에서는 생각할 수 없는 무인 대로가 생겨났다. 빗소리가 인기척마저 지워버려 마치 세계에 혼자만 남은 듯한 착각을 느꼈다.

상처가 깊다. 피도 모자란다. 아이템, 그리고 식량을 조달해야 한다. 온몸을 태우는 시뻘건 감정에 지배당하면서도 베이트의 머리 한구석은 냉정했다. 모험자인 그가, 부족의 전사였던 그가 전쟁의 조건을 제시하고 있었다.

바레타 일당은 자신을 다시 노릴 것이다. 확신이 있었다.

고삐에서 풀려난 이 감정을 해방시켜 베이트가 혼자 요란하게 설치면 상대의 눈에는 대적하기 쉽게 비칠 것이다. 분노에 미친 광견으로 전락한 【로키 파밀리아】의 간부를 해치우려 들 것이다. 그러니 도움 따위 청해서는 안 된다. 아니, 동료의 손을 어떻게 빌리겠는가. 그런 짓은 베이트가 절대로 용납하지 않는다.

희미한 마석 가로등이 늑대의 그림자를 보도블록에 드리우는 가운데 자신의 내면에 몰입하고 있으려니—— 전방에서 그림자가 일렁거렸다.

발을 멈춘 베이트는 이쪽으로 다가오는 그림자의 정체를 파악하자마자 혀를 차고 싶어졌다.

"베이트."

비에 젖은 주황색 머리카락, 물에 빠진 생쥐처럼 변한 몸.

전에는 신발 젖는 게 싫다고 업어달라더니, 그 말은 어디로 사라졌는지. 마음이 그런 뜬금없는 기억을 떠올렸다.

백을 오른쪽 어깨에 걸쳤을 뿐, 베이트와 마찬가지로 비를 피할 장비도 없는 신물, 로키는 담담한 빛을 뿜어내는 마석 가로등 밑에 나타났다.

"……뭐 하는 거야."

"음— 베이트랑 만날 수 있을까나 싶어가꼬 별 생각 없이 저택에서 나왔데이. 빙고였구마."

"호위 정도는 붙이고 다녀……. 지금 상황을 알기나 해?"

"니 내 걱정해주나? 카아~ 역시 베이트는 착하구마."

나직하고 무거운 베이트의 목소리와 로키의 가벼운 목소리가 교차했다.

베이트는 이번에야말로 혀를 차고, 로키도 재미나다는 어조와는 달리 조용한 웃음을 지었다.

몇 걸음의 거리를 남겨놓고 권속과 주신이 마주보았다.

"베이트, 아나."

".............."

"안에 포션하고 미루츠 넣어놨데이. 필요해짐 묵그라."

포물선을 그리는 백을 한손으로 받았다. 젖은 천 너머에서는 정말 시험관과 미궁의 과일이 엿보였다. 마치 권속의 행동을 모두 내다보고 있다는 듯한 타이밍이 베이트의 속을 긁어놓았다.

"안 말려?"

"여기서 말리거나 씰데없는 짓 하믄…… 베이트는 평생 자기를 용서하지 않게 되는 거 아일까, 마 그런 생각이 들었다."

정말로, 정말로 짜증이 난다. 모든 것을 내다보는 그 눈이.

지금 가장 만나고 싶지 않았던 상대인지도 모른다.

슬쩍 뜨인 주황색 눈은 베이트의 기억을 일일이 자극했다.

그 남신── 비다르와 같은 신의 눈이.

"……또『상처』가 하나 늘었구마.

그 말을 들은 순간.

베이트는 머리에 피가 확 솟구치는 소리를 들었다.

그 직후 그의 목은 노성을 터뜨리고 있었다.

"아는 척 지껄이지 마!!"

"…………."

"착각하지 마, 누가 상처를 입어!! 내가 짜증이 나는 건 나 자신 때문이야!!"

"…………."

"이블스 놈들에게 열 받을 정도로 놀아났어! 약한 놈들을 실컷 욕해놓고, 진짜 웃기지, 나도 아직『잔챙이』였다는 소리야! 쪽팔려서 미치겠어!!"

갈 곳 없이 쌓아놓기만 했던 감정이 폭발해, 아무 말도 하지 않는 신에게 쏟아졌다.

분노의 표정을 지으며 오른손으로 가방끈을 있는 힘껏 쥐고 베이트는 외쳤다.

"힘이 부족해! 강함이 부족해! 나는 더, 더 강해져야 해!!"

본심이었다.

그러나 치명적으로 엇나갔다.

강하고자 하는 동기가. 좀처럼 치유될 줄 모르는 굶주림의 정체가.

감정의 방향이 사실은 어디로 향하고 있는지, 자기 자신조차 알아차리지 못한 척하면서 아랑의 『송곳니』를 드러내고 있었다.

"……슬프구마."

그러나 그것도 로키 앞에서는 무의미했다.

베이트의 【스테이터스】를—— 등에 새겨진 그의 『상징』을 보고 있는 그녀에게는 약자를 두려움에 떨게 만드는 늑대의 포효는 통하지 않았다.

조용히 다가온 로키는 숨을 헐떡이는 베이트 앞에 멈춰 서서, 그의 뺨에 두 손을 가져다댔다.

"그래·해갖고 베이트는 또 강해지삐는구마."

일그러진 뺨의 문신을, 베이트의 『송곳니』를 신의 손가락이 어루만진다.

두 사람 사이에 싸늘한 비가 연신 떨어졌다.

마석등 빛에 서로의 옆얼굴을 비추며, 보도블록에 광대와 늑대의 그림자가 길게 드리워졌다.

촐싹거리는 언동을 지운 광대의 그림자가, 세계를 저주하는 늑대를 어르듯 그림자의 윤곽을 훑었다.

"큭……!"

베이트는 얼른 로키의 손을 쳐냈다. 아무 것도 담기지 않은 약한 힘으로.

옆으로 빠져나가 그녀를 놔둔 채 걸어갔다.

도망치려는 듯 베이트는 그 자리를 떠나고자 했다.

"베이트, 그거 아나? 내 비다르한테 쪼끔 들었데이. 니에 대해."

멀어지려 하는 뒷모습에 로키가 돌아보며 말했다.

그 말을 듣고 베이트가 발을 멈추었다.

"비다르는 천계에서도 동향이었는데, 내는 그넘이 싫었데이. 영 대하기가 어려워갖고, 그넘은 끝까지 몬 놀렸구마."

"그래갖고 주점에서 우연히 만나서, 그넘아가 취한 김에 툭 털어놓은 그 말도 반쯤 흘려들었데이……."

──내 밑에 흉포한 『늑대』가 하나 있지.

──하지만 나는, 내【파밀리아】가지고는 그놈을 죽일지도 몰라.

──내 손이 그 아이에게서 떨어졌을 땐, 로키, 괜찮다면 네가 봐주지 않겠어?

로키의 목소리를 빌어, 비다르의 말이 빗속에 울려 퍼졌다.

뿌드득 이를 갈아붙인 베이트는 비다르의…… 아버지의 말을 떨치려는 듯 걸어 나갔다.

돌아보지 않는 뒷모습에 로키는 마지막으로 그 말을 던졌다.

"베이트. 니 이제 『송곳니』의 의미는 알았나?"

──그딴 건 이미 옛날에 알고 있었어.

그들과의 만남은 말하자면 필연이었으리라.

　파벌에도 속하지 않고 적만을 만들며, 술을 마시곤 싸움으로 지새던 베이트는 그날, 평소에는 보지 못한 자들을 주점에서 발견했다.

【로키 파밀리아】.

　【프레이야 파밀리아】와 마찬가지로, 베이트가 미궁도시에 발을 들였을 때부터 이제까지 선두를 달려온 도시 최대 파벌. 그들은 『원정』을 마치고 와 축배를 드는 중인 듯했다. 파벌끼리 웃음을 나누고 서로를 칭송한다. 그런 모험자들의 모습을 한동안 묵묵히 바라보던 베이트는, 역시 당연하다는 듯 조롱했다.

　『잔챙이들끼리 떼거지로 뭐가 모험이야, 웃기고 있네. 네놈들은 그냥 서로 발목만 잡아당기고 있을 뿐이잖아.』

　그 말에 【로키 파밀리아】의 단원들이 반응했다. 주신 앞인지라 처음에는 대꾸하지 않았지만, 베이트가 한껏 매도를 퍼붓자 견디지 못하겠다는 양 멱살을 붙들었다. 그리고 베이트는 이를 일축했다. 바닥에 패대기쳐버렸다.

　『하하, 저거 진짜 흉견이데이. 아싸 주제에 아무나 안 가리고 막 물어삐네. 재미있구마.』

　그런 베이트를, 주황색 머리카락의 여신은 재미나다는 듯 바라보았다. 술을 기울이며, 그 가느다란 눈을 살짝 뜬 채.

벌벌 떠는 미덥지 못한 소년 단원, 적의를 드러내는 흑발의 캣 피플, 그리고 무관심한 금발금안의 소녀. 그런 각기 다른 시선을 받으며 베이트는 【로키 파밀리아】라 해도 이 정도밖에 안 되냐고 실망했다. 그 직후.

그의 몸이 옆으로 날아갔다.

어디선가 날아온 커다란 주먹이 그를 있는 힘껏 후려쳤던 것이다.

『맛있는 술맛 다 떨어지겠구먼. 입 다물어라, 애송이.』

테이블에 처박혀 아연실색한 베이트를 내려보던 것은 드워프 대전사였다.

『시건방지게 굴지 말거라. 네놈 또한 아직 약자라는 것을 알아야지.』

다음으로 그렇게 말한 것은 하이엘프 마도사.

『네 태도는 순수한 자만심과는 다른 것 같은데…… 자포자기처럼 보이기도 해서, 좀 우스꽝스러울지도?』

그렇게 말하며 미소 지은 것은 파룸 용사.

【로키 파밀리아】의 수뇌진, 다시 말해 최강 전력. 오라리오에 온 후로 명성이 끊일 줄 몰랐던 제1급 모험자들.

진짜 『강자』를 앞에 두고 베이트는 눈을 크게 떴으며, 웃었다. 그리고 흥분했다.

몸을 불태우는 충동이 시키는 대로 분노의 포효를 지르며 달려들었다. 드워프 대전사는 이를 혼자 상대했으며,

가볍게 해치웠다.

몇 번이나 바닥에 내팽개쳐지고, 다시 일어나서는, 또 나가떨어졌다. 다른 단원들이 창백하게 질릴 정도의 난투. 처음 주먹을 나누었던 드워프 대전사—— 가레스 랜드록은 들은 것보다도 더한 괴물이었다. 베이트가 마음 한구석에 품고 있던 강자의 자부심을 가루가 되도록 부숴버릴 만큼.

이윽고 베이트는 가레스의 눈앞에서 꼴사납게 쓰러졌다.

힘이 들어가지 않는 몸. 떨려서 제대로 쥐어지지 않는 주먹. 거꾸로 곤두선 회색 털. 그것은 약자에게 절망하던 베이트에게 굴욕이라는 이름의 환희를 떠오르게 해주었다. 입술이 맛본 것은 오래도록 느끼지 못했던 바닥의, 흙의 맛이었다.

—— 있었잖아, 여기에.

—— 말이 안 될 정도로 강한 놈이.

핀, 리베리아, 가레스가 내려다보는 가운데, 베이트는 여기서도 입술을 틀어 올렸다.

그리고 울부짖었다. 강자에서 순식간에 처지가 뒤바뀐, 약자의 포효였다.

수뇌진들을 경악하게 만들면서 다시 일어나 달려든 베이트는, 호쾌하게 주먹에 나가떨어져 이번에야말로 힘이 다해버렸다.

베이트는 웃고 있었다.

떨릴 정도의 분노를 느끼는 한편, 자신 이상의 『강자』와 만났다는 데 감사했다.

가레스와의 싸움을 지켜본 로키가 베이트를 스카우트했다.

총명한 두령, 터무니없이 강한 마도사, 그리고 베이트를 때려눕힐 만큼 압도적인 힘을 가진 드워프 대전사. 강함과 약함을 항상 분별하며 모험을 해왔던 강자들. 게다가 그들은 『약자』가 『약자』로 남아있도록 용납하지 않았다. 그런 수뇌진에게 단원들도 필사적으로 호응하고자 했다.

이곳이라면.

베이트는 생각했다. 겨우 몸을 두어도 괜찮은 장소를 발견한 것 같았다.

입단 직후에는 역시 고립되었다. 친해지려 하지 않고 폭언만을 내뱉는 외톨이 늑대에게서 모두들 거리를 두려 했으며, 잔소리가 많은 리베리아와는 늘 충돌했다. 수뇌진을 제외하면 말을 붙이는 사람은 라울 정도. 연락 담당으로 잘못 걸려든 당시의 소년은 나이가 비슷함에도 쭈뼛거리며 베이트와 대화를 시도했다. 베이트는 베이트대로 시간만 나면 가레스에게 승부를 청했으며,

『싫증낼 줄도 모르는 놈.』

그런 말과 함께 몇 번이나 나가떨어졌다. 호전적이고 흉포한 웨어울프. 【파밀리아】 동료들에게 그렇게 인식된 것

도 당연했다.

관계성이 그나마 나아진 것은 역시 가혹한 『원정』을 경험한 후였다. 단독으로 앞서나가는 경향이 있는 베이트는 여기서도 리베리아를 비롯한 수뇌진과 말다툼을 벌였으나, 그가 선봉에 나서는 뒷모습을 보고 공포 이외의 감정을 품는 단원들이 속출했다. 여전히 폭언을 퍼붓는 베이트를 보는 눈에 두려움과 동경이 섞이기 시작하게 된 것도 이 무렵이다. 베이트는 너무나도 쉽게 Lv.4에 돌입했다.

베이트 자신 또한, 라울이나 아나키티를 필두로 미궁 속에서 열심히 버티는 단원들을 다시 보게 되었다. 피와 흙에 찌든 얼굴이었지만 그들이 외치는 함성은 베이트가 사랑하던 부족의 전사들 못지않았다.

——잔챙이는 잔챙이지만, 쓰레기는 아니구만.

마지막까지 끈덕지게 몬스터에게 매달리려 하는 그들의 모습은 그야말로 『모험자』였다. 모든 것은 자신들을 이끄는 목소리에 전폭적인 신뢰를 기울이기 때문. 머리가 바뀌면 무리는 이렇게나 바뀌는 법이구나. 베이트는 결코 입 밖에 내지 않았지만 핀이나 수뇌진이 위대하다는 것을 알았다.

하지만 역시 사망자가 나오는 것은 피할 수 없었다.

강자인 베이트 같은 자들이 사력을 다해 궁지를 벗어나려 해도 약한 자는 낙오되곤 했다. 던전에 울려 퍼지는 약자의 울음소리는 그치지 않는다. 그것이 베이트를 이곳에서도 화나게 했다.

그러므로 그 소녀의 존재가 베이트에게는 구원이었는지도 모른다.

아이즈 발렌슈타인.

금발금안의 미모를 가진, 당시 10세의 소녀. 처음에는 다른 단원들을 대하듯 그녀를 똑같이 깔봤던 베이트도, 그녀의 처절한 싸움을 보고는 말을 잃었다.

인형처럼 무표정에 가까운 얼굴.

성격은 정 반대지만, 여동생이 살아있었다면 그 정도 나이였을 것이다.

매끄러운 금색 장발.

화사한 그 머리카락에서는 자꾸만 옛날의 소꿉친구가 떠올랐다.

강해지고자 하는 기개.

베이트를 사랑하던 그녀와 마찬가지로 그 자세는 바람직하게 느껴졌다.

처음에는 여동생을 보는 눈이었으리라. 자신과 나란히 서서 어찌어찌 몬스터의 무리에 뛰어들고자 하는 그녀를 욕하면서 ——리베리아는『너도 남의 말을 할 처지가 아닐 텐데』라고 했다—— 신경을 쓰고 있었다. 그러나 그녀가 도움조차 필요 없는『강자』임을 깨달았을 때, 만약 이 소녀가 그 녀석이었다면, 하는 멍청한 가정이 한 차례 가슴에 솟아나고 말았다. 베이트는 자기중심적인 그 상상을 부끄러워했다. 그리고 성장기를 맞아 쑥쑥 『여자』가 되어 가는 소녀에게 당혹감을 느끼고, 어떤 사실을 깨달으면서 그녀와 모습을 겹쳐보고 말았다. 한 발 뒤에서 보는 소녀의 옆얼굴은 베이트가 호의를 가지고 대했던 그녀와 닮았던 것이다.

그러나 아이즈는 베이트가 잃어버린 여동생과도, 소꿉친구와도 달랐다.

그녀는 강했다.

누구보다도, 어떤 여자보다도. 『마법』을 구사하면 베이트를 능가할 정도로, 막지 않으면 무수한 괴물의 산을 만들어버리고 말 정도로.

베이트는 그녀의 압도적인 검기에 끌렸다.

그녀는 아무리 힘을 얻어도 멈추지 않았다.

베이트 이상으로 열심히 살았으며, 강함을 추구했다.

로키나 핀, 리베리아, 가레스가 걱정하는 것과는 정 반대로 베이트는 그녀의 방식을 긍정했다.

『아이즈, 넌 그대로 있어라.』

『……?』

언젠가 있었던 일. 분명 소녀는 이미 잊어버렸을 대화.

저택 안뜰에서 무심하게 검을 휘두르던 아이즈에게 베이트가 말을 건 적이 있다.

『넌 강해. 그러면 돼. 그러니까…… 그대로 있어.』

그것은 애원과도 비슷했다.

네 번째 여자를 잃지 않으려 하는 베이트의 강요와도 같은 이기심.

『싫어요.』

　하지만 아이즈는 이를 부정했다.

『……난 더 강해질 거예요.』

　베이트는 웃었다.

　누구보다도 강한 눈빛으로 이쪽을 돌아보는 소녀가 무엇보다도 존엄해보였다.

　분명 아이즈는 베이트의 이상형이었다.

　강한 여자. 타협을 모르고, 원하는 것을 계속 추구하며, 자신의 약함을 용납하지 않는다. 그것은 일종의 공감이었다. 【로키 파밀리아】 내에서 그녀가 가장 베이트에 가까웠다.

　──난 약해빠진 여자가 제일 싫어.

　어느 사이엔가 입버릇이 되었던 그 말. 과거의 상처에서 눈을 돌리고자 하는 방파제.

　그것이 아이즈에게는 전혀 통하지 않았다.

　질리지도 않고 투쟁에 몸을 맡기는『전희(戰姬)』.

　그런 여자라면.

　베이트는 무의식중에 무언가를 기대하게 되었다.

　약자에게 신물이 난 베이트가 여자에게 빠져드는 일은 아마 영원히 없을 것이다. 그렇기에 분명, 그 감정은 이상형에게 보내는 그런 것이었다.

어느 사이엔가, 소녀에게 지지 않겠노라 경쟁하면서도, 강해져가는 그녀를 눈으로 좇는 것이 한 가지 즐거움이 되었다.

단원은 늘고 줄기를 반복했다. 베이트가 입단한 후 1년이 지나 티오나와 티오네가, 그로부터 2년 뒤에는 레피야가. 시끄러운 소녀들은 곧잘 아이즈를 챙겨주었다. 그리고 아이즈도 웃는 일이 늘어났다.

한편으로는 그녀들 때문에 아이즈가 원만해진 것이 베이트는 마음에 들지 않았다. 설령 소녀에게는 그것이 낫다 해도 베이트의 이상형이 흐려지는 것 같았기 때문이다.

그녀들에게 일일이 시비를 걸게 되었던 것도, 이기적인 선망과 무의식적인 질투 때문이었다. 베이트 자신도 동료들 덕에 어느 샌가 성격이 원만해졌다는 사실을 모르고.

인정하자고.

나쁘진 않았잖아.

외톨이 늑대를 표방하던 그 무렵보다, 현재의 【파밀리아】가.

하지만.

『——넌 지금처럼 한심한 표정을 지었을까아?!』

바레타의 홍소가 귓전에 되살아났다.

죽은 리네가, 레나의 얼굴이 이 가슴을 헤집어댄다.

베이트는 뺨의 『송곳니』에 왼손을 가져다대고, 꽉 힘을 주었다.

❦

"아앙? 핀이 지하수로에 진을 치고 앉았다고오?"

환락가의 복구 구역.

사람이 사라진 퇴폐의 도시 속에, 한밤의 어둠과 빗소리 틈에 숨어 돌아다니는 자들이 있었다. 암살자를 이끄는 바레타의 일당이었다.

복구 구역 내에서도 가장 거대한 건축물, 『벨리트 바빌리』 내부에 임시 거점을 둔 바레타는【타나토스 파밀리아】의 척후가 가지고 돌아온 내용에 입술을 일그러뜨렸다.

"그, 그 외에도 『다이달로스 거리』까지 감시를 받고 있는 듯……『바벨』도 마찬가지입니다."

"핀 그 자식, 언제 봐도 행동이 빠르다니깐……. 우리를 크노소스로 돌려보내지 않겠다고? 이『열쇠』를 찾아내서……."

바레타는 모피 달린 오버코트에서 『D』라는 기호가 새겨진 매직 아이템을 꺼냈다.

【로키 파밀리아】의 예상대로, 바레타 일당은 도시에 펼쳐진 지하수로를 경유해 환락가에 나타났다. 『다이달로스 거리』와 『바벨』에도 핀 일행이 진을 친 이상 돌아갈 길이 막혀버린 셈이다.

진저리가 난다는 듯 내뱉으며 바레타는 흉포한 웃음을 지었다.

"아마조네스 놈들이 죽어도 상관없다 이거지? 히히, 『제27계층의 악몽』 때랑 똑같구만. 희생을 치르든 말든 챙길 건 챙기시겠다……? 그 새침한 척하는 용사 자식……!"

"어, 어떻게 할까요, 바레타 님?"

"왜 갈팡질팡하고 앉았어. 핀의 동향을 깨달은 타나토스 님이 지금쯤 레비스한테 얘기했겠지. 그 괴물이 나오면 핀이 친 그물 정도는 어떻게든 할 수 있어."

조바심을 내는 단원에게 바레타가 태연하게 대답했다. 괴인 레비스 일당이 【로키 파밀리아】의 포위망에 구멍을 뚫어줄 때까지만 참으면 된다고.

바레타는 잔당들에게서 암살자들에게로 시선을 돌렸다.

"야, 아마조네스 놈들은 대충 정리했어?"

"예. 저희 동지들이 저주의 검을 여러 명에게 꽂았습니다. 【로키 파밀리아】의 개입 때문에 놓친 자도 있다지만 옛 간부진은 거의 입을 막아버리지 않았을지……."

암살자들을 통솔하는 두목의 보고에, 그럼 됐다며 바레타는 손을 내저었다.

이슈타르도, 거의 한정된 자들이 아니고서는 이블스와의 관계를 이야기하지 않았을 것이다. 필연적으로 『열쇠』의 행방을 아는 자가 있다면 그것은 파벌 내에서도 주신에 가까운 자들뿐. 바벨에 모여든 옛 권속들은 이미 타깃에서 벗어났다.

바르카의 『커스』를 풀 수 있다는 【디안 케흐트 파밀리아】—— 아니, 【데아 세인트】만이 바레타의 오산이었지만, 그 소녀 혼자 모든 사람을 치유하기란 도저히 불가능하다. 오늘 많은 아마조네스가 죽었다는 데에 바레타는 어두운 기쁨을 느꼈다.

그 모습에 이블스의 잔당은 몸을 떨었다.

바레타 그레데.

6년 전, 블랙리스트에 올랐던 그녀의 별명은 살제(殺帝)—— 【아라크니아】.

이블스에 속해서, 피에 취해 쾌락에 몸을 맡긴 채 가장 많은 모험자를 죽였다고 전해지는, 타고난 살인귀였다. 그녀는 인간의 목숨을 빼앗는 것이야말로 자신의 지상과제라고, 옛 전장에서 숙적 핀에게 단언한 적이 있다.

실내 한 구석에 있는 암살자들이 표정을 바꾸지 않고 침묵을 관철하는 가운데, 바레타는 웃음을 거두고 고개를 들었다.

"남은 건 【바나르간드】인데."

"무슨 말씀이십니까……?"

"오늘 아침에 그 자식은 아마조네스 꼬맹이랑 여기 있었어. 그리고 분명히 궁전 쪽으로 가는 중이었고. 이런 시기에 이런 곳에 있었던 것부터가 수상해."

자신의 감에 근거한 추측을 말하고, 결론을 내렸다.

"그 자식도『열쇠』를 찾고 있었던 거야. 아마 너희가 죽인 아마조네스 꼬맹이한테서 뭔가 단서를 얻은 게 분명해. ——그 자식만은 해치워야 해."

바레타의 그 선언에 아지트가 갑자기 술렁거렸다.

"【바나르간드】가 지원군을 요청할까요……?"

"안 해~ 절대 안 해. 그 벽창호 웨어울프가 동료에게 의지할 리가 있나. 복수는 분명 자기 손으로 하겠다고…… 그렇게 생각할걸. 【파밀리아】 동료도 나한테 죽었으니까 말이야아. 히히히히!"

그런 모험자일수록 알기 쉬운 법이라고 바레타는 조소를 더욱 짙게 머금었다.

외톨이 늑대로 알려진 【바나르간드】는 손에 넣은『열쇠』의 정보를 전달하지도 않은 채『결판』을 내러 오리라. 혈안이 되어 자신들을 찾고 있을 모습이 눈에 선했다.

"야, 너희들. 【바나르간드】의 위치를 찾——."

그때.

바레타의 말을 가로막는『늑대의 포효』가 들려왔다.

"……보아하니 저쪽에서 우릴 불러주는 것 같구만."

여자는 입가를 틀어올리며 입맛을 다셨다.

그것은 빗소리를 지우고 온 도시에 울려 퍼졌다.

실내에 있던 수많은 휴먼과 데미휴먼이 천둥소리인가 귀를 의심했으며, 사건의 대응에 내몰렸던 길드 본부 사람들은 발을 멈추고, 바깥에서 뛰어다니던 모험자들은 하늘을 올려다보았다. 신들은 이제부터 『무언가』가 일어나리란 것을 알았다.

　도시에 있는 모든 이가 늑대의 포효를 들었다.

　"이건……."

　"설마……!"

　바벨 내에 수용되어 있던 아마조네스들과 함께 아나키티와 라울은 그 포효를 들었다.

　"저거 화났데이……."

　"그래―― 이젠 못 말리겠구먼."

　백색 거탑 밑에서 합류한 로키와 가레스도 하늘을 뒤흔드는 그 포효를 듣고 비 너머로 시선을 보냈다.

　"리베리아 님, 이건……!"

　"그래, 베이트다…… 시작되는구나."

　【디안 케흐트 파밀리아】의 치료원에서 레피야를 곁에 놓아둔 리베리아는 아랑의 포효에 한쪽 눈을 감았다.

　"큭……!"

　그리고 아이즈는 비를 가르며 포효가 쩌렁쩌렁 울려온 방향으로, 환락가로 달려나갔다.

　"＿＿＿＿＿＿＿＿＿＿＿＿＿＿＿＿＿

＿＿＿＿＿＿＿＿＿＿아아아!!"

폐허로 변한 창관 옥상.

베이트는 구름에 가려진 밤하늘을 우러러보며 포효를 이어나갔다.

어둠에 도사린 암살자들에게 자신의 위치를 알려주는 노성을.

이제부터 시작될 전장의 포성을.

호박색 눈동자에 핏발을 세운 웨어울프는 개전을 알리는 분노의 포효를 해방시켰다.

상처투성이

늑대

늑대의 포효에는 세 가지 이유가 있다고, 옛날 어떤 학자가 말했다.

첫째는 적에게 자신들의 영역을 알리기 위해.

둘째는 무리에서 떨어진 동료를 발견하기 위해.

셋째는 동료의 유대를 다지기 위해. 하늘에 울음을 터뜨려 마음을 고하는 것.

베이트가 한 마디 하자면, 전부 틀렸다. 완전히 헛다리 짚었다.

포효란『맹세』다.

목을 울려, 자신의 각오를 하늘에 새긴다.

왜소한 자신을 굽어보는 신들의 하늘에 대고, 저 태양도 달도 모두 집어삼키고자 하는 절대적인 의지를 약속하겠다고.

그렇게 외치는 것이다.

아무리 궁지에 몰렸더라도, 아무리 시달렸더라도, 아무리 상처를 입었더라도.

자신을 분기시키고 맹세하는 것이다.

1초 전의 자신보다도 강해지겠다고. 예리해지겠다고.

그래야 비로소 전장에 설 자격을 얻는다.

그리고 지금 베이트가 새긴 맹세는——『절대수렵』.

반드시 이 발톱과 송곳니를 피로 물들일 것을 결의했다.

하늘 끝까지 포효가 울려 퍼져나간다. 어둠에 갇힌 하늘이 마치 두려워하듯 몸을 떨고 빗발이 수그러들었다. 한순간 비쳐 보인 것은 구름바다 너머에서 희미하게 빛나는 금색의 윤곽.

이윽고, 포효를 이어나가던 베이트의 귀가 예리하게 일어났다.

무시무시하도록 예민해진 회색 털이 곤두서 그때가 왔음을 알렸다.

찾아왔다. 시위도 아니고, 동료를 찾기 위해서도 아니고, 유대를 서로 핥아주기 위해서도 아닌, 자신의 위치를 알리는 맹세의 포효에 이끌린, 자신을 노리는 자객이.

이 발톱과 송곳니의 먹이가.

호박색 두 눈이 퇴폐의 도시를 노려보았다.

고용된 암살자들은 어둠에 묻혀 질주했다.

빗속인데도 물이 튀는 소리조차 내지 않고 달려 나가는 모습은 마치 의지를 가진 그림자가 기면서 달려 나가는 듯했다. 칠흑의 암살복을 나부끼는 어둠의 존재들은 시야 저 멀리, 무너진 창관 틈새로 보이는 고층 저택을 목표로 삼았다. 그 옥상에서 여전히 울리고 있는 늑대의 포효에 이끌리며.

암살자들이 품에서 꺼낸 것은 저주의 무구. 이블스에게 양도받은 필살의 칼날이다.

고용된 그들의 보수에는 막대한 거금은 물론 이 『커스 웨폰』도 포함되어 있었다. 그 어떤 독보다도 강력한 이 살인무기는 범죄조직【파밀리아】에 넘어가면 더 많은 선혈의 꽃을 피울 수 있으리라. 그에 따라 세계는 또 다시 올바른 방향으로 기울어진다. 어렸을 때부터 교육이라는 이름의 세뇌를 받은 암살자들은 그렇게 믿었다.

복잡한 뒷골목에 도착한 순간, 서른 명도 넘는 암살자들은 일제히 흩어졌다. 적이 있는 건물을 통째로 포위해 습격하려는 것이다. 제1급 모험자라 해도 이 저주의 무구로 한 번 베기만 하면 피할 수 없는 죽음에 다가선다. 자신들은 목숨이 없는 마탄(魔彈)이 되면 그만이다. 뒷일은 동지들이 해줄 것이다. 소나기와도 같이 뿜어져나간 흉탄은 반드시 상처 입은 늑대를 해치우리라.

그렇게 믿어 의심치 않았던 암살자들은,

'……? 포효가…….'

독특한 선율로 밤하늘에 울려 퍼지던 포효가 바뀌었음을 깨닫고—— 다음 순간 오싹한 오한에 휩싸였다.

그것은 마치 분노에 불타는 음색에서 싸늘한 달과도 같은 냉혹한 선율로 변모한 것 같았다. 폐허로 흩어졌음에도 모든 암살자들이 그 호박색 두 눈에 붙들린 것 같은 착각을 느꼈다.

다음 순간, 저택 옥상에 있어야 할 웨어울프가 사라졌다.

"?!"

거의 동시에 하늘로 터져나가는 동지의 절규.

한 명이 당했다. 미미한 찰나에. 폐허에 내려선 송곳니에게.

어둠 속에 숨을 죽인 암살자들에게 동요할 틈도 주지 않은 채 또 다른 비명이 뒤를 따르듯 치솟았다. 그 뒤를 이어 쩌렁쩌렁 터져 나오는 늑대의 포효. 모습을 감춘 아랑은 다시 자신의 존재를 과시하듯 흉포하고 고고한 울음을 터뜨렸다.

'무, 무슨 일이 일어났지……?!'

자신을 노리는 『사냥감』을 포착할 때는 무엇을 마음에 두어야 할까.

사냥하는 쪽, 그리고 사냥당하는 쪽 양쪽의 시점을 가져야 한다.

부족에서 쌓은 경험은 웨어울프에게 깊이 뿌리 박혀 있었다. 원래 베이트 로가는 사냥에 탁월한 헌터였다.

그는 『강자』가 되기 위해 모험자의 길을 택했다.

그러나 오늘만은 웨어울프의 야성으로 돌아가기로 했다.

——적은 타고난 사냥꾼이다.

감정이 없어야 할 마탄, 무슨 일에나 냉정하고 침착해야 할 암살자들의 호흡이 떨리고 말았다. 자신들보다도 뛰어난 사냥꾼의 존재를 피부로 느껴버리고 말았기에 오는 전율이었다.

『워오오오오오오오오오오오오오오오오———!!』

한 사람이 쓰러질 때마다 포효가 터졌다.

그것은 늑대의 시위행위. 나는 이미 그곳에 있다. 다음은 너다. 너희다. 그렇게 외쳐 선고하는 아랑은 결코 멈추지 않는다.

숨을 죽인 암살자들은 적을 포착하고자, 혹은 몸을 숨기고자 각자 판단에 따라 이동했다. 그러나 그것조차 적의 노림수였다. 회색 털을 가진 늑대는 마치 그들의 생각을 앞지르듯 하나, 또 하나 처절한 절규를 연주했다.

그 늑대의 코는 이제까지와는 다를 정도로 날카로웠다. 비가 아무리 쏟아져도, 사냥감의 잔향을 지우려 해도, 발톱과 송곳니를 암살자들에게 가져갔다.

무엇보다도 암살자들이 가진 저주의 무기는 너무나도 흉흉하며 피 냄새가 진동했다.

'동지들이……?!'

마지막으로 터진 비명을 헤아린 암살자의 두목은 자신 이외의 동료가 전멸했음을 깨달았다.

그는 아마조네스 소녀를 해쳤던 휴먼이었다.

고용된 자들 중에서는 유일한 Lv.3. 그때도 저항을 계속하는 소녀에게 수많은 동지가 재기불능에 빠졌으나, 마지막에는 그가 그 부드러운 배를 꿰뚫어주었다. 무시무시한 기세로 달려온 늑대 때문에 목숨이 끊어지는 희열의 순간은 직접 보지 못했지만, 그는 아름다운 아가씨의 목숨을 유린한 데에 만족했다. 새로운 세계를 위해 제물이 된 그녀는 마지막에 무슨 말을 했을까. 그런 상상을 펼치며 달성감과 어두운 희열에 잠겼다.

그런 그가, 피바다가 펼쳐진 단애절벽으로 몰리고 있었다.

그의 머리는 이해를 거부했다. 어둠을 틈타 죽인다. 자신들의 생업이자 독무대여야 할 전황이, 이제는 역전의 양상을 띠었다. 적은 대체 뭐란 말인가? 모험자나 사냥꾼 따위가 아니라 무언가 다른 종류의, 흉악하고 끔찍한 무언가는 아닐까?

그는 저주의 단검을 쥔 손이 떨리는 것을 깨닫지 못했다.

모험자를 매료시키듯, 『미지』는 때로 흥분을 가져다준다.

동시에 『미지』는 때로 절대적인 공포를 가져다준다.

미궁을 방불케 할 정도로 복잡한 뒷골목에서, 암살자의 두목이 마침내 그 자리에서 도망치고자 했던 다음 순간.

"———."

옆으로 난 좁은 골목에서 뻗어 나온 손이 그의 턱을 붙잡고 어둠 속으로 끌어당겼다.

"——크거억?!"

목을 물어뜯는 송곳니와도 같이, 순수한 악력이 그의 턱을 부수고 그대로 지면에 패대기쳤다. 『커스』 따위 쓸 틈도 주지 않았다. 격돌한 순간 어깨뼈가 빠지며 단검을 놓쳤다.

쓰레기와 진흙 위로 나뒹군 암살자는 격통에 신음하면서, 떨리는 고개를 천천히 들어 그것을 올려다보았다.

뒷골목의 건물 틈으로 보이는 좁은 하늘을 짊어진, 흉흉한 늑대의 모습을.

"억, 헉, 커억⋯⋯?!"

조용히 한 걸음 다가서는 아랑을 앞에 두고, 그는 자결하고자 했다.

그러나 불가능했다. 턱이 부서진 지금은 어금니에 숨겨둔 자결용 약을 사용할 수가 없었다. 어깨가 빠져나간 이 팔로는 제대로 무기도 쥘 수 없다.

바닥을 디딘 메탈 부츠가 저주의 단검을 부숴버렸다.

암살복이 흘러내려 맨얼굴을 드러낸 그에게, 늑대는——
베이트는 말했다.

"야, 짖어봐."

그렇다.

짖어야 한다.

새로운 세계의 질서를 위해.

그러나 그는 짖을 수가 없었다.

선명한 달처럼 빛나는 호박색 두 눈이—— 절대적인 살기에 젖은 눈매가, 그 어떤 순간에도 공포 따위 느끼지 않았던 그를 절망의 밑바닥으로 떨어뜨렸다.

부서진 턱에서 대신 새나온 것은, 망가진 피리처럼 메마른 공기 소리뿐이었다.

"짖지 못하겠다면——."

손이 올라갔다. 선혈에 젖은 늑대의 송곳니가.

암살자는 태어나서 처음으로 맛보는 공포와 함께, 그것이 날아들 순간을 보고 있었다.

"——전장에 서지도 마!!"

그의 의식은 거기서 끊어졌다.

✦

"저기, 핀…… 베이트한테 무슨 일이 있었어?"

도시 밑에 펼쳐진 『구식 지하수로』.

바레타 일당이 크노소스로 철수하는 것을 막고자 핀이 이끄는 【로키 파밀리아】의 1개 부대가 하수도에 전개한 가운데, 우르가를 짊어진 티오나가 말했다.

"왜 베이트는 그렇게…… 잔챙이, 잔챙이 하면서 남을 깔보게 된 거야?"

"티오나……."

언니나 단원들의 시선을 받으며, 티오나는 마음을 굳게 먹고 핀에게 물어보았다.

그것은 그녀가 처음으로 베이트에게 보인 의문이었으며

관심이었다. 이때 그녀는, 그동안 싸움만 했던 웨어울프를 알고자 했던 것이다.

티오네나 다른 단원들도 같은 심정으로 핀을 바라보았다. 파룸 두령은 한동안 침묵한 끝에, 단원들을 쳐다보았다.

"……베이트는 자기 이야기를 하려 들지 않지. 나도 그에게 무슨 일이 있었는지는 몰라."

그는 수로가 이어지는 전방으로 시선을 되돌리듯 눈을 피했다.

"그러니까 추측으로 말할 수밖에 없겠지만, 베이트는……."

"너무나도 서툴다."

【디안 케흐트 파밀리아】의 치료원.

창문 너머에서 기세가 줄어들기 시작한 비를 바라보며, 리베리아는 레피야를 비롯한 단원들에게 대답했다.

"서툴다……?"

"그래. 그것도 궤멸적일 정도로."

조그만 한숨과 함께 리베리아는 고개를 끄덕였다.

"베이트가 말하는 매도나 모멸은, 극단적으로 말해 모두 『독려』나 마찬가지다. 놈은 폭언 말고는 남의 기운을 북돋워줄 수단을 모른다."

"아……."

레피야도 기억나는 것이 있었다.

피르비스, 그리고 베이트와 함께 제24계층의 팬트리로 가던 도중, 그는 보호만 받던 레피야를 경멸하며 몇 번이나 말했다.

——넌 그래도 되겠냐. 자기 몸도 스스로 못 지켜서.

——마법 말고는 할 줄 아는 게 없다고 지껄이다간 넌 평생 짐짝 신세 못 면해.

——넌 응석받이야.

실의에 잠길 뻔하면서도 이를 악물고 발버둥을 쳤던 레피야에게, 그는 마지막으로 외쳤다.

——그 망할 할망구를 넘어서봐!!

노골적으로, 리베리아 리요스 알브를 넘어서보라고, 그렇게 말했다.

그것은 단순한 독려가 아니었다. 강함을 끊임없이 추구하는 늑대의 본심. 그 청년은 항상 『약자』에게 화를 내며, 매도로 등을 떠밀어주려 한다.

"베이트의 말은 필요 이상으로 날카로워 반감을 사지. 아니, **상처를 입지 않고서는** 사람은 강해질 수 없다고…… 그놈은 그리 생각하는 것이다."

기억의 바다에서 돌아온 레피야와 함께 단원들이 그 말에 놀라고 있으려니, 리베리아는 술회를 이어나갔다.

"이전에 【파밀리아】에서의 행동을 도저히 두고 볼 수가 없어, 핀과 함께 불러낸 적이 있다. 로키 탓에 술자리가 되고 말았다만…….”

당시의 기억을 회상하듯 하이엘프는 비취색 눈을 가늘게 떴다.

『——강한 놈은 뭘 해도 기어 올라오게 돼 있어. 침을 뱉어주든 굴욕을 당하든, 뭘 잃든.』

매도의 이유를 말할 때까지 방에서 내보내지 않겠노라고 말하는 가레스와 여느 때처럼 한바탕 싸움을 벌인 후, 상처를 방치한 채 술잔을 기울이던 베이트는 모두에게 심중의 일부를 털어놓았다.

『동료가 죽었을 때, 몸의 일부를 잃었을 때, 실수를 저질렀을 때…… 자신을 용서할 수 없는 순간이 왔을 때, 강한 놈은 **변해.**』

그리고 입을 다문 모두를 향해 그는 잔을 내팽개쳤다.

『하지만 약한 놈은 그냥 그대로야! 그 빌어먹을 것들은 무슨 일이 생겨도 헤실헤실 웃고, 무슨 일이 생겨도 그냥 약해! 잡아먹히기만 하는——『잔챙이』란 말이다!!』

리베리아의 입에서 나온 베이트의 지론을 듣고 레피야와 단원들은 눈을 크게 떴다. 동시에, 자신들이 착각했다는 사실을 깨달았다.

베이트의 차마 눈 뜨고 보기 힘든 행위는, 과도한 실력주의는 모두 궁극의 『솎아내기』였다.

모험자가 눈을 돌리려 하는 상처를 오히려 도려내 눈앞에 들이대기 위한 의식. 향상에 대한 주의환기.

쓴소리로 독려하고, 진짜 약자를 걷어차버린다.

악랄하고 거만하며 난폭하고, 흉악하기 그지없는 선별.

그의 표현을 빌자면, 강자에게만 허용되는 특권이다.

"……하지만 리베리아 님, 달리 방법이 있지 않을까요! 서툴다고 부를 수 있는 범주를 넘어섰어요! 누구나 다……강한 마음을 가진 건, 아닌걸요……."

과거 이야기를 다 듣고, 목소리를 높여 말했던 것은 엘프 아리시아였다.

【로키 파밀리아】의 제2진, Lv.4에 이른 그녀에게도 재능의 벽에 좌절해 눈물을 삼키며 체념을 품었던 경험이 있을 것이다. 베이트를 비판도 옹호도 하지 못하고 가만히 서 있는 레피야의 곁에서 몸을 내민 그녀에게, 리베리아는 고개를 끄덕였다.

"그래, 맞다. 네 말이 옳다, 아리시아. ……그러나 베이트는, 솎아내는 것 이외의 이유로도…… 놈이 말하는 『잔챙이』가 전장에 서는 것을 지독히 싫어하지."

『약자』를, 자격이 없는 자를 멀리 하려 든다고.

리베리아는 그렇게 말했다.

그리고 동시에, 베이트의 내면에서는 이미 해답이 나와버리지 않았을까, 하고도.

연민을 담은 가느다란 목소리가 비 너머로 사라졌다.

"너의 가치관을 강요해 남을 상처 입힐 이유는 없다……그렇게 비난했던 나에게 베이트는 이렇게 되받아쳤지."

쓸쓸한 웃음을 머금은 하이엘프의 눈에 과거의 웨어울프가 떠올랐다.

『없어진 후에도 똑같은 소릴 할 수 있냐!』

『상처를 만드는 것보다 죽는 편이 낫다 이거야?!』

『뒈져버린 다음에는── 다 늦어버리는 거 아니냐고!!』

──그것이 서툰 방식임을 베이트도 알고 있다.

"크아아아아아아아아아아아아아아아아아아아아아!!"

포효를 지르며, 끊임없이 습격해오는 암살자들을 해치운다. 복구 구역에 풀려나온 자객들을, 가슴속에서 미쳐 날뛰는 감정이 시키는 대로 물리친다.

팔다리를 휘두르며 의식이 향한 곳은, 이제까지 겪은 과거의 광경이었다.

이제까지 보았던 모험자들의 어이없는 죽음. 그 중에는 리네나 레나의 모습도 있었다.

베이트는 고함을 지르지 않을 수 없었다.

왜 약해.

왜 그렇게까지 약해.

어째서 약한 채 남아있을 수 있어.

어째서 강해지려 하질 않아.

이 『약육강식』의 세계에서 어떻게 약한 채 웃을 수 있어.

이런 잔혹한 섭리 속에서, 어떻게──.

절망과 실망이 소용돌이치는 것을 베이트는 막을 수 없

었다. 『약자』에게 시달려왔던 베이트는 한 가지 답에 도달하고 말았다.

송곳니를 갈고 닦으면, 내가 강해지면, 모두 지킬 수 있다.

잃지 않아도 된다. 그렇게 생각한 적이 있다.

그러나 아니었다. 그런 것은 눈속임이었다.

아무리 강해져도, 아무리 지켜도, 『약자』는 어이없이 베이트의 손가락 틈새에서 빠져나간다. 손바닥에 남지도 않는 덧없는 모래처럼.

그렇다면── 멀리할 수밖에 없지 않은가.

매도하고, 비웃고, 상처 입혀서.

전장에 서도 되는 것은 강자의 조롱을 짖어줄 수 있는 자뿐.

『약자의 포효』를 터뜨릴 수 있는 자뿐.

그만한 기개가 없으면, 변하지 않으면──『잔챙이』는 허무하게 시체만 쌓는다.

아버지처럼, 어머니처럼, 여동생처럼, 소꿉친구처럼, 그녀처럼.

베이트의 상처를 치유하고자 했던, 마음씨 착한 힐러 소녀처럼.

그 아마조네스 소녀처럼.

그러니 베이트는 소리치고 또 소리쳤다.

누가 됐든, 전장에 서려 하는 『잔챙이』들을 끊임없이 경멸하고 비웃었다.

"그건…… 누구도 죽지 않았으면 한다는, 그런 뜻?"

핀의 말을 들은 티오나는 멍하니 중얼거렸다.

"바보 아냐?! 그딴 거야 당연히 무리지!"

이내 티오네의 목소리가 지하수로에 울려 퍼졌다.

그것이 사실이라면, 티오나나 티오네 쪽이 그나마 머리가 깬 편이다. 남의 죽음에 관해서는.

텔스큐라라는 감옥에서 헤아릴 수도 없을 정도로 살육을 되풀이해, 둘뿐인 세계를 지켜왔던 그녀들이 더.

당황하는 단원들 앞에서 짜증을 감추려고도 하지 않는 티오네가 내뱉었다.

"모르는 놈까지 어떻게 전부 지켜주겠다는 거야!"

"아니…… 분명 그런 것도 아닐걸."

그런 그녀에게 핀은 부드럽게 부정했다.

의아해하는 단원들의 시선을 모으며, 쓴웃음을 내비쳤다.

"베이트가 매도를 멈추지 않는 건, 좀 더 다른……."

"하모. 마, 훨씬 더 자기중심적인 이유일기라."

같은 시각, 로키도 쓴웃음을 짓고 있었다.

『바벨』 제1층, 수많은 문과 통하는 원형 홀.

이곳에서 밤을 지새우는 아마조네스들을 호위하면서,

라울과 아나키티를 비롯한 단원들은 그녀의 말에 담긴 진의를 헤아리지 못하고 있었다.

"그게…… 무슨 말임까……?"

"베이트는 약자를 볼 때마다 자신의 과거를…… 옛날의 자신을 보는 듯해서 속이 상하는 것일 게야."

라울의 의문에, 이 자리의 지휘를 맡은 가레스가 대답했다.

【로키 파밀리아】 내에서도 가장 베이트와 주먹을 자주 나누었던 싸움 상대 드워프는, 본인이 말하지 않는 속뜻을 헤아리듯 수염을 문질렀다.

"소, 속이 상해요……?"

"뭔고, 베이트가 착한 놈이라도 되는 줄 알았나? 멀었네, 멀었어. 로키도 아까 말했잖나. 그놈은 서툴고, 아주 삐딱해."

진저리를 치는 캣 피플 아나키티에게 껄껄 웃은 가레스는 이내 웃음을 거두고 문 밖을 보았다.

다시 하늘 저편에서 들려오는 늑대의 포효에 불쑥 중얼거렸다.

"그놈은 처음 만났을 때하고 하나도 달라지지 않았어……."

——잔챙이는 아무리 무리를 지어봤자 잔챙이지.

——잔챙이로 있는 한 모든 것을 빼앗기고, 끝내 꼴사

납게 울며불며 보채.

——난 자신도, 주위에 있는 놈들도 잔챙이인 건 용납 못해.

——짜증나는 목소리 내지 마. 지껄이지 마.

베이트의 마음이 늘 내뱉던 말.

뒷골목을 달려 나가는 그의 마음속에 이제 와서 그 말이 몇 번이나 오갔다. 그것은 단순한 회고인지, 죽게 만들고 말았던 소녀들에 대한 후회인지, 지금의 베이트는 알 수 없었다.

"……그 토끼 자식은, 일어났지."

문득.

베이트가 중얼거린 말이 빗속으로 녹아 사라졌다.

술에 취했던 베이트가 한껏 술안주로 삼았던, 여느 때처럼 모멸했던 한 모험자.

『약자』라는 사실을, 그 소년은 싫어했다.

시시한 마음 때문에 그는 울고, 일어나, 『약자』에서 벗어났던 것이다.

그 맹우와의 일전을 직접 본 베이트는 떨었다. 자신을 부끄러워하고, 저런 잔챙이에게 질 수 있겠느냐고 투지를 불태웠다—— 그러는 한편, 결코 인정할 수 없는 흥분도 느꼈다.

자신보다 격이 낮은 『약자』에게 마음이 두근거렸던 것은 그것이 처음이었다. 분명 베이트는 그런 용감한 모습을 기다리고 있었다.

베이트도 안다.

아이즈처럼, 그 소년처럼.

누구나 전사가 되지는 못한다. 『모험자』가 되지는 못한다.

그러나, 그렇다 해도, 베이트는 약함을 용서할 수 없었다.

약자가 약자인 것은 죄다. 숫제 해악이다. 놈들은 태평하게 웃으면서, 무언가를 잃을 때마다 탄식하고, 망가지고, 울부짖는다. 귀에 거슬리는 그런 목소리가 불쾌해 견딜 수 없었다. 과거의 약자가 외치는 소리를 듣는 것은 이제 지긋지긋했다.

잔챙이는 꺼져.

잃을 각오도 없는 놈들은 꺼져버려.

네놈들의 무력을 부끄러워하며 평생 나오지 마라.

싸워도 되는 것은 강자뿐——.

"내 생각에 말이제…… 베이트는 『약자』를 내비둘 수 없으니께 비웃고, 멸시했던 걸지도 있데이."

지나친 생각일지도 모른다고 전제를 깔면서도, 전혀 의심하지 않는 듯한 목소리였다.

"그리고 암것도 달라지는 기 없으니께, 짜증이 나제. 일일이 시비를 걸 게 아이라 무관심해지면 지도 편할 텐데."

그 말에 라울과 아나키티는 흠칫했다.

베이트의 조소는, 매도와 모멸은 결코 끊이질 않는다. 단 한순간도. 늘 단원들을 혼내며 난처하게 만들 뿐이었다. 그것이 만일 로키의 말대로였다면.

그렇다면 그것은 너무나도 서툰 『격려』였다.

본인도 깨닫지 못할 만한 질타. 격려. 그리고 분노.

"왜 이제까지 가르쳐주지 않았슴까?"

베이트의 진의를 알기 시작한 라울이, 울 것 같은 목소리로 로키와 가레스에게 다가섰다.

"리네한테, 마지막으로 말한 그 말도, 그런 거였슴까? 다시 태어나서도, 다시는 잃지 말라고……!"

라울의 말을 듣고 수인 크루스와 휴먼 나르비가 고개를 숙였다.

아키도 시선을 떨군 채 입술을 깨물었다.

언제나 베이트는 『약자』를 내치려 한다. 동료를 돌볼 때조차도, 횡포라 여겨질 정도로 그는 자신의 뜻을 관철했다. 이제는 그것밖에 못하게 됐다는 양.

라울의 힐문을 받은 로키는 천천히 고개를 가로저었다.

"이해 몬하니까."

그녀의 말끝은 서글프게 가라앉았다.

"아는 척 떠들어대는 우리도, 걔의 진짜 마음은 모르는 기라. 베이트 자신도 알지 어떨지 모르는기라."

"게다가 그놈의 철학은, 보통 사람에게는 민폐라는 것도 사실 아닌가……. 선의가 아니라 악의를 들이대는 방식이지.”

가레스의 말이 이어지는 가운데 로키는 고개를 들었다.

“다만 확실한 건…….”

문 앞까지 걸어가, 여전히 눈물을 흘리는 밤하늘을 올려다보며 독백하듯 말했다.

“베이트가 가진 『송곳니』는, 송곳니 같은 게 아인기라. 그건 말이제——…….”

——뺨에 새겨진 『송곳니』가 시큰거렸다.

부글부글 열기를 뿜어내며, 눈물을 흘리듯, 환영에 불과한 피를 지금도 토해내고 있다.

“쯧……!!”

뺨을 붙잡은 베이트는 모든 잡념을 떨치려는 듯 가속했다.

이쪽을 포착하고 고함을 질러대는 암살자를 벽에 찍어버리고, 입에서 뿜어져나오는 토혈을 뒤집어썼다. 뺨의 『송곳니』에 붉은 물방울이 튀었다.

『베이트. 니 이제 『송곳니』의 의미는 알았나?』

로키는 그때 그렇게 말했다.

그딴 것은 이미 옛날에 알고 있었다.

이딴 것의 정체, 베이트는 이미 옛날에 깨달았다.

베이트의 『송곳니』는 송곳니가 아니다.

베이트의 『송곳니』는—— 『상처』다.

번개처럼 생긴 문신—— 『송곳니』 밑에 감추어진 것은
모든 일의 시작인 『상처』.
약육강식의 섭리를 알며 좌절했을 때 새겨진, 첫 『상처』
였다.
아버지에게 배워 갈고 닦아왔던 『송곳니』 따위 이미 옛
날에 부러졌다.
그 『상처』는 『약함』의 증거.
그 『송곳니』는 『강함』의 겉치레.
결코 치유될 수 없는, 약함과 강함이 하나가 된 흉터. 아
랑의 몸에 새겨진 근원의 증거. 강자를 잡아먹고자 하면서
언제까지고 짊어져나갈 피의 제물.
『약함』을 깨닫게 될 때마다 베이트는 『강함』을 얻었다.
육친을 잃었을 때, 여동생을 잃었을 때, 소꿉친구를 잃
었을 때, 그녀를 잃었을 때, 동료를 잃었을 때.
그럴 때마다 베이트는 울고, 울부짖었다.
약자의 살을 깎아내고, 강자를 도로 먹어치우겠노라고.
『상처』는 자신의 몸을 좀먹고, 끊임없이 단련하게 만들
었으며, 약자의 살을 깎아낼 때마다 아로새겨졌다. 『상처』
는 소중한 것을 잃을 때마다 늘어났다. 흘러 떨어지는 피
를 대가로 힘을 얻는다는 사실을 과거의 베이트는 깨닫지
못했다.

상처투성이 늑대.

그것이 약자를 버린 강자, 베이트의 정체다.

"샤악!"

"큭……! 우워어어어어!"

암살자의 검을 손등으로 튕겨냈다. 불꽃이 튀는 가운데 베이트의 일격은 적의 몸을 후려쳐 날려버렸다. 베이트의 손이, 손톱이, 송곳니가, 다시 피에 물들어 머리 위에서 떨어지는 비에 씻겨 흘러 내려갔다.

베이트의 『송곳니』는 남을 지켜주지 못한다.

베이트의 『상처』는 남을 상처 입히는 것밖에 모른다.

베이트는 상처를 입지 않고선 비로소 강해질 수 없었다.

베이트는 앞으로도 거짓된 『송곳니』를 휘두르며, 『상처』를 늘려나가리라.

약함을 용서할 수 없기에 자신도 타인도 상처 입히리라.

약자에게 으르렁거리고, 강자를 물어뜯으려 하리라.

그 커다란 턱이 위아래로 뜯겨나갈 때까지.

『장차 그 송곳니와 함께 턱이 뜯겨나가는 일이 없도록 하거라.』

비다르의 말은 정확했다.

베이트는 상처 입히는 것밖에 할 수 없다. 으르렁거리는 것밖에 할 수 없다.

베이트는 멀리 떨어뜨리는 것밖에 할 수 없다. 호소하는 것밖에 할 수 없다.

──잔챙이는 꺼져!!

──분하지도 않냐!!

──너희들도 짖어봐!!

베이트는『약자의 포효』를 기다릴 수밖에 없었다.

"르어어어어어어어어어어어어어어어어어어어어어어어어어어어어어어어!!"

가슴과 목이 터져나가라 베이트는 포효를 올렸다.

"베이트 씨……."

슬프게도 들리는 늑대의 포효에 아이즈는 발을 멈추고 말았다.

『아이즈, 넌 강해. 그거면 돼.』

베이트가 했던 말의 의미를 아이즈는 지금 알 것 같았다.

그것은 여동생에게 건네는 것처럼, 연인에게 건네는 것처럼, 자신의 반쪽을 두 번 다시 잃지 않도록, 그가 털어놓은 마음의 일말이었다.

서툰 늑대의, 서툴기 그지없는『부탁』이었다.

환락가, 출입금지가 된 복구 구역 앞에서, 지금도 울려 퍼지는 포효를 들으며 가만히 서 있었다.

눈물이 이미 말라버린 것처럼 하늘의 비가 그치려 하고 있었다.

"전멸, 이라……. 【바나르간드】 자식, 『커스』의 상처가 아직 아물지 않았을 텐데도 제법이구만."

이블스의 거점이 술렁거리고 있었다.

내보낸 암살자들이 모두 불귀의 객이 되었기 때문이다. 자신을 공격하는 사냥감을 모조리 먹어치웠음을 나타내듯 좀처럼 그칠 줄 모르던 늑대의 포효도 자취를 감추었다.

벨리트 바빌리 상층으로 올라가, 어둠에 잠긴 폐허의 광경을 노려보던 바레타는 대담한 웃음을 지었다.

"생각보다 머리에 피가 잔뜩 솟구친 것 같은데~ 외톨이 늑대 양반은? 이거 어슬렁어슬렁 나갔다간 되레 큰 코 다치겠는걸."

"바, 바레타 님! 고용한 암살자들은 이제 없습니다…… 어, 어떻게 할까요."

"멍~청아, 당황하지 마. 그놈 영역에 들어갔다간 죽는다면, 이쪽으로 초대하면 될 거 아냐."

당황하는 【타나토스 파밀리아】 단원에게 침을 뱉는다.

로브를 걸친 사내들에게 바레타는 복구 구역 방향을 턱짓했다.

"내가 그렇게나 도발했으니 【바나르간드】는 자기 손으로 우리를 죽이고 싶어서 몸살이 났을걸? 우리가 유인하면 두말 않고 달려들겠지. ……그 자식 머리에 피가 솟구친 지금이 절호의 기회야."

수많은 부하를 잃었음에도 바레타는 여전히 냉정했다.

이블스의 간부로서 겪었던 아수라장의 수가 그녀를 더욱 교활하게 만들어주었으며, 그와 동시에 Lv.5라는, 오라리오에서도 최전선급의 실력을 가지게 해주었다. 전장에서【브레이버】나 그의 동료들과 수없이 겨뤄왔던 그녀 또한 틀림없는 『강자』였다.

"커스를 쓸 수 있는 놈은 없지만, 『커스 웨폰』하고 『마검』은 아직 잔뜩 있지?"

"아, 네……."

고개를 끄덕이는 부하를 보며 바레타는 입술을 틀어올렸다.

"초대장은 내가 보내주지. 너희는 파티장을 만들어. 케이크 대신 함정을 듬뿍 펼쳐놓고 말야."

⊡

'습격이 끊어졌군…….'

뒷골목에 몸을 숨긴 베이트는 로키에게 받은 하이포션을 마셨다.

입을 닦으며 시험관을 내팽개쳤다. 호박색 눈을 가늘게 뜨고 한동안 생각에 잠겼다.

'이제 잔꾀가 다 떨어졌……을 리가 없지. 아직 그 여자

가 있어. 적의 위치를 모르는 이상 또 포효해서 내가 먼저 끌어들일까……?'

어둠 속에서 살아왔다는 긍지 때문인지, 그의 손에 쓰러진 암살자는 두려움에 떨면서도 결코 자기편의 정보를 누설하지 않았다. 자칫하면 아직까지 가시지 않은 시뻘건 감정이 폭발해버릴 것 같았지만, 베이트는 스스로 행동을 시작하고자 뒷골목에서 이동하기 시작했다.

무너져가는 창관, 버려진 무기와 파편, 불타버린 목재.

폐허나 다를 바 없는 잔해가 깔린 뒷골목을 재빠르게 누비며 주위 일대에서 가장 높은 창관 건물로 향하던 중……
지면에서 어떤 것을 발견했다.

"…………."

그것은 핏자국이었다.

시체를 아무렇게나 질질 끌고 다닌 듯, 구불구불한 붉은 선.

마치 고의로 누구에게 보여주려는 듯 지면에 끌고 간 핏자국은 길 너머로 이어졌다. 그것을 말없이 노려보던 베이트는 땅을 박차고 달리기 시작했다.

모퉁이를 돌기를 몇 차례, 혈흔은 베이트를 막다른 골목으로 인도했다.

"이 글씨는……."

복잡한 골목길 안에 형성된 아치를 지나 도착한, 폐자재를 놓는 곳.

그곳의 석재 벽면에 시뻘건 필적으로 적혀 있었다.

『바나르간드, 궁전 지하로 와라! 초대해주마!』

피에 물든 코이네 공통어. 도료는 벽 옆에 내팽개쳐진 암살자의 시체에서 빌렸으리라. 몸에 뚫린 구멍에 천을 박았다가 벽에 문댔던 것으로 보였다. 크게 벌어진 눈에서는 이미 빛이 사라졌으며 온몸에 뚫린 구멍에서 피를 흘리는 가엾은 시체를 한번 노려본 베이트는 그 피의 글씨를 응시했다.

휘갈겨 쓴 공통어가 분명 눈에 익었다.

리네 일행이 살해당했던 크노소스의 석실에서 보았던 것과 같았다.

뿌득뿌득 주먹을 쥔 베이트는 그 자리를 떠나 창관 옥상으로 뛰어올랐다. 복닥거리는 건물 저 너머에서 우뚝 솟은 【이슈타르 파밀리아】의 옛 홈, 어둠 속에서도 존재감을 뿜어내는 거대한 궁전을 노려보았다.

베이트는 그때 문득 머리 위를 올려다보았다.

비는 완전히 그쳤다. 구름 틈새로 창연한 밤하늘의 일부가 드러났다. 달은 아직 회색 장막 너머에 숨어 있었다.

이를 묵묵히 쳐다본 베이트는 옥상에서 뛰어내려, 『벨리트 바빌리』로 진로를 잡았다.

습격 따위 전혀 경계하지 않고 나아가, 베이트는 그 건물 앞에 도착했다.

가까이서 보는 『벨리트 바빌리』는 반파된 모습을 드러내면서도 역시 장대했다. 광대한 사막에 우뚝 선 장엄한 왕궁을 연상케 했으며, 기둥 하나에 이르기까지 치밀한 사자 도안이 새겨져 호화롭지 않은 곳이 없었다. 원형의 거대한 앞뜰을 통과하자 나타난 정면의 거대한 문 위에 설치된 【파밀리아】의 엠블럼—— 베일을 쓴 창부의 휘장은 석판째 절반이 부서져 떨어졌다.

그러한 것들에 전혀 관심을 두지 않는 베이트는 요란하게 터져나간 흔적이 있는 정면 현관으로 침입했다.

너무나도 넓은 백대리석 현관 로비는 역시 난장판이었다. 까마득한 상층까지 뻥 뚫린 홀 구조를 띤 로비에서는 헤아릴 수 없을 정도로 많은 통로가 갈라져 나갔지만, 다행히 베이트가 길을 잃을 이유는 없었다. 정중하게도 레드 카펫이 깔려 있었기 때문이다.

융단이 아니라 농후한 핏자국이었지만.

"할 줄 아는 게 이것뿐이냐……."

미간에 주름을 잡으며, 핏자국을 따라간다.

장대한 복도로 향한 이정표는 활짝 열린 비밀문을 지나 지하로 통하는 계단 아래까지 이어졌다. 그곳에서 뿜어져 나오는 한층 싸늘한 공기를 받으며 베이트는 소리도 없이 뛰어내려갔다.

계단의 종점에 버려진 암살자의 시체를 지나쳐 길을 따라 나아가니, 그곳에는 1층의 현관 홀과 비슷하지 않을까 싶을 정도로 광대한 지하공간이 펼쳐져 있었다.

주랑(柱廊)과도 같이 잇달아 늘어선 굵고 긴 기둥. 10M 이상이나 되는 아득한 머리 위의 천장을 지탱한 그 모습은 예전에 로키와 침입했던 지하수로의 저수장과도 비슷했다. 주위의 기둥에는 요사스러운 보라색 빛을 뿜어내는 마석등이 불규칙하게 걸려 있었다.

대규모 지하공간…… 이슈타르는 괴물을 풀어놓아 기르기라도 할 생각이었던 걸까.

"——자알 왔다아, 【바나르간드】!!"

주위로 시선을 돌리던 베이트에게, 여성의 것으로는 여겨지지 않는 커다란 육성이 울려 퍼졌다.

80M 정도 건너편, 지하공간의 중앙에 해당하는 위치. 기둥 뒤에서 오버코트를 너풀거리는 바레타가 모습을 나타냈다.

"너 이 자식……."

"혼자서 와줘서 기쁜걸! 역시 미친 듯이 화가 난 짐승새끼만큼 쉬운 상대도 없다니깐~!"

날카로운 살기를 띤 베이트에게는 상관하지 않고 바레트는 깔깔 웃음소리를 울렸다.

그녀의 한쪽 손에는 흉흉한 기운을 뿜어내는 한손검, 『커스 웨폰』이 있었다.

가슴 높이까지 들고 검늘 앞으로 내민 바레타는 싫증 내지도 않고 도발하듯 커다란 목소리를 홀에 퍼뜨렸다.

"여기까지 왔으니 인사는 필요 없겠지? 난 네 동료가 오면 곤란하니까 말이야~. 너도 방해 받으면 흥이 식을 거 아냐?"

"…………."

"자, 덤비라고!"

주절주절 말을 늘어놓는 바레타를 형형한 안광으로 노려보았다.

이 지하공간 내부, 기둥 뒤에 수십 명이나 되는 적이 숨어있다는 사실은 이미 감지했다.

십중팔구 함정이 분명하다. 하지만 지금의 베이트에게는 상관이 없었다. 아무리 적이 많더라도 정면에서 때려부수겠노라고 살의를 부풀렸다.

분노에 떠밀린 베이트는 발을 내디디려다,

"……?"

그것을 알아차렸다.

'이건……?'

바닥에서 희미하게 빛을 뿜어내는, 수없이 갈라지는 으스스한 기하학적 무늬.

색은 자주색. 마침 주위를 비추는 보라색 인광── 마석등의 불빛에 가려지도록 펼쳐져 있었다. 반경은 60M, 거의 지하공간 전체에 미치는 범위다.

형태는 원형이며, 바레타가 서 있는 장소가 기점이었다.

마석등 빛으로 은폐한 패턴에 베이트는 두 눈을 가늘게 떴지만,

"왜 그러시나, Lv.6! 무섭냐?! 설마 꽁무니 말고 도망치진 않겠지이!"

바레타의 말대로, 물러난다는 선택지는 있을 수 없었다.

『마법』내지는『커스』, 혹은 다른 무언가.

뭐가 됐든 상관이 없었다. 굶주린 늑대의 머릿속에 있는 것은 잡아먹는다는 한 가지 생각뿐이었다.

베이트는 메탈부츠를 자주색 원진에 내디뎠다.

"——히히!"

바레타가 흘린 웃음이 전투의 신호였다.

석재 바닥을 박차며 베이트는 뛰어나갔다.

"크아아아아아아아아아아아아아아아아아아아!!"

"해치워라, 애들아!!"

베이트의 포효와 바레타의 호령이 충돌했다.

여자에게 쏜살같이 돌진하는 웨어울프에게 사방에서 달려드는, 복면과 로브를 뒤집어쓴 이블스의 잔당. 기둥 뒤에서 달려나온 타나토스의 권속들은 모두『커스 웨폰』을 가졌으며 눈에 핏발이 선 채 칼날을 꽂으려 했다.

"비켜어!"

"크하악?!"

베이트는 이를 일축했다. 팔다리를 휘둘러 모든 공격을 막아내고, 사각에서 날아든 찌르기에도·대응했다. 그의 달리는 기세를 늦추는 데 일말의 공헌도 못하고 잔당 네 명이 기둥에 처박혔다.

"이야, 엄청난 살기구만! 아주 좋은데, 【바나르간드】~!"

느물거리면서 오른팔을 수평으로 휘두른 바레타의 움직임에 맞춰 또 다른 자객이 나타나서는 달려들었다. 미간을 찡그린 베이트는 적의 얼굴을 주먹으로 때려부수고 칼날을 손등으로 튕겨낸 다음, 긴 다리를 날카롭게 휘둘러 입에서 피거품을 뿜게 만들었다.

일직선으로 달려드는 흉흉한 늑대를 앞에 두고, 피아간의 거리가 20M 이내로 줄어든 순간.

바레타는 그 자리에서 순순히 도망쳤다.

"?!"

"아~ 무서워라, 무서워! 이거 잡혔다간 진짜 잡아먹히겠네!"

웃음을 지으며 후퇴하는 여자를 본 순간 분노의 화약이 또 하나 폭발했다.

바레타가 오버코트 자락에서 뽑아 던진 나이프의 무리를 주먹질 한 방으로 모조리 튕겨냈다. 그렇게 잠시 베이트의 속도가 떨어졌을 때 그녀는 옆으로 뛰어 기둥 뒤로 숨으면서 계속 도망쳤다.

'어디서 장난질이야!'

광대한 지하공간을 한껏 활용해 도망다니는 바레타는 계속해서 베이트의 분노를 자극했다. 느물거리는 웃음이 이를 더욱 조장했다. 도발이란 것을 알면서도 속이 끓어 견딜 수가 없었다. 분노의 포효와 함께 기둥을 부수며 밀려드는 늑대의 모습을 보고도 여자는 깔깔 웃을 뿐이었다.

완벽한 술래잡기였다. 베이트의 발이 훨씬 빠르지만, 밀려드는 【타나토스 파밀리아】의 단원들 때문에 몇 번이나 접근이 가로막혔다.

머리 위의 보라색 마석등, 그리고 발밑의 자주색 패턴.

요사스럽고 불길한 빛에 에워싸인 베이트의 조바심 어린 표정이 한껏 일그러졌다.

"날 지키라고, 짜식들아! 하, 하하하하하하하하하하하하하하하!!"

기둥 뒤에서 튀어나오는 무수한 부하들에게 거친 여왕이 웃음을 터뜨렸다.

목숨을 건 술래잡기, 혹은 숨바꼭질을 진심으로 즐기면서 칼날의 탄환을 날려댄다.

그녀의 얼굴 또한 바닥에서 올라오는 자주색 빛을 받아 화장을 한 것처럼 빛났다.

"──크르어어어어.어어어어어어어어어어어어어어어어!!"

"으윽?!"

포효를 터뜨리며 폭발적인 가속을 감행한 베이트의 주먹이 바레타의 목을 스치고 지나갔다. 바닥을 부술 정도의 위력이 여파만으로 그녀의 몸을 날려버렸다.

기세를 거스르지 않고 굴러간 바레타는 즉시 한손검을 지팡이처럼 찍으며 재빨리 자세를 가다듬었다.

"역시 접근하게 놔두면 위험하구만……!"

뺨을 먼지로 더럽힌 채 가증스럽다는 듯 웃음을 일그러 뜨리는 바레타.

그녀를 지키고자 적들이 쇄도하는 가운데, 베이트 또한 이를 갈았다.

'빗나갔어?! 망할!'

결정적인 기회를 놓친 자신의 못난 모습을 베이트는 매도했다. 적이 Lv.5라 해도 평소의 자신이라면 발톱을 꽂았을 것이다. 분노 때문에 몸을 제어할 수 없어서였을까.

혀를 차면서 베이트는 적을 쓰러뜨렸다. 집요할 정도로 달라붙으려 하는 단원들에게 격렬한 주먹질과 발길질을 퍼부어 날려버렸다. 지하공간에 다시 핏줄기가 솟았다.

거리가 벌어져버린 바레타를 베이트가 다시 쫓는다.

다음. 다음에는 반드시 해치워주마. 핏발이 선 호박색 눈은 절대적인 살의를 머금었다.

의식 한구석으로 경계했던 함정은 전혀 없다. 허무했다. 장난하나. 장작을 넣은 불꽃처럼 베이트의 분노가 부풀었다.

그러나—— 그 인식은 틀렸다.

여자의 『비밀병기』는 이미 작동하고 있었다.

"———."

첫 위화감은 주위 광경의 변화였다.

베이트에게 나가떨어지기만 하던 사신의 사도들이, 베이트의 움직임을 서서히 따라오고 있었다. 눈물을 흘리고 피를 흘리면서, 흉악한 표정으로 베이트에게 저주의 칼날을 꽂으려 했다.

이상하다.

적의 속도가 올라갔어.

아니, 그게 아니다.

이건 설마——.

"히히."

그 효과는 베이트가 자각하지 못할 정도로, 처음에는 천천히.

"히히히히."

그리고 시간이 지날수록 여실히 나타났다.

"히히히히히히히히히히!"

치켜올라간 여자의 입술이 희열을 머금은 가운데, 자신의 속도가 빛을 잃기 시작하면서 베이트는 확실하게 그 『이상』을 인지했다.

'뭐지——?'

팔다리가 무겁다.

온몸이 납으로 바뀐 것 같다.

적의 속도가 올라간 것이 아니다. 그 반대다.

웃음이 나올 정도로, 우스꽝스러울 정도로, 베이트의 움직임이 둔해졌다.

"오래 걸리기도 했다, 빌어먹을. ——겨우 때가 됐네."

바레타가 바닥에 침을 뱉은 것과 동시에.

마침내 적의 공격이 베이트를 포착했다.

"크윽?!"

살짝 등을 베여 베이트는 눈을 크게 떴다.

찰과상이라고는 하지만 등을 태우는『저주』의 열감에 털을 확 곤두세우며, 반회전시킨 팔꿈치로 적 단원의 광대뼈를 후려쳐 날려버렸다. 공황에 빠져 고함을 지르는 적의 습격은 멈추질 않았다. 쓰러진 동지의 원수를 갚겠다고 베이트에게 역습을 개시했다.

계속해서 달려드는 일격필살의 칼날을 튕겨 날려버리지만 둔중했다. 너무나도 둔중했다. 대처가 너무 늦었다. 제1급 모험자의 지각속도와는 달리 육체의 움직임은 따라오질 못했다.

회피가 한 발 늦어져 방어의 횟수가 계속해서 늘어만 갔다.

'이건——.'

베이트는 눈치를 챘다.

지금 자신에게 생기고 있는『이상』을.

시간이 지날수록 기하급수적으로 **몸의 움직임이 구속되고 있었다.**

"몸은 좀 어떠셔, 【바나르간드】?"

"크윽?!"

어떻게든 적들을 물리친 직후, 바레타의 달짝지근한 숨결이 베이트의 뺨을 간지럽혔다.

도주에서 갑자기 공세로 전환해 달려든 것이다. 눈앞까지 접근을 허용한 데 놀라 흉흉한 웃음을 향해 오른팔을 휘둘렀지만 바레타는 몸을 높혀 너무나도 쉽게 회피했다.

그대로 눈꼬리를 틀어 올리며 신발에 숨겨두었던 칼날을 작동시키더니 고속 수평차기를 날렸다.

"샤앗!!"

"큭?!"

휘둘러지기를 두 차례, 적의 족도를 받은 메탈부츠《프로스빌트》는 일부 장갑과 함께 중심부에 달아놓았던 황옥이 박살나버렸다. 핵을 잃은 미스릴 수페리오르즈는 완전히 침묵해버렸다.

"잘 안다고, 『마법』을 흡수해버리는 네놈의 성가신 부츠는!"

고스란히 베이트의 무기를 빼앗은 바레타는 곡예사처럼 물구나무서기로 상단차기를 날려 상대의 건틀렛을 발로 붙들더니 있는 힘껏 박찬 반동으로 거리를 크게 벌렸다.

반대로 힘에서 밀려버린 베이트는 비틀비틀 물러나고 말았다.

《프로스빌트》를 잃은 것도 뼈아팠지만, 역시 지금의 문제는 현저히 동작속도가 떨어진다는 점이었다. 1초 전보다도 확실하게 몸의 반응이 둔해진다. 아니, 속도만이 아니라 힘까지도.

『마법』을 빨아들이는 부츠의 핵, 황옥의 파편을 흘끔 보며 베이트는 자신의 팔다리, 그리고 지금도 기괴하게 빛을 내는 자주색 무늬를 내려다보았다.

'틀림없어. 움직이면 움직일수록 【스테이터스】가 떨어진다……!'

베이트의 조바심을 자극하듯 바레타가 외쳤다.

"이제야 알아차렸냐, 굼벵아? 그래, 이게 내 『마법』이다."

"!"

"마법의 이름은 【샤르도】. 뭐, 흔히 말하는……『결계마법』이지."

습격이 잠시 멎은 가운데, 어스름한 지하공간에 여자의 목소리가 울렸다.

마치 그녀의 목소리에 감응한 것처럼 바닥에 펼쳐진 기하학적 무늬의 패턴에서 빛이 솟아났다.

"결계마법이라곤 하지만 뭔가를 막는 게 아니야. 심지어 엄청 귀찮은 초장문영창인 데다가, 내가 결계 안에서 나가면 강제로 해제되는 덤까지 있단 말씀. 마인드도 엄청 잡아먹어서 도저히 실전에는 맞지 않는다니까. 나 원!"

자신의 유일한 『마법』에 한껏 불평을 늘어놓던 바레타는 거기서 "하지만"이라고 말하며 입술을 틀어올렸다.

"이런 『함정』에는 딱 제격이거든. 특히 머리에 피가 솟구친 짐승을 빠뜨려 죽일 때는 말이지."

"큭……!"

"【샤르도】의 힘은『스테이터스 다운』. 내가 인정하지 않은 놈이 결계 안으로 침입했을 때 그놈의 힘과 움직임을 강제로 떨어뜨리지. ……그 효과는 적이 빨빨거리고 싸돌아다닌 만큼 **누적돼**."

여유의 발로인지, 혹은 사형선고인지 바레타는 자신의『마법』이 어떤 특성을 가졌는지를 꼼꼼할 정도로 열심히 설명해주었다. 반면 베이트의 낯빛은 이리저리 바뀌었다.

『상태이상』의 일종이지만 효력은 특정한 사람에게만 계속 부여할 수 있는 레어 마법.

초장문영창에서 오는 고출력『결계마법』인 까닭에, 바레타가 내건 조건과 임의해제 이외에는 이 극악한 능력과 함께 결계를 소멸시킬 수단이 없다. 무시무시하게도 결계 안에 있는 한 대상이 한 명이든 수십 명이든 수백 명이든 모조리 스테이터스를 떨어뜨리는 초광범위 마법이다.

"움직이면 움직일수록 내『마력』은 눈에 보이지 않는 실이 되어 적의 몸을 속박하지."

자주색 원진의 정체.

이곳은 그녀의 성이자 감옥인 것이다.

다시 말해, 그것은.

"그래. 여긴 내 특제――『거미집』이라고!"

베이트의 눈이 경악으로 물들었다.

"이젠 못 도망칠걸, 【바나르간드】! 바보처럼 이리저리 설치고 다녔던 네놈의 몸에는 내『실』이 잔뜩 엉겨붙었으니까아!"

바레타의 말대로였다.

베이트의【스테이터스】는 거의 레벨의 영역을 돌파할 정도로 현저히 떨어졌다. 베이트 자신의 견해로는 현재의 힘은 거의 Lv.4를 밑돌 정도. 치명적이었다.

심지어 그녀에게 한껏 유인당한 베이트는 결계의 거의 중심에 있었다. 여기서 온 힘을 다해 도망친다 한들 앞으로 적에게 몇 번이나 공격을 당할까. 게다가 회피나 방어에 행동을 허비할 때마다 다시 『스테이터스 다운』의 부하가 온몸에 쏟아진다.

분노로 미쳐 날뛰던 늑대는 완벽하게 바레타의 『함정』에 빠져버렸다.

"자아, 지분지분 죽여주마! 짜식들아, 공격 준비해!!"

한층 높은 호령이 쩌렁쩌렁 울려 퍼진 순간, 남은 모든 이블스의 사도가 기둥 뒤에서 모습을 나타냈다.

그들이 손에 든 것은—— 무수한 『마검』.

"————."

베이트의 시간이 얼어붙었다.

바레타가 입가를 쭈욱 찢으며 웃더니 손을 휘두른 순간, 노도와 같은 포화가 시작되었다.

"~~~~~~~~~~~~~~~~~~~~~~~~크윽?!"

화염, 벼락, 눈보라, 여러 속성의 포격이 베이트를 향해 날아들었다.

사방팔방에서 쩌렁쩌렁 터지는 포격의 비. 유례를 찾아보기 힘든 동체시력과 운동능력으로 베이트는 폭풍에 휩쓸리면서도 과감하게 회피했지만, 그 움직임도 현재진행형으로 빛을 잃어갔다. 《프로스빌트》를 잃은 지금은 적의 포격을 흡수할 수도 없었다.

여자의 몸에서 파생된 그림자── 여왕거미의 집은, 샤르도는 결코 베이트를 놓아주지 않았다.

『키스』따위보다도 훨씬 성가신 마법. 영원한, 그리고 연속적인 속박. 그야말로 거미집이었다. 움직이면 움직일수록 실은 얽혀 가엾은 사냥감의 움직임을 가로막는다.

그리고 뒤에 기다리는 것은 추악한 포식자의 유린이었다.

"크윽?!"

결계 밖으로 탈출하려는 베이트의 몸을 마침내 화염의 포탄이 포착했다.

시야를 물들이는 붉은 화구의 직격을 받았다.

"커억!!"

폭발, 그리고 터져 나오는 늑대의 절규.

"뒈져버려!"

여자의 가학적인 웃음에 뿜어져 나오는 일제포격.

"큭──."

벼락의 섬광 속에서 깜빡거리는 늑대의 그림자.

"한 방 더!"

죽음의 사도인 권속들이 환성을 지르며 흉악한 늑대를 없애고자 빛의 탁류를 퍼부어댔다.

바레타의 지시에 열광하는 이블스의 잔당은 몇 번이나 『마검』을 휘둘러댔다. 무기가 박살이 날 때마다 새로운 『마검』이 보충되면서 베이트의 몸 일부를 깎아나갔다.

지면에 토해낸 피마저 증발하며, 지하공간은 어마어마한 마력의 잔재에 지배당했다.

여자의 지휘를 받아 쏟아지는 포탄의 비는 그야말로 빛의 협주곡이었다.

"히히히히히히히히! 끝장을 내 주마, 끝장을 내 주겠다고!! 【로키 파밀리아】의 간부를 말이야아! 이 자식을 해치우면 다음은 너다, 피인~!!"

압도적인 유린극을 앞에 두고 바레타의 흥분이 절정에 달했다.

발치에 펼쳐진 여왕거미의 집 또한 희열의 빛을 뿜어내는 가운데, 격렬한 홍소를 뿌려댔다.

"이건……."

환락가 복구 구역, 지상.

베이트를 쫓아온 아이즈는 우연히 그가 본 것과 같은 메시지를 보고 있었다.

"바나르간드…… 궁전 지하로 와라."

복잡하게 얽힌 골목 끝의 막다른 길, 폐자재를 놓아둔 곳에 남겨진 코이네 공통어를 읽는다.

파괴의 상흔을 남긴 창관 거리에 들어오자마자, 아이즈는 마치 발견해달라는 양 지면에 그려진 혈흔을 따라 이곳에 도착했다.

방치된 암살자의 시체에 얼굴을 찡그리면서도 베이트가 있을 목적지를 파악했던, 그때.

"웃……?!"

그녀의 발밑을 진동이 엄습했다.

지진과도 비슷한 가느다란 흔들림. 비틀거릴 정도는 아니었지만 지속적으로 일어나는 충격의 여파에 아이즈는 놀라움을 드러냈다.

재빨리 그 자리에 쪼그리고 앉아 지면에 오른손을 가져다댔다.

손바닥에 전해지는 그 진동은 엉망진창으로 울려 퍼지는 선율과도 비슷해 마치 포격을 연신 되풀이하는 것 같았다.

"지하, 유인당했어……. 위험해!"

사태를 파악한 아이즈는 고개를 들고 단숨에 그 자리를 떠났다.

보도블록과 벽을 박차고 창관의 지붕 위로 뛰어오른다. 눈 아래에 건물이 이어지는 가운데, 어둠을 누비고 우뚝 솟은 『벨리트 바빌리』를 노려본다.

　비를 마셔 물이 고인 지붕에서 반파된 옥상으로 발판을 바꾸며, 초조함을 품은 아이즈는 궁전으로 이어지는 직선 경로를 꿰뚫었다.

　벌써 몇 발인지도 모를 폭염의 불꽃이 지하공간에 피어났다.

　"크윽, 컥……?!"

　연기를 토해내며 쓰러지려다 버티고 선 베이트는, 온몸에 입은 상처에서는 불에 달궈져 굳어버린 핏덩어리가 떨어졌다.

　"끈덕지구만, 나 원……."

　지분지분 괴롭히며 희열에 물든 시선을 보내던 바레타도, 무릎조차 꿇지 않는 베이트에게 눈살을 찡그렸다.

　하지만 이내 여유 있는 웃음을 되찾았다.

　'그래도 이제 끝났어. 내 【샤르도】는 저놈을 절대 놓치지 않을 테니까.'

　베이트의 발밑에 반짝이는 무늬는 보이지 않는 실로 그 몸을 꽁꽁 옭아맸다. 지금도 『스테이터스 다운』을 발생시키고 있으며, 이 자주색 결계 안에서 탈출하도록 내버려둘 생각도 없었다.

『커스 웨폰』으로 꿰어버리면 그걸로 끝나겠지만…… 위험을 무릅쓰고 다가갈 필요도 없지. 잘못해서 물려버릴 수도 있으니까.'

여기까지 왔으면 서두를 필요는 없다. 다시 말해 현상 유지. 원거리에서 착실하게 목숨을 깎아낼 것이다.

숱한 상처를 입은 저 웨어울프는 이미 제대로 된 회피행동도 취하지 못할 것이다.

"실수로라도 『수화(獸化)』시키지 않도록 지하 깊은 곳까지 유인했다고……. 【바나르간드】한테 이 상황을 뒤집을 만한 수단은 없어."

지상에서 웨어울프를 상대할 때 가장 주의해야 하는 것이 달빛을 받아 발동하는 『수화』였다. 달빛 아래에서 웨어울프의 신체능력은 모든 종족을 능가한다고 한다.

보아하니 비는 그친 모양이지만 현재 위치는 지하. 달의 은총 따위 절대 닿지 않는다.

바레타가 승리를 확신하는 조소를 머금었다.

이를 들은 근처의 단원들 또한 찢어지는 웃음을 지었다.

제1급 모험자를 해치울 수 있다. 이로써 그들의 비원은 크게 전진한 것이다.

기쁨과 흥분, 그리고 파괴의 충동에 사로잡혀 권속들은 죽어가는 웨어울프에게 다시 포격을 퍼부었다.

"……쯧."

벼락의 파편, 얼음 안개, 불똥이 피어나는 가운데 혀를 차는 소리가 울렸다.

꽉 쥔 웨어울프의 주먹에서는 분노의 감정이 뚝뚝 떨어졌다.

"빌어먹을…… 빌어먹을…… 빌어먹을…… 빌어먹을."

이를 갈며 으르렁거린다.

그것은 자신에 대한, 바레타 일당에 대한, 세상에 대한 분노였다. 뺨에 내달린 『송곳니』가 열기를 띠며 내면에 도사린 환통을 해방시키려 했다.

베이트의 머리는 시뻘겋게 타올랐다.

분노에 지배당하고 있었다.

세상을 저주하고, 섭리를 저주하고, 이치를 저주한다.

세상이 새하얗게 열기를 띠었다. 생각은 마구 뒤섞였다. 나는 저 자식들을 용서할 수 없어. 나는 나를 용서할 수 없어. 분명 오래전부터, 모든 것을 용서할 수 없었겠지. 『상처』의 아픔이 제한 없이 분노를 드높였다. 전장에서 베이트의 마음은 혼돈의 소용돌이 속에 있었다.

단 한 가지 확실한 것은, 이대로는 분노가 갈 곳을 잃고 베이트와 함께 소멸해버리리라는 점.

동료를 빼앗긴, 소녀를 잃었던 분노의 불꽃이.

그것만은 있어서는 안 된다.

지키지 못하더라도, 잃어버리더라도, 베이트만은 그 불꽃을 꺼뜨려서는 안 된다.

강자인 베이트만은 잊어서는 안 되는 것이다.

세상에 저항하려 했던 약자의 포효를.

세상에 굴복했던 약자들의 눈물을.

"――빌어먹을."

베이트는 자신에게 내뱉었다.

고개를 들고, 화염의 파도 너머에 있는 여자의 웃음을 노려보았다.

그리고 그는 자신에게 부과한 『계율』을 깨뜨리기로 결심했다.

자신이 죽더라도 결코 어기지 않겠노라고 결심했던, 어린아이 같은 고집을.

한순간, 호박색 눈에 겨우 이틀 동안의 기억이 스치고 지나갔다.

그리고 이내.

덧없이 사라져간 소녀에게 바치는 『노래』를 자아냈다.

"【사로잡힌 악랑 프로스의 왕――】."

"엑…… 【바나르간드】가, 『마법』?!"

경악한 것은 바레타였다.

그런 것은 모른다. 들어본 적도 없었다. 【로키 파밀리아】의 【바나르간드】는 【아마존】과 마찬가지로 몸뚱이 하나만 가지고 적을 물리치는 전열특화형. 메탈부츠는 이를 보조하기 위한, 『마법』을 대신 쓰기 위한 수페리오르즈가 아니었던가.

바레타의 얼굴에 미미한 조바심이 흘렀다. 『마법』이란

비밀병기, 기사회생의 한 수. 호락호락 쓰게 내버려둘 수는 없었다.

"뭘 멍청히 보고만 앉았어! 냉큼 태워 죽여버려!"

"네, 넷!"

바레타의 노성에 이블스의 잔당들은 『마검』을 휘둘렀다.

밀려드는 화구와 벼락. 눈을 감고, 두 팔을 축 늘어뜨린 채 영창에 전념하는 베이트는 이를 피할 기미조차 보이지 않았다.

포격의 직격을 받고, 어둠에 잠긴 시야 속에 수많은 빛줄기가 발생하는 가운데 주문을 계속 이어나갔다.

"【첫째 상처, 구속. 둘째 상처, 통곡. 셋째 상처, 쐐기. 굶주림의 군침이 유일한 희망. 강을 세우고 핏줄기와 섞여 눈물을 씻으라】."

베이트는 『병행영창』 따위 할 수 없다.

『마력』 따위 전혀 갈고 닦지 못했다.

당연하다. 원래부터 쓸 마음도 없는 것에 노력을 할애하다니 무의미하기 때문이다.

"【치유되지 않을 상처여, 잊지 말기를. 이 분노와 이 증오, 너의 나약과 너의 불꽃】."

베이트는 이 『마법』을 싫어했다.

영창문을 포함해 『마법』은 본인의 자질, 그리고 마음속에 가진 사상을 반영한다.

"【세계. 섭리. 눈물. 이 모두를 증오하고 인정하며 고갈

시켜라】."

　이 주문은 베이트의 『나약함』을 드러내는 것이었으므로.

　눈을 돌리고만 있었던 『상처』를 깨닫게 해주는 것이었으므로.

　"【상처를 송곳니로, 통곡을 포효로—— 잃어버린 혈육을 힘으로】."

　그래서 베이트는 이 『마법』을 너무나도 싫어했다.

　"뭐 하고 앉았어, 이 무능한 자식들아?! 확실하게 맞히라고! 저 자식은 반송장이나 마찬가지잖아!"

　"바, 바레타 님, 맞히고 있어요……. 직격하는데도, 쓰러지질 않아요!"

　바레타의 외침에 잔당들은 비명으로 대답했다.

　그들의 말이 맞았다. 그들이 쏜 『마검』의 공격은 베이트에게 명중해 그의 몸을 불태우고 있음에도, 결코 두 다리는 무릎을 꿇으려 하지 않았다.

　작열할 때마다 상체가 휘청거리면서도, 고개를 숙인 채영창을 이어나간다. 마치 속박되었던 짐승이 당장이라도봉인을 깨뜨리려 하는 것처럼.

　"【풀려버린 족쇄, 하늘에 울려 퍼지는 고함. 분노의 계보여, 이 몸을 대신하여 달을 먹어치워라, 모든 것을 삼켜라】."

　상처투성이 늑대에게서 영창이 가속되었다.

　얼굴을 실룩거리는 바레타의 눈앞에서, 사용한도를 넘

어선 잔당들의 『마검』이 소리를 내며 깨져나갔다.

"큭…… 그럼 직접 베어버려! 저주의 검으로 꼬치를 만들어버리라고! 얼른 가!!"

『마법』의 발동을 반드시 막고자 하는 바레타의 외침에, 숨을 흠칫 멈춘 단원들은 두말 않고 따랐다. 『커스 웨폰』창을 장비하고, 네 명의 사내가 돌격했다.

함성을 지르며 결계 안을 가로질러, 눈 깜짝할 사이에 거리를 좁히고 창날을 내지르고자 달려든다.

"【그 불꽃의 송곳니로──── 먹어치우라】."

그러나.

베이트가 한 발 빨랐다.

호박색 두 눈이 험악한 빛을 머금고 크게 뜨여, 자아의 사슬에 속박되었던 거대한 늑대──── 『마법』을 해방시켰다.

"【하티】."

짧은 음절이 되어 울려 퍼진 마법명.

직후.

무시무시한 열광이 바레타 일당의 시야를 태웠다.

"────끄아아

아아아아아아아아아악?!"

창졸간에 팔로 얼굴을 가린 바레타 일당에게 들려온 것
은 네 명의 절규.

숨을 죽이며 시야가 회복되기를 기다려 살펴보니, 그곳
에 있던 것은 작열하는 불꽃에 타들어가며 발버둥을 치는
동료들과, 오른팔을 휘두른 자세로 서 있는 웨어울프의 모
습이었다.

대량의 불똥을 흩뿌리는 그의 몸에 깃든 것은 네 개의
화염.

왼팔, 왼발, 오른팔, 오른발.

합계 네 곳의 위치에 발현한, 홍련의 불꽃이었다.

"하⋯⋯하하, 하하하하하하하하하하하하하?! 뭐야,
한참 뜸 들여놓곤 그냥 인챈트였어?! 사람 쫄게 만들고 앉
았네!"

그것을 본 바레타는 경직을 풀고 억지로 웃음소리를
냈다.

『스테이터스 다운』을 입고도 네 명이나 되는 적을 태워
버린 화력은, 과연, 대단하다. 그러나 그뿐이다. 접근만
하지 않으면 저 인챈트도 닿지 않는다. 능력이 떨어져버린
지금의 베이트라면 다가오기도 전에 없애버릴 수 있다.

바레타의 조소에도 아랑곳 않고 여전히 말이 없는 베이
트는 조용히 전진하기 시작했다.

"『마검』을 쏴! 이번에야말로 숯을 만들어버려!"

지휘관의 강한 목소리를 받아 기세를 되찾은 잔당들. 다시 시작된 포격은 지하공간을 빛의 홍수로 가득 채워 베이트를 포화의 폭풍에 가둬버렸다.

"크하하하하하하하하하하하————…………하, 아?"

그러나.

폭음과 함께 솟았던 여자의 웃음소리가 끊어지기 시작했다.

바레타는 그것을 보았다.

『마법』을 뒤집어쓰고 『상처』가 늘어갈 때마다 기세를 더해가는 네 개의 불꽃을.

공격을 받을 때마다 미친 듯이 타오르는 업화를.

"바, 바레타 님⋯⋯."

이블스의 잔당들도 전율했다.

처음에는 방패 정도 크기밖에 되지 않았던 팔다리의 불꽃은 조용히, 그러나 확실하게 커져가 이제는 베이트의 키를 넘어설 정도로 길고 거대한 것이 되었다.

멀리 떨어진 바레타 일당의 곁에도 그 흉악한 열파가 밀려들 정도로.

"마, 마법을⋯⋯ **먹고 있어.**"

잔당 중 하나에게서 전율의 중얼거림이 새나왔다.

형형히 빛나는 화염을 앞에 두고 모두가 깨달았다.

저 불꽃은 자신들이 되풀이했던 『마검』의 포격을 집어삼켜 **흡수하고 있음을.**

그야말로 바레타가 파괴했던 《프로스빌트》와 마찬가지로—— 굶주린 거대한 늑대가 모든 것을 먹어치우고자 하듯, 『마력』을 집어삼키고 있는 것이다.

눈앞의 광경을 보고 잔당들은 더 불꽃이 치솟을까 두려워 공격을 중단하고 말았다. 술사를 먼저 태워죽이겠다는 전의는 그 불꽃에 타버리고 말았다.

그러나 잔당들의 공포와 가정은 반은 맞고, 반은 틀렸다.

바레타의 눈이 그 사실을 포착했다.

베이트의 오른쪽 어깨에 새로이 생겨난 깊은 화상.

얇은 빛의 막이 그곳을 핥는 듯하더니, 마치 이와 연동된 것처럼 오른손의 불길이 더욱 거세졌다.

'설마——.'

눈의 착각을 의심한 바레타는 떨리는 숨결을 토해냈다.

한편 상처투성이 늑대는 눈꼬리를 찢으며 강하게 땅을 박찼다.

평소의 베이트에게서 보자면 너무나도 느린 속도.

그러나 뻣뻣이 서버린 적들의 허를 찌르기에는 충분하고도 남는 질주.

바레타 일당이 눈을 크게 뜬 가운데, 도약하여, 오른손의 화력을 폭발시킨다.

나머지 세 곳의 불길까지도 합쳐, 크게 부풀어오른 『불꽃의 송곳니』를 쳐들었다.

바레타는 창졸간에 옆에 있던 잔당의 어깨를 붙잡고 자신의 방패로 삼았다.

다음 순간.

"───────────────────────!"

내리꽂힌 일격이 지하공간을 작열하는 세계로 바꾸었다.

❧

바람이 되어 달리는 아이즈가 궁전 바로 앞에 도착하려던 그때.

거대한 앞뜰에서 무시무시한 불길이 치솟았다.

"?!"

지면을 꿰뚫고 출현한 홍련의 포효.

눈앞에 발생한 화염의 소용돌이에 휩싸이지 않고자 아이즈는 억지로 진로를 변환하면서 자신의 『마법』을 발동시켰다.

"【눈을 뜨라, 폭풍】!"

기류의 갑옷을 두르고 밀려드는 열파를 이겨냈다.

"에엥……?!"

그 광경은 멀리 떨어진 도시 중앙, 바벨에서도 볼 수 있을 정도였다.

마치 불꽃의 화신이 된 거대 늑대가 달을 향해 포효하는 것처럼, 거대한 불기둥이 출현했다.

　"부, 불꽃이, 환락가 방향에서……?!"

　"보아하니 베이트가 『마법』을 쓴 모양이구먼."

　"베, 베이트 씨의 『마법』?! 있습까?!"

　라울이 가레스의 말에 입을 딱 벌리고 경악했다. 다른 단원들도 마찬가지였다. 드워프는 무겁게 고개를 끄덕여 대답했다.

　"있다마다. 다만 베이트는 결코 쓰려 하지 않았네."

　그가 확인하듯 눈을 돌리자 로키 또한 슬쩍 고개를 끄덕였다.

　"맞데이. 적어도 우리 【파밀리아】로 컨버전했을 때는 이미 발현했제."

　아연실색한 단원들을 내버려둔 채 가레스는 불꽃이 사라진 남동쪽 방향을 바라보았다.

　"그놈의 『마법』은 모든 『마력』을 잡아먹지."

　"『마력』을……? 그건, 혹시…….."

　"그렇다네. 『매직 드레인』…… 그놈의 『마법』이 가진 속성일세."

　베이트의 마법, 【하티】.

　팔다리 전용 인챈트인 이 마법은 단독으로 썼을 때의 화력도 상당하지만, 힘의 진수는 『매직 드레인』. 불꽃에 닿은 『마력』을 잡아먹고 출력을, 위력을 증대시킨다.

"베이트의 《프로스빌트》는 【하티】의 **열화판 장비**일세. 한사코 『마법』을 쓰려 하지 않는 그놈이 그 속성을 토대로 츠바키에게 주문해 만들었지."

가레스가 들려주는 메탈부츠의 기원에 라울과 아나키티, 그리고 다른 단원들도 놀라 숨을 멈추었다.

베이트와 알고 지낸 지 오래 된 그들도 그런 사실은 전혀 몰랐다.

"어, 어째서 베이트 씨는 그런 말도 안 되는 『마법』을 이제까지 안 쓰셨습까……? 그게 있었으면 더 강해질 수 있었을 텐데……!"

"『상처』데이."

"네?"

"그건 베이트를 마음속의 상처와 마주보게 만드는기라……."

몸을 내민 라울에게 대답한 것은 로키였다.

쓸쓸하게 중얼거리는 주황색 머리카락의 여신은 청년의 등에 새겨진 【스테이터스】를 떠올리듯 자신의 손바닥을 내려다보았다.

"거기에는 또 하나 속성이 있데이. 오히려 그짝이 진짜구마."

"진짜……?"

"『대미지 드레인』…… 상처를 입을 때마다 베이트의 『마법』은 부풀어오르는기라."

"……!"

"티오나나 티오네의 버서크하고도 다르제. 『마법』의 화력을 하염없이 높여갖고 마, 자릿수가 다른 기 되는기라."

로키가 들려주는 처절한 속성에, 일동은 이번에야말로 할 말을 잃었다.

동시에 【하티】라는 이름의 『마법』이 가진 본질을 이해하고 말았다.

매직 드레인이 발동하면, 인챈트의 속성 탓에 자신이 자신의 『마법』에 공격당하는 것을 피할 수 없다. 【하티】는 베이트에게 『상처』를 강요하며, 그 대가로 힘을 얻는다. 몸에 새겨진 대미지까지 양식으로 삼아 잡아먹으며.

베이트가 『상처』를 입을 때마다 거대한 늑대의 『송곳니』는 그 무엇보다도 강인해지는 것이다.

"그게 바로 『송곳니』의 정체…… 아이다, 근원 그 자체인 기라."

로키의 애절한 목소리를 들으며 가레스가 말을 이었다.

"우리 앞에서, 베이트가 그 『마법』을 딱 한 번 쓴 적이 있네. 원정 도중 후속부대가 이상사태에 맞닥뜨려서 말일세……. 라울, 아키, 자네들도 기억하지?"

"5년 전 말임까?"

"저희는 선행부대에 있었지만…… 후속부대에서 사망자가 몇 명 나왔던 그거요?"

"그래…… 단원들이 계속해서 죽어나가는 가운데, 베이

트가 그걸 썼네. 쓰고, 모두 **태워버렸지**. 몬스터 놈들의 공격을 자신에게 집중시켜서, 억지로 밀어붙였던 게야. 다른 방면의 적을 막고자 했던 나는 그저 보고 있을 수밖에 없었네……."

최후방을 맡아 포효하던 베이트의 그 모습을 보고도 살아 있었던 것은 리네밖에 없었다고, 드워프 대전사는 씁쓸한 표정으로 말했다.

아무도 입을 열지 못하는 가운데, 가레스가 바깥에 펼쳐진 하늘을 보았다.

마치 조금 전 나타났던 불꽃의 늑대에게 겁을 먹은 것처럼, 밤하늘의 구름은 흩어지고 금색 달의 모습을 출현시켰다.

"모든 위력을 발휘할 수 있게 된 그 녀석은, 누구보다도 강하다네."

단언하며 가레스는 눈을 가늘게 떴다.

"적은 결코 건드려서는 안 될 늑대의 꼬리를 밟은 게야."

"에, 엑……?!"

전소(全燒)였다.

켜켜이 겹쳐진 채 숯이 되어버린 부하들을 밀쳐내면서 몸을 일으킨 바레타는, 시뻘겋게 타오르는 지하공간에 눈을 크게 떴다.

쓰러진 기둥에서 홀 구석구석까지, 으르렁거리는 불덩

어리가 거세게 타오르며 열파를 뿜어냈다. 그 광경은 마치 끓어오르는 불가마와도 같았다. 너무나 화력이 강해 피부에 화상을 입은 바레타의 얼굴이 경련했다. 창졸간에 기둥 뒤에 숨어 간신히 타죽지 않았던 잔당들도 전율을 금치 못했다.

머리 위를 보니, 그곳에 보이는 것은 두꺼운 지반을 꿰뚫고 생겨난 큰 구멍이었다.

창연한 밤하늘이 연옥의 세계와 이어져 있었다.

'——야단났다.'

땀샘이 왈칵 열린 바레타의 예감을 긍정하듯, 이 불바다를 만들어낸 장본인, 공간 중앙에 가만히 서 있던 베이트의 몸에 변화가 일어났다.

구름이 걷히고, 지하공간에 쏟아지는 달빛.

금색 빛을 받아, 베이트의 회색 털이 일제히 곤두서고 근육이 융기했다.

호박색 두 눈이 세로로 갈라졌다.

『수화』.

흉포성과 함께 증가하는 압도적인 신체강화.

바레타는 깨달은 순간 고함을 지르고 있었다.

"죽여, 죽여어어어어어어어어어어어어어어어어어?! 아직 늦지 않았어, 해치워어어어어어어어어어어어어어!!"

여자의 노성에 등을 떠밀려, 살아남았던 잔당들은 자포자기해 움직였다.

타나토스에게 『사후진로』를 약속받은 꼭두각시들은 죽음을 두려워하지 않는다. 공포는 있을지언정 선망이 앞서기에 몸을 바칠 수 있다. 엉망진창으로 포효를 지르고 피와 눈물과 콧물을 흘리며, 완전히 상궤를 벗어난 순교의 사도가 되어 베이트에게 달려들었다.

그러나.

"―――― 께에엑!"

땅을 박차 부수며 자취를 감춘 웨어울프의 송곳니에 우선 두 사람이 희생되었다.

아직도 기세를 더하는 불꽃의 오른손에 안면을 붙들려 땅에 내리 찍혔다. 그것만으로도 단원의 몸은 불꽃의 파편이 되어 **으스러졌다**. 이어지는 화염의 족도가 공기와 함께 적의 상반신을 태워, 그곳에 있던 것을 시커먼 재의 안개로 바꿔버렸다. 자결용 『화염석』에 인화한 폭발에 휘말리자 팔다리에 깃든 【하티】는 그 폭염마저도 잡아먹었다.

"으, 아……?!"

죽음을 받아들였어야 할 사신의 권속들도 낯이 창백해졌다.

그 불꽃은 그들이 이제까지 본 어떤 것보다도 흉포했다.

베이트가 몸에 두른 그것은 『송곳니』였다.

두 손 두 발, 2쌍 4개.

위턱과 아래턱, 적을 물어뜯고 잡아먹기 위한 네 개의 『송곳니』.

손에 깃든 윗이빨——『오르가』로 적의 살점을 찢고, 아랫이빨——『베네트』로 적의 팔다리를 부순다.

웨어울프의 험악한 눈빛이 창백해진 사냥감들을 꿰뚫는다.

태양도, 달도, 모든 것을 잡아먹겠노라고 거대한 늑대는 턱을 벌렸다.

"으, *으아아아아아아아아아아아아아아아아아아아아아아아아아아아!!*"

반쯤 광란에 빠져 고함을 지르며, 잔당들은 최후의 싸움에 임했다.

공황을 일으키면서도 사병(死兵)이 되어 베이트에게 달려들고자 했다. 그러나 짐승의 본능에 몸을 맡긴 늑대는 이 모든 것을 흘려내고, 오르가의 주먹으로 적의 내장을 재로 만들어 버렸으며, 베네트의 내려차기로『커스 웨폰』과 함께 상대의 몸을 세로로 내리그어 태워버렸다. 『마검』을 휘둘러도 그 광채를 잡아먹으며 더욱 커진 불꽃의 혀는 울부짖는 사신의 사도들을 핥아버렸다.

흩뿌려지는 어마어마한 양의 불똥, 불꽃의 꼬리를 끌며 뿜어져나가는 주먹과 발길질의 흔적. 이 세상의 것이라고는 여겨지지 않는, 그야말로 종말의 전쟁을 방불케 하는 유린극에 혼자 멀리 떨어져 서 있던 바레타는 팔다리를 떨며 중얼거렸다.

"이럴, 리가……."

이윽고, 모든 것을 먹어치운 거대 늑대의 눈이 그녀를 조준했다.

오싹. 온몸의 털이란 털이 곤두선 찰나.

머리 위의 구멍 가장자리에서 뛰어내리는 그림자가 있었다.

"거, 【검희】?!"

"이건……!"

이어지는 흉보에 바레타가 비명을 지르는 한편, 아이즈도 주위에 펼쳐진 광경에 경악했다.

위험해. 장난하나. 빌어먹을. 여자가 생각할 수 있는 모든 욕설을 가슴속에서 토해내고 있을 때, 금발금안의 소녀는 혼자 남은 적 간부를 향해 눈꼬리를 틀어 올렸다.

그대로 발검하려 했지만,

"손대지 마!!"

분노의 포효가 이를 용납하지 않았다.

"베이트, 씨……?"

"손댔다간 아이즈, 너라도 죽여 버린다!!"

아연실색한 아이즈에게 분노가 담긴 목소리로 외치고, 베이트는 전방에 있는 바레타에게 시선을 되돌렸다. 경악해 움직이지 못하는 소녀를 내버려둔 채 한 걸음, 또 한 걸음, 불꽃의 세계를 건너 여자에게 다가간다.

"우, 웃기고 앉았어…… 웃기고 앉았어……! 웃기고 앉았어……?!"

원군을 거절하고 1대 1로 싸우려 하는 베이트에게 바레타의 머릿속도 분노로 물들었다. 그리고 그 분노는 그녀의 몸에서 두려움과 공포를 몰아내고 아주 약간 냉정함을 되찾아주었다.

'날 우습게 보지 마라, 【바나르간드】……! 네놈의 몸도 너덜너덜해졌잖아……!'

아무리 【하티】가 대미지 드레인과 매직 드레인을 발휘한다 해도 몸에 입은 대미지를 치유해주는 것은 아니다. 온몸이 상처투성이가 된 베이트 쪽이 바레타보다 훨씬 죽음에 가까운 것이다.

'게다가 내 【샤르도】의 그물은 아직 살아있어! 아무리 『수화』했더라도 그렇게 요란하게 뛰어다닌 네놈의 몸은 이미 『원래대로』 돌아갔다고!'

발밑에 펼쳐진 자주색 무늬를 내려다보며 바레타는 뻣뻣하나마 대담한 표정을 지었다.

그래, 좋다. 어디 붙어보자.

나야말로 잡아먹어주지.

【아라크니아】라는 이름에 걸맞게 흉흉한 미소를 지은 바레타는, 커스 웨폰 한손검을 장비했을 때.

"엑──."

눈을 크게 떴다.

발밑, 지하공간에 펼쳐놓았던 무늬가. 바레타가 열심히 펼쳐놓았던 결계가.

마치 비명을 지르듯 깜빡거리며, 아랑의 송곳니에 밟힌 부분부터 빨려 들어가고 있었다.

『매직 드레인』.

절망이 바레타를 지배했다.

'웃기고 앉았어, 웃기고 앉았어…… 웃기지 말라고오오 오오……?!'

거대한 늑대의 이빨은 열화장비 《프로스빌트》와는 다르다.

해방된 『송곳니』는 무엇이든 먹어치운다. 공격이 됐든, 저주가 됐든, **결계가 됐든**.

『마력』에 유래된 것을 모두 먹어치운다.

"공격마법만이 아니었냐고오오오오오오오오오오오오오 오오?!"

그것은 힐러 소녀—— 리네도 치유할 수 없었던, 늑대 의 『상처』.

이번에야말로 바레타의 얼굴에서 색깔이란 색깔이 모조 리 빠져나갔다.

펼쳐놓았던 결계를 흔적도 없이 먹어치우고, 『스테이터 스 다운』에서 풀려난 베이트는.

공황을 일으킨 가엾은 여자를 향해, 초고속의 돌격을 감 행했다.

"라아앗!!"

"커어억?!"

퍼올리듯 복부에 날아와 꽂히는 불꽃의 오른손 주먹.

침을 흩뿌리며 몸이 꺾여버린 바레타에게 즉시 돌려차기를 날린다. 옆머리가 불타면서 봇물 터진 듯한 기세로 날아가버리는 그녀에게 아랑의 추가타는 멈추질 않았다.

가공할 송곳니의 연타가 여자의 몸을 깎아나갔다.

"으이익, 끼야아아아악?!"

온갖 전장을 경험했던 아이즈조차 귀를 막고 싶어지는 여자의 통곡.

뼈가 부서지고, 피부가 불타고, 흘린 눈물조차 증발되며 바레타는 가차 없는 맹공을 뒤집어썼다. 공기를 도려내며 날아든 왼쪽 베네트가 여자의 몸을 호되게 후려쳐 후방으로, 홀 중앙 부근에 선 기둥에 처박았다.

"베, 베이트 씨!"

제정신을 차린 아이즈의 필사적인 호소도 분노에 몸을 태우는 늑대에게는 들리지 않았다.

지면에서 발버둥치는 바레타를 향해, 베이트는 불꽃으로 바닥을 태우며 다가갔다.

"아, 아아아아아아아아아아아……?!"

"일어나."

팔다리에 『송곳니』가 깃든 베이트는 무자비하게 말했다.

한순간에 재로 만들어놓지 않을 만한 이성의 힘으로 화력을 억제하며, 늑대는 갈라진 동공으로 여자를 내려다보았다.

바레타는 비틀거리면서도 간신히 일어나, 몸의 절반이 시커멓게 타버린 무참한 몸을 드러냈다.

"그그그, 그만해, 【바나르간드】……?! 이젠 싫어어, 아파, 뜨거워, 죽겠어……!! 머리가 이상해질 것 같아!!"

꼴사납게 울부짖더니,

"아직 죽고 싶지 않다고오~?! 그 새침한 용사한테, 핀 자식에게, 아직 아무 것도 못 했는데! 제발 놔줘, 부탁할게, 으응?!"

필사적으로 뻣뻣한 거짓 웃음을 짓는 【아라크니아】는,

"잔챙이 놈들이 똑같이 우는 소리를 지껄였을 때, 넌 뭘 했지?"

이글이글 타오르는 불꽃과는 완전히 다른 극한의 눈빛에, 표정이 얼어붙는 것을 느꼈다.

간격은 겨우 5M. 한 걸음이면 바레타의 목숨이 잡아먹힐 거리.

베이트의 등 뒤에서 이빨을 드러낸 거대한 늑대의 환영을 본 바레타는 뒤집어진 목소리로 말했다.

"뭐, 뭐야, 죽은 아마조네스 꼬맹이 때문에 날 미워하는 거야?! 아니면 내가 죽여버린 너희 동료?! 하지만 그건, 번지수가 잘못된 거잖아?!"

"…………."

"네놈들은 모험자잖아!! 언제 죽어도 좋다고 각오를 했잖아! 너희 세계는, 우리 세계는 원래 이런 거잖아~?!"

횡포에 가까운 변명을 늘어놓는 바레타에게 아이즈는 자기도 모르게 주먹을 쥐었다.

그런 가운데, 입을 다물고 있던 베이트가 조용히 대답했다.

"……그래, 그렇지. 네놈 말이 맞아."

아이즈는 그때 귀를 의심하고 말았다.

"그놈들이 죽은 건 그놈들이 약해서였지. 원한 따위 그야말로 번지수를 잘못 짚은 거야…… 강한 놈은 약한 놈에게서 모든 걸 빼앗을 수 있어. 그게 강자의 특권이고, 그게 이 빌어처먹을 세상이지."

감정을 억누르고, 주점에서 아이즈에게도 들려주었던 자신의 지론을 입에 담는다.

그렇다.

강자는 무슨 짓을 해도 용납된다. 무엇을 빼앗아도 된다.

약자는 무슨 짓을 당해도 저항할 수 없다. 무엇이든 빼앗긴다.

약자여서는 살아남을 수 없다.

모든 것이 시작된 그날 이해했던 세계의 섭리를 고하며, 여자의 변명을 긍정했다.

"그, 그렇다면!"

바레타의 표정에 희망이 깃든, 다음 순간.

"──그러니까!!"

눈꼬리를 찢으며 베이트는 분노의 형상으로 포효했다.

"내가 네놈을 쳐죽이든 말든, 아무 문제도 없다는 소리다!!"

격발한 늑대의 분노를 뒤집어쓰고 바레타의 얼굴은 순식간에 창백해졌다.

쾅! 힘차게 내디뎌진 오른발에 공포를 느끼고 등을 돌린채 도망쳤다.

"히, 히이익?!"

으르렁거리지도 못한 채, 꼴사납게 도망치는 그『잔챙이』를, 흉악한 늑대는 내버려두지 않았다.

"르으어어어어어어어어어어어어어어어어어어어어어어어어어어어어어!!"

"끼, 끼야아아아아아아아아아아아아아아아아아아아아아아악?!"

치고, 걷어차고, 마지막에는 안면을 오른손으로 거머쥐었다.

가볍게 허공으로 들려 올라간 여자의 몸을 기둥에 처박으며, 몸에 깃들인 불꽃의 송곳니를 너울거렸다.

"자, 잠까안?! 날 죽였다간 『열쇠』의 행방은——?!"

"시꺼."

분노한 아랑 앞에서 그딴 보험 따위 무의미했다.

늑대의 송곳니는 공평하게, 평등하게, 사냥감의 살점을 뜯어 발긴다.

자신이 보유한 『열쇠』의 소재지를 목숨줄로 제시하고자 했던 바레타의 애원은 너무나도 허망하게 사라졌다.

"안 돼요, 베이트 씨!!"

아이즈의 제지도 뿌리치고, 베이트는 자신의 『송곳니』를 해방시켰다.

"불타버려라아아아아아아아아아아아아아아아아아아 아아아아아아아아아아아아아아아아!!"

화염의 포효.

"＿＿＿＿＿＿＿＿＿＿＿＿＿＿＿＿＿＿＿＿＿＿＿

＿＿＿＿＿＿＿＿＿＿＿아아아?!"

오르가가 뿜어낸 불꽃의 포효가 여자의 절규를 집어삼켰다.

맹렬한 불길에 휩싸인 바레타의 몸은 눈 깜짝할 사이에 칠흑의 재가 되어 타버렸다. 몬스터의 최후보다도 비참한 재로 변했다.

아이즈는 보았다.

눈에 새겨버리고 말았다.

늑대가 도달한 종언의 세계를.

분노의 포성을 터뜨리며, 모든 것을 잡아먹은 불꽃의 참상을.

불꽃의 색에 휩싸인 지하공간에는 바나르간드에게 유린당한 이블스의 말로만이 펼쳐져 있었다.

워어어어어어어어어어어어어어어———⋯⋯⋯⋯

불꽃에 에워싸여, 달빛을 받으며, 한 마리의 늑대가 밤하늘을 향해 울부짖었다.

완수한 맹세를 고하듯 하늘을 향해 터뜨리는 그 울음소리가, 아이즈에게는 매우 사납게, 그리고 서글프게 들리고 말았다.

불똥에 옆얼굴을 태우며, 땀을 흘리며, 금발을 비추며 그 모습을 바라보았다.

흉포하고, 웅혼하며, 쓸쓸함에 싸인 그 등을 바라보고 또 바라보았다.

🔥

도시를 뒤흔들었던 『아마조네스 사냥』 사건은 수습되었다.

암살자들을 고용한 범인은 밝혀지지 않은 것으로 처리되었다. 【로키 파밀리아】는 쓸데없는 혼란을 피하고자, 『이블스의 잔당』이라는 단어를 꺼내지 않은 채 입을 다물어버린 것이다.

환락가 복구 구역에서의 전투—— 거대한 불꽃은 모두가 관측했으므로 『길드』의 조사가 시작되었다. 그리고 발견된 보초 모험자의 주검, 그리고 제대로 원형도 남지 않고 불에 타버린 암살자들의 시체에 모든 길드 직원과 【가네샤 파밀리아】 단원들은 낯이 창백하게 질렸다. 그들은 이를 어디의 누가 저질렀는지를 알면서도 언급을 회피한 것은 물론 입도 뻥긋하려 들지 않았다. 도시를 뒤흔드는 위험인자가 사라졌다고 환영할지언정 쓸데없는 사건의 시비를 가려 괴물의 꼬리를 밟을 필요는 없다. 보고를 받은 길드 상부도 두려움을 느껴 간과하기로 결심했다. 재차 피해가 발생해 지연을 피할 수 없게 된 환락가의 복구 작업을 제외하고는, 그날 밤에 무슨 일이 있었는지는 어둠에 묻어버리기로 했다.

암살자들의 시체를 회수한 『길드』는 경과를 보아 습격은 이미 없다고 판단해, 호위 대상이었던 【이슈타르 파밀리아】 출신 조직원들을 풀어주었다. 하룻밤 사이에 쏟아진 큰 비가 모든 것을 씻어내버린 것처럼 오라리오에는 사건 전과 다를 바 없는 평온한 일상이 돌아왔다.

그저, 새로운 상처를 입은 자들만을 남기고.

도시 제3구역, 환락가.

항쟁의 발톱자국이 남은 복구 구역.

하늘이 저녁놀 색으로 물든 가운데 폐허 한구석에서 베이트는 잔해 위에 앉아 있었다.

그곳은 아마조네스 소녀의 얼굴을 마지막으로 본 광장이었다.

서쪽 방향에서 밀려드는 눈부신 황혼의 빛에 두 눈을 가늘게 뜬다.

"베이트 씨……."

그 뒷모습을 아이즈는 로키와 함께 지켜보고 있었다.

바레타를 해치운 그 날로부터 이틀. 홈에도 돌아오지 않고 행방을 감춰버렸던 베이트를 아이즈 일행은 겨우 이곳에서 발견한 것이다.

언제부터 이곳에 있는지는 확실하지 않다. 적어도 아이즈 일행이 찾아온 몇 시간 전부터 그는 계속 움직이지 않은 채, 변해가는 하늘을 바라보고 있었다.

아이즈의 눈에는 그런 베이트의 뒷모습이 이제까지 본적 없을 정도로 조용하고 조그맣게 보였다.

"어둡구마……. 이 상황에 분위기 파악 못하고 예이~하고 딴죽 걸었다간 분위기 싸해지겠제?"

"응…… 기운, 없는 것 같아."

실제로 그럴 것이다.

겨우 이틀뿐인, 소녀와의 짧은 추억. 강자이면서도 약자를 지키지 못했다는 자책. 그 외에도 아이즈가 모를 감정이 지금의 베이트에게는 떠올랐다가 사라지고 있을 것이다.

서글프게 눈꼬리를 늘어뜨린 아이즈는 로키 쪽을 보았다.

"로키…… 어떡하면, 베이트 씨가……."

"음, 다 말 할 거 없다. 내 안데이, 아이쭈. 내가 엄청난 비책을 알려주꾸마."

그런 그녀에게 로키는 웃으며 대답했다.

"지금부터 내가 하는 말을 베이트에게 전해주그라. 그러면 회복될기라."

"……무슨 말?"

그대로 입술을 귓가에 가져다대는 로키. 흠흠 고개를 끄덕이는 아이즈.

귀를 빌려주었던 시간은 거의 한순간이었다. 진지한 표정으로 신의 말씀을 받은 아이즈는 결심하고 광장 안으로 발을 들였다.

힘내그라~

로키가 작은 목소리로 응원하는 것을 들으며, 베이트에게 다가갔다.

말을 걸기도 전에 그가 먼저 물었다.

"무슨 볼일이야, 아이즈."

"베이트 씨……."

"지금은 누구 상대할 기분이 아니야. 어디 가버려."

돌아보지도 않고 베이트는 아이즈에게 그렇게 말했다.

저녁놀에 비친 그의 옆얼굴과 꼭두서니색으로 젖은 뺨의『송곳니』를 바라보던 아이즈는 입을 꾹 다물고 눈앞에 섰다.

다음으로는 턱, 베이트의 왼쪽 어깨에 오른손을 얹고.

천천히 돌아보는 그에게, 그 말을 건넸다.

"신경 꺼."

전혀 억양 없는 목소리로.

"……………………………………………."

감정이 희박한 표정이 너무나도 진지하게 건넨 그 말에 베이트는 뺨을 실룩거렸다.

푸훗—!

천연산 얼빵이 소녀를 부추겼던 신의 웃음소리가 건물 뒤에서 들려왔다.

"…………?"

빠릿빠릿 서 있던 아이즈는 눈앞의 반응에 '어라?' 하고 의아한 표정으로 고개를 갸웃했다.

이젠 뭔가, 그야말로 온갖 것들이 어리석게 여겨지고 말았던 베이트는,

"하아아아……."

있는 힘껏 한숨을 내쉬었다. 그리고 잔해 위에서 일어났다.

아무 말도 없이, 소녀의 머리에 한쪽 손을 난폭하게 얹고는 옆으로 지나갔다.

아이즈는 머리를 두 손으로 누르면서, 조금 전보다 애수가 엷어진 그의 뒷모습을 보았다.

"여, 베이트. 우연이구마!"

"어디서 뻔뻔하게 지껄이고 앉았어…….."

광장에서 떠나가려던 베이트의 앞에 불쑥, 로키가 건물 뒤에서 피에로처럼 뛰어나왔다. 심각하던 분위기를 완전히 박살내준 주신에게 베이트는 눈을 흘겼다.

"내 얼마나 찾았다고~. 지난 이틀 동안 어데서 머 했노~."

"내가 어디서 뭘 하든 내 마음이지. 게다가 홈에 돌아가 봤자 그 자식들이 곱게 안 볼 거 아냐."

"으음? 글쎄, 과연~?"

"……?"

거의 싸우고 헤어지다시피 했던 티오나, 티오네를 비롯한 단원들 이야기가 나오자 로키는 콧노래라도 부를 것 같은 미소로 대답했다. 의아하게 여기면서도 베이트는 이번에야말로 그 자리를 뜨려 했다.

"쫌만 기다려 보그래이 베이트. 아이쭈가 꼭 묻고 싶은 기 있다 카대."

"……아앙?"

돌아보니 로키는 슬쩍 눈을 뜬 채 미소를 짓고, 뒤를 따라온 아이즈는 똑바로 베이트를 바라보았다.

금색 눈을 바라보니, 아이즈는 긴장한 것처럼 숨을 들이마신 후, 또렷한 어조로 물었다.

"베이트 씨…… 왜 사람을 깔보는지, 왜 강해지려고 하는지…… 가르쳐주세요."

"윽."

"주점에선, 안 가르쳐줬잖아요. 그러니까……."

베이트는 눈을 슬쩍 돌렸다.

더듬거리는 말로 열심히 뜻은 전한 소녀는 변함없이 올곧은 시선으로 바라보았다.

술에 취해 얼버무리는 것도 불가능하고, 거짓말을 할 수도 없다. 이 눈빛 앞에서는 그런 일은 허용되지 않는다.

베이트는 아무 말도하지 않고 빠른 걸음으로 떠나가려 했으나,

"베이트, 대답하그래이. 신의 명령이데이."

"로키 너 이 자식……!"

"다른 얼라들 앞에선 몬해도 얘한테만은 괜찮지 않나? ……착각하게 만든 채로 누구하고 헤어지는 건 슬픈 일인 기라. 니도 알지 않나?"

신의 말이 가슴을 쳤다.

일일이 마음의 문을 두드려대는 주신의 목소리에 베이

트는 진심으로 속이 끓었다.

혀를 차고는, 소녀를 돌아보았다.

아이즈는 지금도 베이트의 말을 기다리고 있었다.

베이트에게는 향수가 느껴지는 여동생 같은 표정으로, 그녀의 분위기가 느껴지는 눈빛으로, 그리고 소꿉친구 같은 금발을 저녁놀에 반사시키며.

자신이 거짓말을 할 수 없는 것은 세상에 단 한 사람, 눈앞의 이 소녀뿐이다.

그것을 지금 베이트도 깨닫고 말았다.

얼버무리려 했던 그의 입은 저절로 움직이고 있었다.

"……난, 잔챙이들이 싫으니까."

"그게, 다예요?"

"잔챙이들의 꼴사나운 모습은, 눈에 담고 싶지도 않으니까."

"그게 다?"

"잔챙이들의 우는 소리를 들으면 구역질이 나니까……."

"그게 다?"

"──그럼 뭐가 있는데!!"

몇 번이고 되묻는 아이즈에게 베이트는 참지 못하고 고함을 질렀다.

"약한 놈을 멸시하는 건 강한 놈의 특권이야! 우리가 안 하면 누가 해! 그랬다간 착각에 빠진 놈들이 계속 늘어날 거 아냐! 웃기지 말라고 그래!!"

베이트는 으르렁거렸다.

꾹 참고 있던 것들을 전부 내뱉듯, 『상처』에서 흘러나오는 환통을 전부 토해내듯 눈앞의 소녀에게 쏟아냈다.

"약해빠진 것들은 전장에 나오지 마! 약해빠진 여자는 둥지에 틀어박혀 있어! 분수를 알란 말이야! 무슨 일만 있으면 빽빽 울고 자빠졌지, 짜증난다고!! 속이 부글거린다고!! 잔챙이들이 눈앞에서 나자빠져 뒈져버리는 건 이제 질색이야!!"

뇌리를 가로지르는 것은 부모님의, 부족의, 여동생의, 소꿉친구의, 그녀의 죽음이었다.

마음에 되살아나는 것은 자신을 치유하려던 다정한 소녀의, 그리고 아마조네스 소녀의 최후였다.

그러한 광경이 마음속을 헤집어대는 것을 느끼며, 계속해서 말을 이어나가던 베이트는 마지막으로 크게 외쳤다.

"더 이상 아무도 울지 말라고!!"

꼭두서니색 하늘에 고함이 울려 퍼졌다.

그 자리에는 어깨로 숨을 헐떡이는 베이트의 숨소리만이 들릴 뿐이었다.

눈을 크게 뜨고 있던 아이즈는 이윽고, 몸을 꼼지락거리기 시작했다.

미안하다는 듯 몸을 움츠렸다.

"저기, 미안해요……."

"아앙?"

의아해하는 표정을 짓는 베이트의 의문에 대답한 것은, 아이즈가 아니라 로키였다.

씨이익, 그야말로 악독하게 웃은 그녀는 입에 손을 가져다대고 소리를 질렀다.

"그렇다 카네~! 다들 들었나~!"

애먼 방향으로 말을 하는가 싶었더니—— 그쪽에 있던 여러 채의 건물 옥상에서, 파팟.

【로키 파밀리아】단원들이 나타났다.

".............아?"

베이트는 입을 반쯤 벌린 얼빠진 표정으로 굳어버렸다.

"똑똑히 다 들었어~!"

"그렇게 큰 소리로 고함을 질러대는데 어떻게 못 듣겠어."

"들어서 기뻤달까, 창피했달까…… 아, 아하하하."

굳어버린 웨어울프를 내버려둔 채 티오나가 소리를 질러 대답하고, 티오네가 어깨를 으쓱하고, 레피야가 뺨을 붉히며 쓴웃음을 지었다. 그녀들 외에도 라울, 아나키티, 아리시아, 크루스, 나르비, 하위 단원들에 이르기까지 반응은 다들 비슷했다. 크노소스에서 몇 번이나 도움을 주었던 흄 바니 라크타 같은 단원들은 눈가에 눈물까지 머금고 있었다.

베이트의 고백은, 그야말로 똑똑히 들렸던 것이다.

"정말 손 많이 가는 녀석이로고……."

"조금만 더 솔직해진다면 우리도 편할 텐데 말이야."

"크하하하하! 솔직해진 베이트는 베이트라고 하면 안
되지."

광장 근처의 잔해 뒤에서 나타난 것은 리베리아, 핀, 가
레스였다.

살아있는 석상으로 변한 웨어울프는 녹슨 것처럼 눈을
움직여 그들을 돌아보았다.

"아이즈가 말이제, 평소 같은 【파밀리아】로 돌아오믄 좋
겠다고 애원했다 안하나. 그래서 내가 꾀를 내갖고 마 연
극 함 했고…… 나머진 설명 안 해도 알겠제?"

"그래서…… 미안, 해요."

굳어버린 베이트 앞에서 로키는 한 방 먹여주었다는 표
정을 짓고, 아이즈는 다시 한 번 송구스럽다는 듯 사과
했다.

다시 말해, 그렇게 된 것이었다.

단원들은 교활하게도 베이트의 지각범위에 들어가지 않
는 아슬아슬한 범위에 몸을 숨기고, 수뇌진은 완벽하게 기
척을 차단한 채, 아이즈의 채근에 베이트가 본심을 토로하
기를 기다렸던 것이다.

"뭐, 하, 이게, 에에엑……?!"

말이 나오지 않는 목소리의 파편이 툭툭 흘러 떨어졌다.

눈앞에서 하나같이, 주신와 다를 바 없는 느물거리는 웃
음을 짓는 그녀들 속에서, 티오나와 티오네가 입을 열
었다.

"저기저기, 티오네~? 베이트 같은 사람을 뭐라고 하는지 알아~? 나 로키한테 들은 적 있는데~."

"응, 알아.『츤데레』잖아."

"~~~~~~~~~~~~~~~~~~~~~~~~~~~~~~~~~~~아아악?!"

베이트의 얼굴이 새빨갛게 물들었다.

그것을 시작으로 와자하니 떠들기 시작한 단원들은 라울을 필두로 일제히 목소리를 퍼부어댔다.

"『더 이상 아무도 울지 말라고!!』!! 감동받았슴다, 베이트 씨!"

"전 베이트 씨를 믿었어요!" "오해해서 죄송해요!" "이게 신들이 말하는『모에』란 거군요!" "『츤데레』!" "츤데레다!!"

"츤데레 베이트 씨 캄샴다!"

"츤데레 베이트 씨 멋져요!"

"──이 자식들아아!!"

"앗죄송합니다용서해주세요끼야아아아아아아아아아아아아아아아아아아아아아아아악?!"

신이 난 단원들에게 베이트의 분노가 작렬했다. 선두에 있던 라울을 비롯해 수많은 이들이 얻어맞아 허공으로 날아갔다. 깔깔 웃어젖히는 티오나와 티오네까지 그 안에 끼어들어, 시끄럽고 북적거리는 소란이 벌어졌다.

그 광경을 보고 아이즈는 미소 짓고, 수뇌진도 눈을 가늘게 떴다.

티오나와 티오네가 베이트와 싸우고, 레피야가 황급히 말리고, 이를 보며 모두가 웃는다.

소녀가 바라던 【로키 파밀리아】가 돌아왔다.

"자, 그러면……."

문득 그때.

리베리아가 한 가지 일이 더 남았다는 양 무거운 한숨을 토했다.

어깨를 으쓱하는 핀을 비난하듯 한번 노려본 후, 타이밍을 가늠해 그녀는 베이트 쪽으로 다가갔다.

"베이트, 우선 사과하게 해다오. 미안했다."

"아앙?!"

"레나 탈리 건으로 할 이야기가 있다."

한참 흥분해 얼굴을 새빨갛게 물들였던 베이트는 리베리아가 그 이름을 꺼낸 순간 낯빛을 확 바꾸었다.

화를 내듯 얼굴의 문신이 일그러지고, 표정이 싸늘하게 변모했다.

"할 말이 뭐가 있다고."

"아니, 있다. 들어라, 베이트."

"없다고 했잖아! 그 여자는 이미 뒈졌어! 죽은 녀석 얘기 다시 끄집어내서 뭐가 된다고!"

리베리아의 호소를 듣지 않고 목소리를 높인 베이트는,

"예~이."

불쑥.
폐허 뒤에서 모습을 나타낸 아마조네스 소녀를 보고, 이번에야말로 시간이 얼어붙은 것을 느꼈다.
"야호~ 베이트 로가~."
그 아마조네스 소녀, 레나 탈리는, 아무 일도 없었다는 듯 환한 미소를 지으며 손을 흔들어주었다.
"……………………………………………"
"미리 말해두지만 환각은 아니다."
완전히 넋이 나가버린 베이트에게 리베리아가 눈을 감으며 설명했다.
"습격이 있었던 그날, 아미드가 저주를 푸는 매직 아이템을 완성해두었지. 저주를 뒤집어쓴 아미드의 피를 재료로 삼아 증류한 『안티 커스』 비약을. 물론 숫자는 얼마 되지 않았지만."
"……………………………………………"
"현장으로 가면서 나는 그것을 아리시아와 단원들에게 나누어주고 아마조네스들에게 처방했다."
"……………………………………………"
"이곳에서 레나 탈리를 발견했을 때는 아슬아슬했지. 어

떻게든 『커스』를 풀고 치료원으로 옮겨 목숨을 구하기는
했다만…… 방심할 수 없는 상황이기에 아무에게도 말
하지 않았다.”

　“…………………………………….”

　“그녀를 포함해 아마조네스들은 그때까지도 표적이 될
가능성이 있었다. 그렇다면…… 하는 생각에 죽은 것으로
위장해, 상황이 잠잠해질 때까지 보호했고…… 그렇게 된
거다.”

　보기 드물게 민망해하는 리베리아의 설명은, 내심을 드
러내듯 공연히 꼼꼼하고 길었으며 변명조였다.

　“……다시 한 번 사과하마. 상심한 너에게 아무 말도
하지 않아 미안하다.”

　진짜 레나를 곁눈질하며 침통하게 사죄하는 하이엘프
왕녀에게 베이트는 아무 반응도 하지 않았다.

　“미리 말해두지만, 우리도 이것저것 다 정리된 다음에
알았어~.”

　“나도 다 파악하진 못했지. 리베리아가 단독으로 움직였
거든. 사건의 수습을 베이트 너에게 맡긴 후에야 그녀가
푸념을 했어. 어떻게 이럴 수가 있느냐고.”

　티오나와 핀의 변명스러운 목소리도 베이트의 귀를 그
냥 지나가버렸다.

　그의 눈은 예전과 다를 바 없이 방글방글 웃고 있는 눈
앞의 소녀에게 고정되어 있었다.

© Kiyotaka Haimura

"미안해, 베이트 로가! 슬프게 만들어서! 그래도 그래도, 베이트 로가가 쓸쓸한다는 말 듣고 나 어쩐지 가슴이 찌잉~! 했다니깐ㅡ! 베이트 로가도 감동으로 말이 안 나오는 기분이지?"

맑은 웃음을 머금고 새끼 고양이처럼 몸을 비벼대는 레나에게, 베이트가 고개를 숙였다.

그리고 천천히 레나의 뒷머리에 오른손을 얹는다.

"어, 어머나, 갑자기 사랑의 포옹? 다들 보는데, 베이트 로가 대담해!"

헤벌쭉 웃음을 짓는 레나에게, 베이트는 말없이.

뻐억!!

"후구욱?!"

무릎차기를 날렸다.

복부에 틀어박힌 무릎에 레나는 괴성을 지르며 몸을 꺾었다.

뻐억!! 뻐어억!!

베이트의 무릎은 멈추질 않았다. 오렌지 펄 색깔의 안구가 튀어나올 정도로 눈을 크게 뜬 소녀에게 가차 없는 니킥의 연타를 퍼부어댔다.

"으아, 베이트 씨이?!"

"바보야, 죽어! 진짜 죽는다고?!"

"알 게 뭐야!! 뒈져버려어어어어어어어어어어어어어어어어어어어어어어어어어어어어어어어어어어어어어

어어어어어어어어어어어어!!"

레피야와 티오네의 고함 따위 전혀 듣지도 않고 포효를 터뜨리는 베이트.

조금 전과는 비교도 되지 않는 분노의 감정으로 아마조네스 소녀를 두들겨 팬다. 황급히 티오네가 붙잡아 말리려 했지만 그치질 않았다. 제1급 모험자의 구속마저 뿌리치며 분노하는 웨어울프를, 라울의 비명 같은 신호에 단원들이 모두 나서 붙들었다.

대난투가 발발한 가운데, 티오나는 털썩 쓰러진 레나에게 달려갔다.

"애, 너 괜찮아?! 살았——."

"흐헤, 흐헤헤헤헤……! 또 배에 커다란 게 들어왔어……! 이건 분명히 임신 확정이야……!"

'뭐야 애 무서워.'

침을 흘리며 황홀한 미소를 짓는 동포를 보고 질겁한 티오나는 얼른 물러났다.

상황을 따라가지 못한 아이즈와 로키는 이제는 수습이 되지 않는 광경을 보며 입만 딱 벌리고 있었다.

이내 로키가 배를 잡고 깔깔 웃어젖혔으며, 아이즈도 따라서 손으로 입을 가리고—— 웃음을 터뜨려버렸다.

핀과 리베리아, 가레스가 경악할 만한, 어쩌면 처음 듣는 것인지도 모를 소녀의 웃음소리였다.

얼굴을 새빨갛게 물들이고 노성을 터뜨려대는 청년이

얼마나 우스웠는지.

그의 주먹을 쫄랑쫄랑 피하며 필사적으로 사과하는 소녀가 얼마나 귀여웠던지.

그들을 말리고자 당황하는 동료들이 얼마나 유쾌한지.

시야에 펼쳐진 이 광경이 얼마나 행복한지.

"화내지 마아~ 베이트 로가! 나도 엄청 부끄러웠지만, 그래도, 역시 엄청 기쁜걸~!"

"알 게 뭐야아아아아아아아아아아아아아아아아아아아아아아!!"

"당신을 다시 만나서 나, 눈물 날 정도로 기뻐!"

얼굴을 새빨갛게 물들인 베이트가 붙잡고자 팔을 내밀었다.

만면의 미소를 지은 레나의 눈에서 눈물이 흘러내렸다.

청년의 노성과 소녀의 웃음소리는 언제까지고 끊일 줄 몰랐다.

에필로그

작별인사 대신

Гэта казка іншага сям'і.

У якасці замены да пабачэння

동쪽 하늘이 빛나는 아침.

도시 남동쪽, 사람이 다가오지 않는 제1묘지, 통칭『모험자 묘지』를 나아가는 무리가 있었다.

무희의 것과도 비슷한 의상을 입은 아마조네스들이었다.

"나 원! 살아있었으면 냉큼 알리란 말이다, 이 멍청아!"

"아얏~!"

빠악! 묵직한 소리를 내는 아이샤의 주먹을 머리에 받은 것은 땋았던 머리를 푼 레나였다.

"그, 그렇지만 어쩔 수 없었는걸.【나인 헬】이 아무에게도 말하면 안 된다고 입을 막았으니까! 게다가 우린 계속 치료원 안에 갇혀 있었다고!"

다시 암살자에게 표적이 될 것을 우려한 리베리아의 지시로, 사태가 잠잠해질 때까지 몸을 숨겼던 소녀는 눈물을 머금고 항변했다.『적을 속이려면 아군부터』라는 꿍꿍이의 한 몫을 강제로 떠맡아버렸던 것이라고 소리 높여.

그녀 외에도 아미드가 만든 비약 덕에 목숨을 건진 바벨라가 모두 있었다. 시신은 묘지로 옮겼다고 거짓 보고가 이루어진 아마조네스들이다.

"사미라가 엉엉 울어서 큰일이었단 말이다. 서둘러 묘까지 마련해놓고⋯⋯."

"어, 어쩔 수 없잖아! 동료가 그렇게 죽었단 말을 듣고 하다못해 조문이라도 해주지 않으면 난⋯⋯!"

"미안해, 사미라. 걱정 끼쳐서……. 그래도 그래도, 역~시 예전에 제구(祭具) 담당이어서 그런지 다르네! 묘까지 만들다니 손이 빨라!"

"넌 좀 더 미안하다는 태도를 보여!"

"아야아~?!"

얼굴을 새빨갛게 물들인 회색 머리카락의 아마조네스에게도 머리를 얻어맞아 레나가 비명을 질렀다.

묘지에 어울리지 않을 정도로 시끄럽게 나아가는 가운데, 일행은 모두 삽이며 곡괭이 같은 대형 공구를 들고 있었다. 레나 같은 이들에게는 어쩔 수 없는 일이었지만 서둘러 마련된 자신들의 묘를 철거하기 위해서였다. 죽음을 위장해 만들어놓은 자신의 묘를 방치하는 것은 역시 오해를 부를 테고, 기분도 찜찜하다.

"묘비에 썼던 거금이 다 허사가 됐잖아!"

그렇게 말하며 화를 내는 사미라를 달래며 아마조네스 일행은 이윽고 목적지에 도착했다.

파벌이 소멸되기 전에 사들였던 땅.

던전에서 목숨을 잃은 동료들의 묘가 있는 【이슈타르 파밀리아】의 묘지였다.

"……팔루자랑 다른 사람들은, 정말 죽어버렸구나."

"그래…… 시신은 이미 매장했어."

아미드의 매직 아이템 덕에 수많은 아마조네스가 목숨을 건졌지만, 구하지 못한 목숨도 존재했다. 한밤중에 암살당한 자나, 발견이 늦어진 사람들이다. 그 외에도 귀한 비약의 숫자가 부족해 구하지 못한 목숨도 있었다. 레나처럼 살아난 사람들은 운이 좋았던 것이다.

막 생겨난 묘 앞에서 무릎을 꿇은 레나는 조용한 표정으로 눈을 감았다.

이제는 만날 수 없는 동포의 명복을 빌며 조의를 표했다.

언젠가 다시 태어나, 또 이 태양 아래에서 만나자고.

"……자, 쓸데없는 묘는 정리해버리자! 언제까지고 이런 걸 놓아두면 죽은 녀석들도 투덜댈 테니까!"

아마조네스들을 에워싼 침울한 분위기를 아이샤가 너스레를 떨어 날려버렸다.

그녀에게 웃음으로 대답한 일행은 재빨리 무덤을 철거하기로 했다.

그런데 그때.

"……응? 아이샤?"

나란히 선 묘비 중 자신의 것을 찾던 레나 앞에서 아이샤가 갑자기 걸음을 멈추었다.

고개를 갸웃하며 쳐다보자, 다른 아마조네스들의 시선까지 모은 큰언니 아마조네스는 부르르 어깨를 떠는가 싶더니,

"큭…… 하하, 아하하하하하하하하하하하!"

느닷없이 웃음을 터뜨렸다.

"왜, 왜 그래? 뭔데, 갑자기 웃고?"

눈꼬리에 눈물을 머금고 배를 움켜쥔 아이샤에게서는

웃음소리밖에 돌아오지 않았다.

"아이 참."

웃음의 발작 때문에 대답하지 못하는 그녀에게 볼을 부루퉁 부풀린 레나는 그녀를 내버려둔 채 그곳을 보았다.

"──아."

그때 레나는 굳어버렸다.

눈앞에 있던 것은 그녀의 묘였다.

새것임을 나타내는 새하얀 묘비.

소녀의 이름이 새겨진 그 묘 앞에는, 어떤 것이 놓여 있었다.

그 광경을 믿을 수 없었던 레나는 천천히, 조심스럽게 『그것』을 손에 들었다.

"레나…… 역시 네가 반한 수컷은 못 말리겠다."

눈가를 닦은 아이샤가 『그것』을 가슴에 안은 레나의 등에 말했다.

『그것』은 레나가 좋아하는 것이었다.

그리고 레나가 『그것』을 가르쳐준 사람은, 이야기를 들었던 아이샤 말고는 한 사람밖에 없다.

그러므로 이것을 그녀의 묘에 바친 것도 한 사람밖에 없다.

"뭐 그렇게 번잡한 자식이 다 있어."

아이샤의 웃음이 들려오는 가운데, 레나는 자신의 뺨이 열기에 싸이는 것을 알 수 있었다.

가슴을 옥죄어드는 온기.

아마조네스인 자신이 아무리 싸워도 느껴본 적이 없었

던 기쁨과 사랑스러움이 넘쳐났다. 눈을 적신 레나는 그것을 가슴에 끌어안으며 웃음을 터뜨리고, 태양이 빛나는 푸른 하늘에 외쳤다.

"베이트 로가아―! 사랑해에에―!!"

소녀의 품에서 미오소티스 꽃다발이 웃음을 짓듯 흔들리고 있었다.

© Kiyotaka Haimura

Status Lv.6

힘	E479	내구	F388
기교	S999	민첩	B784
마력	B713	수렵인	E
내성	E	마방	H
선제	H	연공	H

마법	헬 피네가스	·고među마법. ·모든 능력의 초고강화. ·호전욕 격상에 따른 판단력 저하.
	티르 나 노그	·투창마법. ·Lv. 및 모든 어빌리티 수치를 마법위력에 가산. 잠재치(엑스트라 포인트)도 포함. ·발동 가능 횟수는 단 1회. 회복 인터벌은 24시간.

스킬	파룸 스피릿	·역경을 겪을 때의 마법 및 스킬 효과 부스트.
	노블 브레이브	·정신오염에 대한 높은 레지스트.
	디아 피아나	·창을 장비했을 때 발전 어빌리티 『창사』 일시발현. ·보정효과는 레벨에 의존.
	커맨드 하울	·일정 이상의 고함을 지를 때의 전달기능 확장. ·난전 때만. 확장보정은 규모에 비례.
	알 마크미나	·『졸음』에 대한 높은 내성. 불면시간의 지속력 강화. ·불꽃 속성에 대한 내구력 강화.

장비	포르티아 스피어

·금제 장창.
·【고브뉴 파밀리아】 제작. 130,000,000발리스.
·핀이 의뢰한 오더메이드이자 파룸 전용 무기.
·튼튼하면서도 잘 휘는 자루에는 『서약수의 월넛』, 황금 날에는 『용철』과 『딜 아다만타이트』의 복합소재가 쓰였다. 딜 아다만타이트를 제외하면 어느 소재나 가공의 여신에게서 기원한 것으로, 피아나 기사단의 옛 고향이라 전해지는 『엘란 숲』에서 채집한 초 희귀 채집물이다.

장비	스피어 롤랑

·뒤랑달(불괴속성).
·【헤파이스토스 파밀리아】의 츠바키가 작성한 시리즈 《롤랑》 중 하나.
·형상은 장창, 《포르티아 스피어》와 대조적인 은색 날을 가졌다.
·100,000,000발리스.

디무나

소속	로키 파밀리아		
종족	파룸	직업	모험자
달계층	59계층	무기	창, 나이프, 검
소지금	98,120,000발리스		

FINN DEIMNE

후기

　이제까지 등장하지 않았던 늑대인간이 마침내 표지를 장식했습니다.

　외전 6권에서 아마조네스 자매에게 순서를 빼앗긴 불쌍한 캐릭터의 분노와 활약, 그런 제8권 되겠습니다.

　본편 1권에 해당하는 내용을 썼을 때, 최강 파벌 멤버의 과거가 확실히 정해졌던 것은 검희 히로인과 파룸 용사 정도뿐이었습니다. 다른 캐릭터들은 설정이 확실하게 정해지지 않아, GA 문고 측에서 외전 시리즈 간행 이야기를 들었을 때는 '어쩌지.' 하고 조바심을 냈던 기억이 있습니다. 이번 편의 주역인 늑대인간도 그 중 하나였죠.

　극중에서도, 관계자 여러분들 사이에서도 "베이트 짜증나." "베이트 빨리 죽여버리죠." "1권 베이트 진짜 짜증나요." "애니의 오카모토 씨 베이트 진짜 짜증나서 대단해요."하고 비난의 폭풍이었습니다만, 작가는 소위 말하는 안이하게 『당하는 역할』로는 삼고 싶지 않았습니다. 본편 주인공이 진짜로 달려나가게 될 계기를 만들어준 이 캐릭터에게는 강한 인간이 가진 오만함과 긍지, 혹은 미약이 있지 않을까 계속 생각했기 때문이죠.

　언제나 엄청나게 대단한 사람들의 세례를 받을 때는 시달리게 마련이지만, 그 사람들이 없어지면 자신이나 주위는 좀처럼 바뀌려 하지 않습니다. 바뀌고자 필사적으로 생각해도 바뀌질 않습니다. 분하다는 마음도 동경도 결국은 그런 게 아닐까 저는 생각합니다.

지금에야 『약자의 포효』라는 키워드가 주축이 된 캐릭터지만, 속칭 『츤데레』 같은 말로는 간단히 표현할 수 없는 캐릭터가 됐으면, 하고 지금도 생각하고 있습니다.

그러면 감사의 말씀으로 넘어가겠습니다(여기서부터는 극중의 중요한 스포일러가 들어 있으니 주의해주세요).

담당 코다키 님, 타카하시 님, GA 문고의 여러분, 이번에도 정말 여러 모로 신세를 졌습니다. 특히 플롯 회의 당시 "레나 죽이면 안 돼!" 하고 작가를 열심히 설득해주셨던 키타무라 편집장님, 에필로그를 다 쓴 지금은 매우 감사드리고 있습니다. 그리고 궤멸적인 스케줄 속에서 수많은 멋진 일러스트를 그려주신 하이무라 키요타카 선생님, 큰절할 기세로 사과를 드림과 동시에 깊은 감사도 올립니다. 8권 한정판 드라마 CD에 관여하신 수많은 스태프, 캐스트, 관계자 여러분도 고맙습니다. 이 책을 읽어주신 독자 여러분께도 최대급의 감사를.

길어졌지만 한 가지 더 보고를 드립니다.

2017년 4월부터 외전 소드 오라토리아의 애니메이션이 방영됩니다. 본편에 이어 외전이 이렇게 애니까지 나온 것도 여러분의 응원이 있었던 덕입니다. 정말로 감사드립니다. 멋진 스태프와 캐스트 분들이 만들어주신 작품에

지지 않도록 원작도 더욱 열심히 해나가겠습니다.

　다음 권에서 다시 뵐 수 있으면 좋겠습니다.　고맙습니다.

　그럼 이만 실례합니다.

오모리 후지노

던전에서 만남을 추구하 면 안 되는 걸까 외전
소드 오라토리아 8

2017년 9월 15일 1판 1쇄 발행
2019년 5월 15일 1판 3쇄 발행

저　　　자 오모리 후지노
일 러 스 트 하이무라 키요타카
캐릭터 원안 야스다 스즈히토
옮 긴 이 김민재
발 행 인 유재옥
본 부 장 조병권
담당편집자 정영길
편　　　집 김다솜 김민지 이성호 정영길 조찬희
라이츠담당 박선희 오유진
디 지 털 최민성 박지혜
발 행 처 ㈜소미미디어
등　　　록 제2015-000008호
주　　　소 서울시 마포구 토정로 222, 403호 (신수동, 한국출판콘텐츠센터)
판　　　매 ㈜소미미디어
마 케 팅 한민지 한주원
전　　　화 편집부 (070)4164-3962, 3963 기획실 (02)567-3388
　　　　　　 판매 및 마케팅 (070)4165-6888, Fax (02)322-7665

ISBN 979-11-6190-002-5 04830
ISBN 979-11-5710-021-7 (세트)

소미미디어 S 노벨 시리즈

경계선상의 호라이즌
6(상)

카와카미 미노루 지음
사토야스(TENKY) 일러스트
천선필 옮김

칸토의 땅에서
동시에 이루어지는 역사재현의 행방은?!

◆초판한정◆
일러스트 카드
책갈피
증정

"——세계다.
……'극동'이 아니라 '세계'지?"

역사재현이라는 명목하에 파리에 수공을 감행하려는 하시바 세력. 그에 맞서 엑자곤 프랑세즈는 기함 팡송 베르사이유를 필두로 한 대함대를 호조와 합류시키고, 칸토의 땅에서 모리의 빗추 타카마츠 성 전투와 호조의 오다와라 정벌이라는 두 역사재현을 동시에 치르겠다는 기책을 들고 나왔다.

K.P.A.Italia를 대신하여 사실상 성련 대표가 된 M.H.R.R./하시바와 유럽 패왕 엑자곤 프랑세즈/모리—— 양대 세력의 싸움 행방은?

한편, 토리 일행, 무사시 세력은 '이동교실' 마지막 날에 진행할 모리, 호조와의 전쟁 전 회의를 위해 자신들의 방침 등을 확인해나간다——.

전국 학원 판타지 제6화 개막!

인랑 전생, 마왕의 부관
3

효게츠   지음
니시E다   일러스트
한수진   옮김

대인기 전생 판타지
신생 마왕군 활동 개시──!!!

◆초판한정◆
쇼트스토리 리플렛
증정

©2016 by Hyougetsu / EARTH STAR
Entertainment

"앞으로 오래오래 마왕군이 지켜줄게."

2대 마왕이 된 스승님이 이끄는 신생 마왕군은 선왕 프리덴리히터의 유지를 이어받아 마족과 인간과의 공존을 목표로 하여 또다시 움직이기 시작했다.

제1사단의 부관…… 즉 '마왕의 부관'인 나, 바이트는 마왕군의 새로운 아군을 얻기 위해 대륙 남부 최대의 도시 베르자로 향했다.

그런데 그곳의 태수인 거쉬와 이야기해보니, 현재 베르자는 원인 불명의 해상 사고 때문에 고생하는 것 같았다.

여러분, 괜찮으시다면 그 문제를…… 마왕군이 해결해드리겠습니다!

해적도시, 어업도시, 미궁도시, 공예도시── 남부 공략에 총력을 기울이는 마왕군의 대약진을 주목하라!!

신생 마왕군이 활동을 시작하는 인기작 제3권!

소드 오라토리아
8

오모리 후지노	지음
하이무라 키요타카	일러스트
야스다 스즈히토	캐릭터원안
김민재	옮김

한 마리 외로운 늑대 베이트 로가!!
로키 파밀리아와【검희】아이즈 발렌슈타인의 신성담!!

◆초판한정◆
책갈피
일러스트 트럼프카드(온,오프라인 각 1종)
쇼트스토리 리플릿(온,오프라인 각 1종)
증정

"더 이상 아무도 울지 말라고!!"

"말했잖아. 잔챙이들은 거치적거리기만 한
다고."

베이트 로가.【로키 파밀리아】내에서도 과
도할 정도로 실력주의를 표방하는 론리 울
프. 인조미궁 크노소스 앞에서 철수한 후, 사
망자에게까지도 비웃음을 보내는 그는 파벌
에서 고립되는데…….

"찾았다아—! 베이트 로가!"

느닷없이 아마조네스 소녀 레나에게 맹렬
한 구애를 받아, 어쩌다 보니 동거생활이 시
작되고 말았다! 당황하는 베이트. 그러나 그
녀와의 교류가 '송곳니'에 얽힌 기억을 환기
시켜 자신의 과거와 마주하게 된다.

한편 그런 이면에서 조용히 암약하는 사신
의 권속들. 동료를 앗아간 흉악한 칼날이 다
시 베이트에게 다가오고 있었다—.

이것은 또 다른 권속의 이야기,
—【소드 오라토리아】—

온리 센스 온라인 외전
백은의 여신
1

아로하자초 지음
유키상 일러스트
한신남 옮김

뮤우 파티의 탄생 비화──
사이드 〈어설트〉 스토리 가동 개시!

◆ 초판한정 ◆
책갈피 2종
증정

"언니를 멋대로 보지 마!"

[센스]라고 불리는 능력을 조합하여 '유일'한 강함을 목표로 하는 VRMMORPG──[온리 센스 온라인].

게임 공략의 최전선을 목표로 하는 뮤우는 베타판에서 '백은의 성기사'라고 불린 치트급 실력을 자랑하는 플레이어. 정식판이 오픈하자마자 독자적인 하이스피드 레벨업이나 보스의 솔로잉을 일찌감치 해내면서 한 발 앞을 달리는 뮤우였지만, 가는 곳곳마다 개성적인 센스를 가진 플레이어와 만나는 가운데 파티의 중요함을 깨닫는다. 고난도 던전 도전이나 상점에서 장비 선택 등, 공략조 히로인들의 모험과 일상이 그려진 또 하나의 OSO, 사이드 〈어설트〉 스토리가 등장!!

©Aloha Zachou, Yukisan 2015
KADOKAWA CORPORATION